ROMANZI E RACCONTI

Questo libro è un'opera di fantasia. Qualsiasi riferimento a persone, fatti e luoghi reali ha soltanto lo scopo di conferire veridicità alla narrazione, ed è quindi utilizzato in modo fittizio.

ISBN 978-88-9388-064-0

Published by arrangement with The Italian Literary Agency

Prima edizione Baldini&Castoldi - La nave di Teseo gennaio 2018

www.baldinicastoldi.it
info@baldinicastoldi.it

BaldiniCastoldi
BaldiniCastoldi
baldinicastoldi
baldinicastoldi

Franco Vanni

Il caso Kellan

Baldini+Castoldi

A Veronica, per Giorgio

«La verità non sembra mai vera.»
Georges Simenon

GIORNO UNO

I

Fino a quando la ragazza non disse la prima parola, Steno Molteni fu convinto di essere solo nel letto. Poi lei parlò, spazzando via il dormiveglia e quell'idea sbagliata.

«Dove sono?» domandò.

«Nel mio letto», rispose Steno.

«Che ore sono?» rilanciò la ragazza.

Steno, da sdraiato che era, cercò di mettersi a sedere. Al buio, si aggrappò alla spalliera. Una volta seduto, realizzò quanto gli girasse la testa. La situazione peggiorò quando accese la lampada sul comodino. L'immagine della stanza si muoveva a scatti. La ragazza mugugnò, coprendosi gli occhi con entrambe le mani.

«Solo un secondo, prendo il telefono poi spengo», disse Steno. Cercò il cellulare sul comodino senza trovarlo. Doveva essere nella tasca dei jeans. I jeans erano sulla sedia. La sedia era lontana. Alzarsi in piedi no, meglio di no. Avrebbe voluto raggiungere la finestra e aprirla, ma capì di non essere in grado di farlo. Non subito, almeno. La stanza continuava a muoversi, un'immagine trascinata nello spazio. Steno spense finalmente la luce.

«Ho mal di testa», disse la ragazza.

«Strano, abbiamo bevuto poco», ironizzò Steno. Non era

una gran battuta, ma era il massimo che poteva permettersi. Anche lui aveva mal di testa. Un dolore sopportabile. Ringraziò di avere buttato giù quasi un'intera bottiglia d'acqua prima di addormentarsi. Ne desiderò altra, ma il minibar era lontano. Anche più lontano della sedia, con sopra i jeans, con dentro il cellulare.

Se il mal di testa non era un problema – Steno sapeva per esperienza che sarebbe passato con un bagno caldo – restava comunque l'instabilità di quella maledetta stanza.

«Hai qualcosa per il mal di testa?» chiese la ragazza.

Steno ebbe uno scatto di lucidità. Spalancò gli occhi nel buio. D'improvviso si mise seduto, come destato da un pizzicotto.

«Aspetta», le disse, «ieri, per tutta la sera, hai parlato francese. Anzi, sostenevi di essere francese e di non capire l'italiano.»

Steno indovinò che la ragazza stava sorridendo.

«In discoteca si dicono un sacco di cose», gli disse lei, «e comunque siamo pari.»

Steno rimase in attesa di capire perché fossero pari. Lui non le aveva raccontato di essere francese. Né le aveva detto niente di strano. Niente di cui si ricordasse, almeno.

«Non siamo pari per niente», le disse. «Io a un certo punto per disperazione ho anche provato a parlare francese. E considera che so dire giusto bonjour, Renault e Zinédine Zidane.»

La ragazza rise. Una bella risata, squillante, solare, che Steno si accorse di conoscere. Dopotutto avevano trascorso insieme la serata e tutta la notte, tolto un certo numero di ore di sonno, cominciate troppo tardi.

«Siamo pari, fidati. Ti ricordo che ieri notte, al bancone dietro alla consolle del dj, mi hai raccontato che vivi in albergo», spiegò la ragazza.

«Infatti è vero. Questa è una stanza d'albergo, vivo qui», disse Steno seccato.

«Mi hai anche raccontato che per un anno hai fatto il carabiniere, ma adesso fai il giornalista per un settimanale di cronaca nera. E che una volta a Quarto Oggiaro sei stato accerchiato da una banda di sudamericani. E che uno ha cercato di accoltellarti», aggiunse lei.

«Tranne il fatto che un sudamericano ha cercato di accoltellarmi, il resto è vero», disse Steno.

«Visto? Siamo pari. Lo sapevo che la storia del coltello non era vera», disse la ragazza trionfante.

«Diciamo che non ho le prove che mi volesse accoltellare. Ma sai come sono i sudamericani. Erano circa una decina. Escludo che nessuno di loro avesse un coltello», le disse lui in un tono che voleva essere convincente.

«Questo è un altro discorso», lo incalzò la ragazza.

Che su dieci sudamericani a Quarto Oggiaro nessuno avesse un coltello in tasca non sembrava realistico nemmeno a lei. Ma un conto è la lama sulla gola, un altro è tirare a indovinare cosa tengono in tasca i sudamericani.

«Io ieri sera ti parlavo in italiano?» le chiese Steno, per stornare il discorso sul coltello.

«Certo», rispose lei, «io ogni tanto ti dicevo che non capivo. Te lo dicevo in francese *je ne comprends pas*. Perlomeno, nella mia versione del francese, che non somiglia granché alla lingua vera. Me la cavo molto meglio col tedesco *ich verstehe nicht*. Tu comunque continuavi a parlare e te ne fregavi, mentre cercavi di baciarmi e toccarmi qua e là». Steno ritenne il racconto realistico. Ci si riconosceva.

La ragazza cercò con le dita l'interruttore dell'abat-jour sul comodino. Dopo qualche tentativo lo trovò. Annunciò «Sto per accendere», di modo che Steno arrivasse preparato al momento. A quel punto accese davvero la luce. Dopo qualche secondo, decise di alzarsi. Il primo tentativo fu incerto. Per non cadere, dovette appoggiarsi alla parete. Poi al letto, con tutte e due le mani. Girò con cautela intorno alla scrivania, raggiunse la finestra e schiacciò il tasto delle tapparelle. Fuori c'era tanta luce. Per quanta luce possa esserci a Milano a inizio dicembre, con tutta quella neve che veniva giù.

Nevicava da giorni, e le previsioni meteorologiche dicevano che non avrebbe smesso prima di una settimana. Una cosa che non succedeva da un bel po'. La ragazza guardò fuori dalla finestra, strizzando gli occhi, affaticati da tutto quel bianco lucente. Sui tetti delle macchine parcheggiate c'erano un paio di spanne di neve. Non su tutte, ovviamente, solo su quelle lasciate lì la sera prima o nei giorni precedenti. Sui marciapiedi, la gente camminava in fretta. Quando si trattava di attraversare la strada, invece, rallentavano tutti. Per scavalcare i binari del tram, rallentavano ancora di più. Con i binari del tram e la neve non si scherza. I fiocchi cadevano veloci, in obliquo. Una cosa insolita a Milano, dove il vento si fa sentire di rado e quasi mai quando nevica.

«Per me è tardi», disse la ragazza.

Steno sollevò la testa dal cuscino e per la prima volta dalla sera prima vide la ragazza. Prima di spalle. Poi, quando lei smise di guardare fuori dalla finestra e si voltò, anche di profilo.

«Mamma mia», disse Steno senza volerlo. Era bella. Molto bella, anche più di come la ricordasse. Una di quelle sorprese che al risveglio dopo una notte con una conosciuta in discoteca non capitano spesso. Era alta quasi quanto lui, magra, con braccia lunghe e la schiena muscolosa. Era lungo anche il collo, come le gambe. Era nera. Non nera nera. Nera della tonalità di pelle di Bob Marley, pensò Steno. Di nero – completamente nero – aveva gli occhi. Indossava mutande di pizzo bianco e nient'altro. I capelli, visti in controluce, disegnavano nel riquadro della finestra la sagoma di una grossa sfera. Una pettinatura afro anni Settanta.

«Scusa una cosa», disse la ragazza, spostandosi ai piedi del letto così da poter vedere Steno in faccia, «tu quindi vivi davvero qui? In questa stanza d'albergo?» Per dare peso alla domanda, gli puntò contro un dito. Questo aiutò Steno a distrarsi dal guardarle le tette – piccole piccole, perfette, o troppo piccole?

«Esatto. Abito qui», disse Steno, fissando il dito.

«Non è male», disse lei. E cominciò a ispezionare con gli occhi la stanza, con un atteggiamento a metà fra il perito assicurativo e l'agente immobiliare.

La camera non era la migliore dell'albergo, ma era dignitosa e accogliente. Una classica stanza da vecchio hotel italiano quattro stelle. Un grande specchio copriva completamente le ante scorrevoli dell'armadio. La moquette beige, morbida e folta, aveva forse bisogno di una pulita. Ma nella stanza c'era un buon odore, difficile da inquadrare. I mobili erano in legno scuro, senz'altro fatti su misura, chissà quando, da chissà quale fabbrica brianzola. Non era necessario essere esperti di legno o di design per capire che dovevano essere costati cari. Le lampade in ottone erano lucidissime. Sia le abat-jour sui comodini, sia le luci a muro. Tutte erano sormontate da paralumi in carta bordeaux. Nel soffitto erano incassati faretti. Il copriletto era di lana beige, come la moquette, e aveva motivi decorativi dello stesso bordeaux dei paralumi.

«È tanto che vivi qui?» domandò lei.

«Quasi un anno», rispose Steno. Già un anno, pensò, stupito lui stesso.

La ragazza aprì la porta del bagno. Di fianco al lavandino era appeso un morbido accappatoio di spugna bianca, riscaldato dal calorifero. Che gli agenti immobiliari chiamano scaldasalviette e i periti assicurativi radiatore. Sul taschino dell'accappatoio era ricamato in filo dorato il logo dell'Albergo Villa Garibaldi ****. Logo che, in realtà, era impresso ovunque. Sul piccolo scrittoio in pelle, posato sulla scrivania. Sui sottobicchieri di carta assorbente. Sull'omino di legno che faceva da spalliera al trespolo reggi abiti, con uno stirapantaloni elettrico che Steno non aveva nemmeno mai provato a far funzionare.

«È vecchio questo hotel», disse la ragazza.

«Be' non è *à la page*. L'ultima volta è stato ristrutturato negli anni Sessanta», disse Steno. La ragazza lo guardò con aria interrogativa. Chissà mai che fosse una balla, come quella del sudamericano con il coltello a Quarto Oggiaro.

«Non ti ricordi come mi chiamo, vero?» gli chiese lei. Steno trattenne il respiro. «No, non mi ricordo», ammise. Poi sottolineò: «Ma non ha importanza, tanto ieri mi avrai senz'altro detto un nome francese qualunque».

«Infatti ho un nome francese. Ma è solo un caso. Mi chiamo Sabine. In realtà è il nome di un fiume in Texas», disse lei con un sorriso.

Steno si accontentò della spiegazione e non fece altre domande.

«Se non ci credi che mi chiamo Sabine, ti faccio vedere la patente», disse, pur senza avere la minima idea di dove cercarla nella stanza. E aggiunse: «Tu invece ti chiami Steno Molteni».

«Giusto», confermò Steno.

«C'è un regista che si chiama così.»

«Sì, ma non c'entra. I miei genitori non sono appassionati di cinema. Volevano chiamarmi Stefano. Quando lo hanno detto a mia cugina, che aveva tre anni, lei lo ha prosciugato. E adesso me lo tengo.» Vedendola lì, ai piedi del letto, nuda con l'aria saputella, Steno pensò che si era sbagliato. Quelle tette minuscole, nere – quasi nere – come tutto il resto, erano veramente perfette.

Sabine si mise a sedere sul letto.

«Ti capita spesso di parlare francese all'Old Fashion?» le chiese lui.

«Era da un bel po' di tempo che non andavo all'Old Fashion. E non sapevo ci fosse la serata Erasmus. Considera che ho trentadue anni, sono un po' vecchia per quel tipo di serata. Ora che mi ci fai pensare, forse l'idea di parlare francese mi è venuta sentendo parlare gli altri. È la prima volta che lo faccio, comunque. Non so perché mi è venuto in mente.»

«Non era una serata Erasmus, anche se c'erano tanti studenti stranieri. E tu eri ubriaca», disse lui.

«Cazzo, ha parlato mister Succo di Frutta», replicò lei. Succo di frutta. Buona idea. La ragazza raggiunse il telefono sul comodino di Steno, digitò il tasto 9, e disse: «Chiamo dalla camera di Steno Molteni, il ragazzo che vive qua da un anno. Vorremmo per favore la colazione in camera. Mi raccomando il succo di frutta».

Steno le si avvicinò, le prese di mano la cornetta. Schiarì la voce: «Buongiorno signor Barzini. Effettivamente la colazione in camera potrebbe essere una buona idea». Sabine notò il montare di un'espressione sulla faccia di Steno. «Sono le tre del pomeriggio?» disse lui.

«Le tre del pomeriggio?» disse a sua volta Sabine divertita.

Steno riagganciò. «Non ho fatto il giro di nera», disse.

«Cos'è il giro di nera?» gli chiese lei.

Lui le spiegò che significa andare in Questura alle undici del mattino e farsi raccontare dalla polizia quello che è successo in città nella notte precedente. Poi, dopo essere stati dalla polizia, si va dai carabinieri e si fa la stessa cosa.

«È tutto qui vicino. La Questura è a meno di cinquecento metri», disse Steno.

«So benissimo dov'è la Questura, sono nata a Milano», rispose Sabine, seccata come tutti i milanesi quando un forestiero pretende di spiegare qualcosa sulla loro città. «Anzi sono nata in Eritrea, a dire il vero, ma i miei genitori mi hanno adottata che non avevo nemmeno un anno. Quindi, a differenza di te, sono milanese.»

«Come fai a sapere che io non sono di Milano?»

«A parte il fatto che vivi in albergo?»

«A parte quello.»

«Vai in discoteca con i pantaloni rossi e la camicia bianca in dicembre, manco fossi arrivato in barca», rispose lei. Steno non ebbe reazioni apprezzabili.

«Me lo hai detto tu, scemo. Sei di Como, giusto?»

«Bellagio, sul lago», precisò Steno.

Il telefono sul comodino squillò. Un trillo limpido e fastidioso, vecchia maniera. Era il signor Barzini, dalla reception. Steno disse qualche volta «Grazie» e anche «Grazie mille». Disse poi «Me lo passi». Ascoltò, senza più aprire bocca, poi concluse: «Scendo».

Steno realizzò di essere nudo. Ebbe la tentazione di chiedere a Sabine di passargli i boxer, che erano per terra di fianco al letto. Poi decise di fare da solo. Pensò che chiedere a una ragazza nera di raccoglierti i boxer per terra poteva sembrare razzista. Poi pensò che era un pensiero stupido. Ma gli venne comunque in mente che chiedere un qualsiasi favore a una ragazza milanese era un modo per farsi rispondere di no. Dopo un anno, ancora non gli andavano a genio i milanesi. Non che ne avesse conosciuti tanti. In Questura e ai carabinieri di via Moscova sono più numerosi i Ciro dei Walter. Nelle periferie, oltre ai Ciro, è pieno di stranieri. Sudamericani e non, con e senza coltelli. Adesso che ci pensava bene, Sabine era forse la prima ragazza di Milano-Milano che conosceva. Senz'altro, la prima con cui era stato a letto. Non ci voleva tanto per capirlo: nonostante la pelle nera e il nome francese, o texano, quella ragazza era più milanese della cotoletta. Che peraltro si chiama anche *wiener schnitzler* ed è austriaca.

Steno scivolò fuori dal letto, si infilò i boxer.

«Scendo un secondo», disse.

Vedendo lui vestirsi, Sabine sentì il bisogno di non restare nuda a sua volta. Sollevò il lenzuolo, si coprì quasi fino al collo, e a quel punto, visitata da un ricordo, lo agganciò con gli occhi. «Scusa», gli disse, «tu lo sai, vero?, che ieri sera hai lasciato le chiavi della Ferrari a un barbone dicendogli di parcheggiartela?»

Steno le rivolse uno sguardo severo, che veniva da lontano.

«Non è un barbone, si chiama Alberto. Il signor Barzini si fida di lui. Io mi fido del signor Barzini e anche di Alberto. È un amico. Dorme nelle vie qui intorno e protegge la mia macchina. Quando ho fretta o sono ubriaco, come ieri sera, me la posteggia lui. Non penso abbia la patente, ma si tratta solo di pochi metri.»

Senza aggiungere altro, Steno uscì dalla stanza. Ma rientrò subito. Sabine era lì sotto il lenzuolo, bellissima. Forse era stato troppo duro. Si appoggiò allo stipite, confezionò un'occhiata seduttiva, tutta di taglio, ma, chiarito che Alberto non era un barbone, o almeno non un barbone come lo intendeva lei, si dispose a puntualizzare ancora.

«Comunque, meglio che tu lo sappia, quella non è una Ferrari. È una Maserati Ghibli del 1970. Forse la più bella macchina di tutti i tempi. Non è mia, me l'ha prestata un amico. Era l'auto con cui suo padre è andato in giro per più di quarant'anni. L'ha lasciata al figlio, chiedendo, nel testamento, che avrebbe dovuto usarla, non lasciarla marcire in qualche box, perché le macchine come quella sono come i grossi cani e soffrono a stare al chiuso. Ma il mio amico da due anni vive a Singapore, così me l'ha affidata, per l'appunto, come un grosso cane.»

«In pratica, sei un dog-sitter.»

«In pratica.»

«E perché almeno la notte non la metti in garage?»

«Qui vicino di garage pubblici non ce ne sono. Alberto mi sembra un'ottima soluzione.»

«E il tuo amico di Singapore che dice? È d'accordo?»

«Si è messo a ridere. Lui l'avrebbe già venduta da un pezzo. La vede solo come una grana. Un obbligo di famiglia. Dice che è buona solo per rompersi e per fare incidenti. Secondo me, sotto sotto, spera che me la rubino. Non vede l'ora di prendersi i soldi dell'assicurazione e seppellire così la passione di suo padre per le vecchie auto sportive.»

«Chissà quanto costa assicurare una macchina così.»

«Non ne ho idea, non pago io.»

Steno Molteni era un tipo interessante. Tutto sommato, il giorno le aveva consegnato un uomo affascinante, e pensò che lei in quel letto stava bene, con il solo rischio di venire, nella sua scala di valori, dopo una Maserati Ghibli. Peccato per la colazione in camera. Aprì il minibar, prese una bottiglietta di succo di frutta alla pesca e lo buttò giù in una sola sorsata.

II

Steno cominciò a scendere i tre piani di scale che separavano camera sua dalla piccola hall dell'albergo. Sulla prima rampa rischiò di inciampare: i drink della sera prima non erano del tutto archiviati. Rallentò il passo e per sicurezza fece scorrere le dita sul corrimano, fino a destinazione.

Il signor Barzini, come sempre, era dietro alla sua scrivania. E come sempre portava un gilet bordeaux traslucido sulla camicia bianca. Annodato al colletto, un papillon di velluto nero. Aveva capelli radi e bianchissimi, pettinati di lato in minuscole ciocche ordinate. I baffi erano ancor più bianchi, curati e sottili dei capelli. La faccia era tonda, come anche le lenti degli occhiali. Nell'insieme, l'aspetto era piacevole e rassicurante. Come d'altronde lo era il carattere del signor Barzini, in accordo con l'apparenza. Parlava poco, mai degli assenti e ancor meno dei clienti, come si conviene a un buon portiere d'albergo. Lo aveva imparato tanti anni prima all'istituto superiore per il turismo Commendator Martarelli di Como. «La scuola alberghiera più severa d'Italia», diceva ogni volta.

«Buongiorno Steno, il tuo amico ti aspetta fuori. Gli ho detto di entrare, ma ha detto che preferisce così», disse.

L'agente scelto Cinà Raffaele, detto Scimmia, era fermo

immobile sul marciapiedi, di fronte all'ingresso dell'hotel. Steno poteva vederlo oltre la vetrata. La neve scendeva obliqua e gli macchiava il giaccone blu d'ordinanza e così pure il cappello blu d'ordinanza. I fiocchi, bianchi e radi come i capelli del signor Barzini, si posavano persino sul calcio della pistola d'ordinanza, bene in vista nella fondina.

Nel momento in cui Steno varcò la soglia dell'hotel il freddo lo morse inatteso. La notte precedente, in camicia, stava meglio di adesso, con il cappotto addosso.

«Ciao vecio», disse Scimmia, serio.

«Ciao Scimmia», rispose Steno.

«Puzzi di alcol», disse Scimmia, ancor più serio.

«Serata impegnativa», tagliò corto Steno, temendo che Scimmia gli facesse la paternale sul fatto che guidare ubriachi è un reato.

Invece Scimmia gli disse qualcosa di molto diverso e inatteso. Qualcosa che, con il senno di poi, avrebbe cambiato la vita di tante persone, compresa quella di Steno Molteni: «Hanno ammazzato il figlio del console americano».

Steno non rispose nulla, in attesa che l'altro continuasse.

«Ha diciannove anni. Anzi aveva diciannove anni, visto che è morto. Una macchina lo ha lasciato moribondo ieri notte di fronte all'ospedale Fatebenefratelli, qui dietro. Aveva la testa sfondata dietro, sulla nuca, e delle botte in faccia. Forse lo hanno colpito con qualcosa, ma non lo sappiamo ancora», disse Scimmia, compunto e professionale, nonostante la neve sul cappello.

«Come fate a sapere che è figlio del console?» chiese Steno.

Il morto aveva i documenti in tasca. Oltre alla patente,

c'erano anche la tessera sanitaria e un tesserino del governo degli Stati Uniti. «Non ce ne sono tanti a Milano che si chiamano Armstrong. Il console è arrivato in ospedale. Ha riconosciuto il cadavere del figlio. Ora sono cazzi nostri scoprire chi lo ha ammazzato.» Scimmia abbassò lo sguardo a terra e picchiettò il berretto, in modo da fare cadere un po' di neve. Poi proseguì. «Il figlio del console americano, ti rendi conto? Puoi immaginarti come l'ha presa il questore. Oltre al fatto che è un uomo importante, lui e il console sono pure amici. Mi hanno detto che giocano insieme a tennis ogni mercoledì, e chissà quante altre volte. Sembra siano anche compagni di doppio. La Questura e il consolato sono uno di fianco all'altro.»

Steno aveva sempre più freddo. A differenza di Scimmia, non aveva in testa il cappello d'ordinanza, né altro civile copricapo. E nemmeno sciarpa e guanti. In compenso, aveva un sacco di domande da fare. Steno avrebbe voluto invitare Scimmia a entrare nell'hotel e proseguire la chiacchierata nella saletta del pianoterra, al caldo, di fianco al mobile portagiornali a forma di papera. Ma Scimmia non gliene diede il tempo. «Steno, io la notizia te l'ho data. Voi uscite in edicola fra tre giorni, giusto? Ti prego, ti supplico, se scopri qualcosa prima di allora, dimmelo. Mio padre lo diceva sempre che tu le indagini le sai fare. Per me è importantissimo. Mi hanno messo su questo caso perché so l'inglese, ma mi cago sotto.» Steno sorrise per un attimo. Tanto bastava. Il patto era stretto. «Ora devo andare», disse Scimmia. «E non dire più che ti do solo notizie da niente.»

Scimmia si guardò intorno per un istante, con circospezione. Era a due passi dalla Questura, non il posto migliore per incontrare di nascosto un giornalista. Con un gesto rapido, fece scivolare nella mano dell'amico alcuni fogli, piegati in quattro. Steno li infilò subito in tasca e ringraziò.

«È la nostra nota di stanotte», disse Scimmia. Vale a dire, una copia della prima relazione di intervento sulla morte del ragazzo.

«Grazie Scimmia. Sei un amico. Se posso ti aiuto», disse Steno.

«Vedi di potere», sorrise Scimmia. Non era uno che sorrideva spesso e non gli riuscì tanto bene. E non era quello che si dice un bell'uomo.

«Non l'avete data questa mattina ai giri?» chiese Steno. Tradotto: non avete informato gli altri giornalisti, vero? La faccia di Scimmia non lasciò dubbi di sorta. La notizia non la sapeva nessuno a parte Steno e chi la doveva sapere per forza. Vale a dire gli sbirri, il pubblico ministero di turno, gli infermieri, i medici, i parenti del morto e il suo assassino.

Senza aggiungere una parola, l'agente scelto Cinà Raffaele detto Scimmia si mosse verso la Questura. Steno resistette al freddo e alla tentazione di correre in albergo. Guardò l'amico allontanarsi. Visto da dietro, con le braccia lunghe, le spalle spioventi e le gambe troppo corte, sembrava davvero uno scimpanzé.

Steno rientrò in albergo e il signor Barzini ebbe un moto di intesa, segno che aveva riconosciuto quel poliziotto goffo e dai modi gentili.

«È il figlio di Cinà, eravamo insieme in classe alle superiori», disse Steno al signor Barzini, «è un bravo ragazzo. Sta qui in Questura, spesso pranziamo insieme. È arrivato a Milano più o meno quando ci sono venuto io, siamo cresciuti insieme. Adesso lavora alla Squadra Mobile.»

Bellagio ha meno di quattromila abitanti. I bellagini sono pochi in generale, figuriamoci quelli trapiantati a Milano. Quindi è normale che il signor Barzini avesse riconosciuto Scimmia, il figlio del carabiniere Salvatore Cinà, brigadiere capo alla stazione di via Lazzaretto. E non stupisce il fatto che Steno, quando aveva deciso di fare come volontario un anno in ferma nei carabinieri, avesse fatto in modo di finire alle dipendenze di Salvatore Cinà, padre del suo amico Scimmia. Ed è altrettanto prevedibile che il signor Barzini si fosse speso con la direzione del Villa Garibaldi perché Steno potesse dormire in albergo a un prezzo speciale, nei suoi primi giorni a Milano.

Meno normale è il fatto che Steno si fosse poi trasferito in pianta stabile nell'hotel, facendo della stanza 301 la sua residenza.

«Alberto questa mattina ti ha lasciato le chiavi della macchina. Dice che è parcheggiata in Foro Buonaparte, di fronte alla banca. Ti ha lasciato questo», disse il signor Barzini, allungando a Steno un bigliettino.

Alberto si scusava per il fatto di essersi dovuto allontanare, per andare a farsi una doccia in un centro comunale. Rassicurava però Steno sul fatto che alla Maserati avrebbe badato una vecchia rom sua amica, che di solito chiede l'elemosina di fronte a un'agenzia di viaggi in largo Cairoli. E non esiste al mondo un migliore antifurto di una vecchia rom.

Steno ringraziò il signor Barzini, salì le scale a piedi, come faceva tutti i giorni, e rientrò in camera. Sabine era vestita, ovviamente con gli stessi abiti della sera prima.

«Ho usato il tuo spazzolino», disse a Steno, e gli mostrò la bianchissima chiostra di denti.

Sabine aveva acceso la radio Brionvega in bagno. Passava una canzone di Paolo Conte, *La ricostruzione del Mocambo* – «Ora convivo con una austriaca/abbiamo comprato un tinello marron...» – una delle sue più belle e malinconiche. Sabine era eritrea, e lui non ci conviveva, ma Conte avrebbe apprezzato quella stanza, quella donna, quel risveglio.

«Sai che ore sono?»

«Penso più o meno le quattro», rispose Steno. Non si era nemmeno tolto il cappotto. Teneva la mano in tasca e con le dita scorreva le pagine della nota di servizio che Scimmia gli aveva dato poco prima. Con i polpastrelli, cercava di stimarne il volume. Due pagine, tre al massimo, piegate in quattro. Era impaziente. Non vedeva l'ora che Sabine uscisse per poterle leggere. Non voleva che uscisse per sempre, però.

«Quando ci rivediamo?» le chiese, mentre lei si sistemava in fretta specchiandosi nell'anta scorrevole dell'armadio.

«Il mio numero te l'ho dato ieri sera», rispose lei, «te l'ho detto in francese, però. E chissà come mi avrai registrata in rubrica.» Steno pensò di non volerlo scoprire fino a quando lei non fosse andata via. La possibilità di avere aggiunto alla rubrica «Negra Old Fashion», o qualcosa del genere, era molto probabile. Di solito quel sostantivo non lo usava. Ma non si sa mai.

Sabine godette dell'imbarazzo di Steno. Poi sorrise. «Mi hai chiesto di scrivertelo io, il numero. Cerca in rubrica Sabine». E puntualizzò: «Ti dico già che stasera almeno fino a mezzanotte ho da fare un servizio».

«Un servizio?» le chiese Steno.

«Un servizio. Faccio la fotografa.»

Steno assunse un'espressione corrucciata, che significava: non mi sembra che tu ieri sera mi abbia detto che fai la fotografa. Sabine rispose con un'occhiata sicura, il cui senso era: non mi sembra che tu ieri sera mi abbia chiesto che lavoro faccio.

«Faccio la fotografa di moda. Lavoro per riviste italiane e straniere, oppure direttamente per le griffe. In questo periodo seguo Lavinia Guarnieri, è una fashion blogger. Non è quello che avevo in mente di fare quando mi sono iscritta al corso di fotografia, ma almeno paga bene.»

Sulla porta, si baciarono. Fu facile e naturale e durò più a lungo del previsto. Entrambi sorrisero. In questo modo, senza bisogno di parole, si dissero a vicenda quello che non si erano detti per tutta la notte, e nemmeno dopo la sveglia: è stato bello.

III

Steno prese dalla tasca del cappotto la nota che gli aveva lasciato Scimmia e scese velocemente le scale. Al pianoterra, entrò nella saletta vicino alla reception. Scelse la poltroncina più comoda, quella di fianco a un mobiletto portagiornali di legno, a forma di papera. In meno di dieci secondi il signor Barzini fu da lui, con il gilet, il papillon e tutto il resto. Ai piedi, come sempre, portava scarpe inglesi lucide.

«Tè?» domandò il signor Barzini.

«Grazie», si limitò a rispondere Steno. E cominciò a studiare la relazione. Due pagine in tutto.

La nota, pur scritta a computer, a prima vista dava l'impressione di essere stata battuta a macchina. Vuoi per il carattere, vuoi per il fatto che le spaziature e gli accapo erano segnati da file di trattini. Un vecchio accorgimento delle circolari militari, per evitare che i vuoti nel testo fossero poi riempiti con altre parole in un momento successivo a quello della battitura.

In testa, sopra alla data di compilazione, c'era il timbro: «Questura di Milano. Squadra Mobile». Poi il numero di protocollo. Quindi, un'indicazione che a Steno sarebbe stata di grande aiuto nelle ore e nei giorni successivi: «Si trasmette alla Procura della Repubblica presso il Tribunale Ordinario, Milano. – Dott.ssa Tajani».

Evidentemente, il pubblico ministero di turno in Procura nella notte era stata la famigerata dottoressa Maria Cristina Tajani. Sarebbe quindi toccato a lei occuparsi del caso. E per Steno non era certo una buona notizia.

La Tajani, tanti anni prima, si era guadagnata la fama di grande investigatrice indagando sul traffico di droga a Bari. Le sue inchieste avevano contribuito non poco a trasformare la città vecchia da fortino della malavita a quartiere pittoresco, o quasi. A Milano era arrivata già quasi sessantenne. Si occupava perlopiù di assegni falsi e truffe, nel dipartimento reati contro il patrimonio. Non esattamente quello che i giovani sognano di fare il giorno dell'esame di magistratura.

A Palazzo di Giustizia di Milano si era fatta notare più che altro per la pettinatura simile a quella di Elvis Presley, per la pesante bigiotteria con cui si agghindava, e per le urla con cui allontanava i giornalisti ogni volta che provavano a disturbarla. Anche e soprattutto quando aveva appena finito una notte di turno. Figuriamoci poi quando durante il turno le era capitato un omicidio.

Steno si sistemò sulla poltroncina, con intarsiato sullo schienale il logo dell'albergo, e cominciò a leggere.

«Il sottoscritto Sovrintendente Capo Minniti Filippo coadiuvato dall'Agente Scelto Cinà Raffaele, entrambi appartenenti all'ufficio in intestazione, con la presente riferiscono quanto segue:

Verso le ore 05.15 odierne, la locale Centrale Operativa

ci comunicava di portarci presso l'ospedale Fatebenefratelli in quanto i colleghi del posto di polizia del nosocomio, sito in corso di Porta Nuova 23, segnalavano la presenza di una persona deceduta a causa di probabile atto violento. Giunti sul posto verso le ore 05.25 trovavamo ivi i colleghi, il personale medico e i soccorritori. ————————————————————————. I colleghi presenti al posto di polizia dell'ospedale Fatebenefratelli ci comunicavano che alle ore 03.45 odierne circa arrivava e si arrestava nei pressi dell'ospedale una vettura non identificata la quale non entrava nella corsia ambulanze, ma verosimilmente si fermava al di fuori dell'ospedale stesso in corso di Porta Nuova nei pressi dell'accesso al pronto soccorso oftalmico. I soccorritori udivano alcuni colpi di clacson forse azionato dallo stesso conducente dell'auto. Allarmati raggiungevano la sede stradale e trovavano riverso sul marciapiedi dei Bastioni di Porta Nuova un uomo privo di sensi con ferite evidenti al volto e al capo. L'auto non era più sul posto. Sul marciapiedi antistante l'ospedale erano visibili una pozza di sangue e alcune macchie sempre di sangue fino alla strada. Nessuna evidenza di segni di trascinamento del corpo. Nessun'altra evidenza di rilievo. Non si sono trovati al momento testimoni presenti al momento dell'arrivo dell'auto ——————————.
Portato all'interno dell'ospedale, all'uomo venivano praticate le operazioni di soccorso come da protocollo ma invano. Alle ore 5.10 il personale medico ne constatava il decesso. Secondo la prima indicazione la morte potrebbe essere causata da trauma. Le ferite più evidenti sono al volto e al capo nell'area della nuca. Il deceduto veniva identificato grazie ai documenti di cui era in possesso in Armstrong Kellan (Armstrong

cognome) di anni 19, nato negli Stati Uniti d'America a Los Angeles California. ——————————————— ——————————————————————— Oggetti e reperti: Nella tasca posteriore destra dei calzoni tipo jeans il defunto aveva un portafogli di tela contenente euro 46 in contanti e documenti vari italiani e americani (doppia patente di guida, tessera sanitaria della Regione Lombardia, permesso di soggiorno rilasciato dalla Questura). Nella tasca anteriore sx del giubbotto venivano ritrovate chiavi presumibilmente di abitazione. —————————————————————— ——————————————— Il defunto non aveva con sé telefono cellulare o altri dispositivi elettronici. Indumenti e reperti sono nella disponibilità di questo ufficio per analisi. Il corpo si trova presso la camera mortuaria dell'ospedale Fatebenefratelli in attesa di riconoscimento e analisi. ——— ————————

Alle ore 5.40 arrivava presso l'ospedale il sostituto procuratore Tajani della Procura di Milano, allertata dalla Centrale Operativa».

Steno di relazioni della polizia ne aveva viste tante. Scarne e brevi come quella, poche. C'era da capirlo: nessun fermato e nessun testimone oltre agli infermieri e ai medici, che avrebbero comunque presentato i risultati delle loro analisi solo in un secondo momento. Quindi c'era davvero poco da dire. Per Scimmia e per il suo collega compilare la nota d'intervento doveva essere stato tutto sommato semplice.

Quando vide avvicinarsi il signor Barzini, con il vassoio del tè in mano, a Steno venne in mente che erano già le quattro del pomeriggio passate e che non aveva ancora mangiato nulla. Come sempre, il signor Barzini era giunto alla stessa conclusione prima di lui.

«Mi sono permesso di portarti uno yogurt, macedonia e un po' di biscotti», gli disse, impassibile.

Steno sorrise. E realizzò in quel momento di non avere più nessun mal di testa. Peraltro, le pareti avevano smesso di ondeggiare. Il tè avrebbe chiuso definitivamente i conti con la sera prima. Steno lesse di nuovo con attenzione la nota della polizia. Più che al caso in sé, cominciò a pensare a cosa avrebbe dovuto fare nelle ore successive. Escluse l'ipotesi di parlare dell'omicidio con il suo capo in redazione. Con ogni probabilità, gli avrebbe chiesto di pubblicare subito la notizia sul sito web del giornale. Questo avrebbe significato in un solo colpo rompere il patto con Scimmia, fare incazzare la pm Tajani ancora prima di averci parlato, e soprattutto regalare la notizia agli altri giornalisti, tre giorni prima dell'uscita in edicola della «Notte». Scartò anche l'ipotesi di andare a cercare informazioni in Questura, visto che come fonte in polizia aveva già Scimmia e tanto bastava.

L'unica porta a cui bussare era quella della dottoressa Tajani. Alla sola idea, gli tornò una fitta alle tempie.

Togliendo dalla tazza la bustina di tè Prince of Wales, che il signor Barzini gli aveva intanto servito, Steno tornò a leggere l'intestazione della nota. «Si trasmette alla Procura della Repubblica presso il Tribunale Ordinario, Milano. – Dott.ssa Tajani.» Il fatto che la relazione fosse stata trasmessa al magistrato così com'era, senza nemmeno venire imbellettata in Questura con un carattere Times New Roman e qualche ripetizione in meno, dimostrava la fretta degli investigatori. Steno si domandò se la nota fosse stata mandata in Procura quando già si sapeva chi era il padre del morto. In quel caso, era comprensibile che non volessero perdere tempo. Non capita tutti i giorni di avere per le mani il cadavere del figlio del console americano. In caso contrario, la fretta si spiegava con il fatto che anche in Questura conoscevano il temperamento della Tajani, e non volevano farla aspettare.

IV

Steno uscì dall'albergo e fu investito da aria gelida e neve. Ebbe l'impressione di essere sul ponte di una nave nel mezzo di una tempesta al polo. Il vento scuoteva la massa biancastra dei fiocchi in modo irregolare, senza direzione. Tener aperto l'ombrello era del tutto inutile. Il vento gonfiava la tela come una vela, mentre le folate di neve lo colpivano da ogni parte, come i pugni a gragnuola di un aggressore maldestro. Steno chiuse l'ombrello e agganciò il manico al gomito. Alzò il bavero del cappotto e infilò in tasca le mani, nonostante avesse i guanti. Sul fondo della tasca riuscì a sentire con le dita la sagoma del portachiavi d'acciaio. Era grosso e pesante. Il tridente simbolo della Maserati. Sorrise e accelerò.

Steno passò veloce davanti al teatro Strehler, già decorato con luci natalizie. Voltò a sinistra sul marciapiedi e cominciò a camminare verso largo Cairoli, schivando passeggini coperti da teli di plastica, anziane con scarponi di pelo e ragazzini che si lanciavano palle di neve da una parte all'altra della strada.

Prima ancora di riuscire a vedere l'auto parcheggiata, sentì un vocione uscire dal fagotto di coperte e sacchi a pelo ammassato sul gradino di fronte alla vetrina della banca: «Eccolo!»

«Alberto!» rispose Steno, e si rannicchiò sulle gambe in modo da portare i propri occhi all'altezza di quelli dell'amico, steso sui cartoni.

«Scusa se mi sono allontanato questa mattina, ma sono andato a farmi una doccia al centro del Comune. A mezzogiorno ero di nuovo qui a fare la guardia», disse Alberto. Steno notò che si stava facendo crescere la barba. Una barba bianca, piena e dall'aspetto soffice. Una cosa inusuale visto che, da quando lo conosceva, Alberto ogni mattina andava a sbarbarsi nel bagno di un bar di piazza Cadorna. Dopo la toilette, si sedeva al tavolino d'angolo e aspettava che gli fossero serviti cappuccino e brioche.

«Cosa fai, il barbone?» chiese Steno, e si passò la mano sulla propria guancia, onde l'amico comprendesse a cosa si riferiva. In tanti mesi Steno non aveva ancora capito se si poteva scherzare sul fatto che Alberto era un barbone, o se poteva farlo solo lui. Quindi, nel dubbio, ci andava cauto.

«Si avvicina il Natale. Se somigli a Babbo Natale, i bambini si fermano a guardarti e le mamme sono costrette a tirare fuori il portafogli. Non ci avevo mai pensato, l'ho letto in un libro di Carlo Verdelli. Sto provando e funziona», fece Alberto esibendo la smorfia scaltra del televenditore.

«Che paraculo», rispose Steno. Entrambi si misero a ridere.

La vecchia Maserati Ghibli nera era posteggiata di fronte al gradino che Alberto aveva scelto come letto per quella notte, oltre al marciapiedi e a una fila di alberi, tra un furgoncino bianco e una Panda. Sul lungo lunotto di vetro non si era depositato che qualche fiocco di neve, segno che Alberto lo aveva pulito in anticipo.

«Che bella macchina», disse soddisfatto Alberto.

Steno gli sorrise. E vedendolo così, steso sul cartone bagnato, gli venne in mente l'immagine di un barbone morto di freddo un paio di notti prima. La avevano diffusa i volontari del 118, per mettere in guardia sul rischio di altre morti. Pensò per un attimo se parlare o no, e alla fine parlò, pur sapendo che sarebbe stato inutile. «Alberto te l'ho già detto tante volte», esordì Steno, cauto, «almeno in queste notti che si gela, sarebbe meglio che tu dormissi in macchina. Le chiavi le hai. Guarda che con questo freddo è pericoloso dormire per strada. È inutile che ti spieghi il perché, li leggi anche tu i giornali.»

Era una guerra persa. Anche il signor Barzini, nei giorni precedenti, aveva insistito con Alberto perché quantomeno nelle notti più fredde dormisse in una piccola stanza riscaldata al pianoterra. Era una sorta di androne, di fianco al locale della caldaia, che in hotel veniva usato come magazzino della lavanderia. Il signor Barzini aveva già sistemato una branda pieghevole fra i cesti delle lenzuola. Ma Alberto non l'aveva nemmeno voluta considerare. Si era limitato a sorridere e stringere forte la mano al signor Barzini, in segno di ringraziamento e rifiuto.

«Sto bene per strada», disse Alberto a Steno, che gli stava di fronte in piedi e lo sovrastava. «Questa giacca è di Gore-Tex, non è una schifezza da cinquanta euro come quella rossa che avevi tu l'altro giorno. Ho anche la calzamaglia in microfibra. E comunque, di freddo muoiono solo gli ubriaconi.» Poi aggiunse: «A proposito, Steno. Se devi parlare con qualcuno, mangia prima una mentina. Puzzi di alcol. Dovresti bere meno».

Che fosse Scimmia a dirgli che aveva bevuto troppo,

passi. Ma sentirsi dare dell'ubriaco da un barbone era davvero troppo. Dunque aveva varcato il limite di guardia: meglio darsi una regolata e uscire un po' meno la sera.

Steno appoggiò la mano guantata alla maniglia cromata lucida. Aprì la portiera e si sedette sul sedile di pelle chiara. Infilò le chiavi nel quadro, le ruotò di un quarto di giro e gli otto cilindri, perfettamente sincronizzati, cominciarono a suonare. Come un'orchestra. Come l'acqua di una grande cascata. Quattromilasettecentodiciannove centimetri cubici di melodia.

Agganciò la cintura di sicurezza al fermo e impugnò con la mano sinistra il volante rivestito in legno. Calcolò a occhio che sarebbe potuto uscire dal parcheggio anche senza fare manovre, vista la distanza dell'auto di fronte. Prima di partire, voltò la testa verso il marciapiedi. Alberto lo stava guardando, orgoglioso di come aveva pulito l'auto dalla neve. Poi sterzò tutto a destra, inserì la prima e fece una pressione leggera sull'acceleratore, il tanto che bastava per mettere le ruote in strada. Con le gomme invernali, la Ghibli sulla neve non se la cavava male. Di sicuro non era un fuoristrada, ma non aveva problemi ad arrivare al Palazzo di Giustizia.

Parcheggiò in via Freguglia sotto la massa marmorea del Tribunale ed entrò in un bar a comprare un pacchetto di mentine, come gli aveva suggerito di fare Alberto, poi infilò l'ingresso principale in corso di Porta Vittoria. Salì la scalinata monumentale, superò con un cenno della mano il controllo delle guardie e lasciò risuonare i suoi passi nella vastità dell'immenso atrio, su cui affacciano l'aula magna e la Corte d'Assise, una più imponente dell'altra. Dopo un lungo corridoio, sormontato dal bassorilievo in pietra di un fascio littorio, sbucò nell'atrio centrale. L'ascensore lo scaricò al quinto piano, che insieme al quarto ospita gli uffici della Procura.

L'ufficio del sostituto procuratore era di fianco alle macchinette del caffè. Una circostanza che infastidiva molto Maria Cristina Tajani. Ogni volta che passava di fianco alla macchinetta, squadrava i cancellieri e i carabinieri in pausa, che ciondolavano con il bicchierino di plastica in mano: «Buono il caffè? Volete anche dei pasticcini? Ma lavoro solo io in questa Procura?» I cancellieri restavano impassibili. Solo dopo che si era allontanata si concedevano un risolino furbo. I carabinieri commentavano: «Cosa vuole questa scassacazzo». Ma sempre a mezza voce, coprendo la bocca con le dita. Nessuno in Procura, nemmeno il procuratore, aveva voglia di litigare con la Tajani.

L'area caffè era deserta a quell'ora del pomeriggio. La porta della stanza della Tajani era chiusa, ma dal vetro opaco si poteva facilmente intuire una luce accesa. Nonostante fosse reduce dalla notte di turno, alle cinque del pomeriggio passate la pm era ancora in ufficio. Niente di nuovo, per chi la conosceva.

Steno bussò e accostò l'orecchio alla porta. Da dentro, sentì un mugugno, un vuoto di silenzio e poi un urlo: «Avanti!» La dottoressa Tajani era seduta dietro alla sua scrivania, con i capelli neri corvini pettinati alla Elvis Presley, i piccoli occhi scuri puntati su Steno, le labbra cariche di rossetto rosso. Alle orecchie aveva due grossi cerchi finto oro. Al collo, una gigantesca ed elaborata collana, finto oro anche quella, con il logo di Versace come pendente. «Buongiorno dottoressa. Sono qui per il turno», esordì Steno.

«Oggi non tocca a me. Ero di turno ieri. Comunque non ho niente da dirle. È stata una notte tranquilla. Grazie e arrivederci», rispose lei.

Steno capì che doveva giocarsi il tutto e per tutto subito. Non avrebbe avuto più di dieci secondi prima di essere cacciato fisicamente dalla stanza.

«Un turno tranquillo, a parte l'omicidio del figlio del console americano», le disse.

La dottoressa Tajani omologò la sua immobilità alla rigidità del marmo che aveva intorno. Scrutò Steno. Poi gli domandò: «Quanti anni hai?»

«Ventisette a gennaio.»

«Quindi ventisei», constatò la Tajani.

«Esatto, ventisei», confermò Steno.

«Quando tu sei nato, io mi ero già rotta le palle di fare il magistrato», disse il sostituto procuratore Tajani. Steno non poteva saperlo, ma era la battuta che faceva a tutti i giovani che varcavano la porta della sua stanza. Anzi, solo ai giovani che le stavano simpatici, visto che gli altri li cacciava molto prima.

Steno capì di piacerle. E disse senza pause: «Dottoressa, mi chiamo Steno Molteni, sono un giornalista del settimanale "La Notte". Forse non lo conosce, è nato poco più di un anno fa». La Tajani inarcò un sopracciglio, peraltro già arcuato di suo, disegnato con la matita nera parecchio sopra l'orbita dell'occhio. In quel momento Steno pensò che, se avesse avuto dei lineamenti un po' più regolari, la Tajani sarebbe potuta somigliare a Moira Orfei. Ma non li aveva, i lineamenti regolari. Aveva invece una mascella da lottatore, addolcita solo dal grasso, il mento marcato e due zigomi che parevano albicocche impiantate sottopelle. «Qualsiasi cosa lei mi dirà, io non la scriverò comunque prima di venerdì, quando il giornale sarà in edicola», disse Steno come premessa generale, per tranquillizzare la sua interlocutrice.

La Tajani rispose: «Voi della "Notte" avete anche un sito Internet». Steno rimase stupito. Non solo la pm conosceva il settimanale, ma sapeva addirittura dell'esistenza del sito. Mentre il giornale vendeva bene, per essere un settimanale locale di cronaca nera, il sito per ora aveva meno contatti dei blog sulla pesca al pesce siluro. Lo curava interamente uno stagista di ventidue anni con gli occhiali spessi, che il primo giorno di lavoro aveva detto al capo che gli sarebbe piaciuto occuparsi «di Esteri, cinema e politica internazionale».

Invece da mesi non faceva altro che pubblicare sul web foto ricordo di morti ammazzati. E cominciava a piacergli.

Steno rassicurò la Tajani: «Sul sito non pubblicheremo nulla. Il mio capo nemmeno sa della morte di Kellan Armstrong al Fatebenefratelli questa notte». Tradotto: non solo si può fidare di me, dottoressa, ma alcune informazioni le ho già. Ad esempio, che il morto si chiama Kellan Armstrong e che è deceduto all'ospedale Fatebenefratelli.

Il volto della Tajani si contrasse in un'espressione pensosa e difensiva. Poi le rughe trovarono altre pieghe, un'altra disposizione. Ora sembrava più disgustata che pensosa. Prese in mano un elastico verde, di quelli che tengono insieme i fascicoli, e cominciò a giocarci.

«Cosa vuoi sapere?» tagliò corto.

La Tajani fece qualche resistenza ma poi disse quello che poteva dire. Sì, Kellan Armstrong era senza dubbio il figlio del console americano a Milano. Il console, arrivato in ospedale la mattina, lo aveva riconosciuto. E sì, con ogni probabilità era stato lasciato per terra sul marciapiedi dei Bastioni di Porta Nuova da un'auto che si era poi allontanata. Era logico pensare che lo stesso conducente avesse suonato il clacson, forse per attirare infermieri e soccorritori, e fosse poi fuggito. Nessuno però fra il personale dell'ospedale aveva visto l'auto allontanarsi.

Dopo il riconoscimento del cadavere da parte del padre, il corpo era stato trasferito dall'ospedale all'obitorio in attesa di autopsia. La causa del decesso, secondo le prime analisi, era una profonda ferita alla nuca. Ferite importanti riguardavano anche il naso, lo zigomo destro e alcuni denti, sempre dalla parte destra del volto. Non c'erano segni di violenza sul resto del corpo, se non qualche livido compatibile con una caduta a terra o comunque con un impatto con superfici dure. Non si escludeva al momento che Kellan Armstrong potesse essere morto a seguito dell'urto in un incidente stradale. Ma la dinamica più probabile sembrava l'aggressione o una colluttazione. Kellan aveva indosso un paio di guanti di pelle. Le nocche erano integre, nemmeno segnate, come il resto delle mani. Difficile dire se il ragazzo avesse fatto a pugni o si fosse comunque difeso in qualche modo.

Di certo, sembrava avere preso un forte colpo alla nuca dato con un oggetto pesante e appuntito. Un badile, una pietra, un piccone, una picozza da montagna. Le ferite sulla parte destra del volto erano invece state provocate dall'urto contro un oggetto duro. Ma non erano lacerate come quella sulla nuca. In ogni caso, l'autopsia avrebbe potuto dare indicazioni migliori.

«Anche se l'autopsia la facciamo in fretta, per avere dei risultati decenti ci vorranno un paio di giorni», disse la Tajani, «e puoi scommetterci che la faremo in fretta. Ti lascio immaginare la reazione del procuratore quando ha saputo che era morto il figlio del console americano.»

Un paio di giorni. Quindi in tempo per la pubblicazione della «Notte». Era martedì e il giornale sarebbe uscito in edicola venerdì. Quindi, tre giorni dopo. Steno sorrise a quel pensiero. La Tajani interpretò correttamente e decise di togliergli speranze inutili.

«Ovviamente sto parlando solo dei primi rilievi cinetici e dell'analisi dei tessuti», disse la pm. «Per il dna ci vorrà molto più tempo, altro che due giorni.»

A quel punto Steno decise che era arrivato il suo turno. Le disse tutto quello che sapeva, sbagliando oppure omettendo di proposito alcuni particolari: orari, luoghi esatti, circostanze specifiche. Non voleva far capire al magistrato di avere letto la relazione di intervento della polizia. Né voleva far intendere che la notizia gli fosse arrivata da qualcuno che partecipava all'indagine. La fonte sarebbe tranquillamente potuta essere un medico, un infermiere o chiunque altro in ospedale. Steno non le disse, ad esempio, che sapeva che il morto non aveva con sé il telefono, né nessun altro dispositivo elettronico. Quella sul telefono se la sarebbe tenuta come ultima domanda.

La Tajani ascoltò la ricostruzione fatta da Steno ed evitò di correggere le imprecisioni sparse nel racconto. Anzi, fu felice di constatare che il suo interlocutore conosceva solo parte della vicenda. Passi non avere idea di chi sia l'assassino di un ragazzo morto dodici ore prima, ma saperne addirittura meno di un giornalista di ventisei anni sarebbe stato davvero troppo.

«Delle indagini si occupa la polizia o i carabinieri?» chiese Steno con un eccesso di teatralità.

«Polizia, Squadra Mobile», fece lei e proseguì, dicendogli il pochissimo che poteva dirgli sul corso delle indagini. Stavano controllando i filmati delle telecamere di sicurezza di palazzi e negozi, registrati nelle ore in cui l'auto si era fermata in corso di Porta Nuova. Purtroppo quelle dell'ospedale non avevano inquadrato nulla. Il corpo era stato lasciato sul marciapiedi del viale centrale, e la visuale era impedita dalle auto parcheggiate, da una fila di alberi e da una specie di stretto controviale.

Per il resto, la Tajani disse che stavano facendo «le solite cose». Steno ribatté: «Quindi, parlate con parenti e amici, cercate testimoni e controllate le celle telefoniche». La Tajani lo guardò come una mamma guarda il figlio di un anno che cerca di uscire dal box. Poi respirò a fondo e allargò le braccia, segno inequivocabile che la conversazione era conclusa.

Steno ringraziò, poi fece la domanda che aveva tenuto per quel momento.

«Kellan Armstrong non aveva con sé il cellulare, vero?»

La Tajani rimase impassibile. «No, non lo aveva. Può darsi che glielo abbiano rubato», disse. «In questo caso, significa che con ogni probabilità stiamo indagando su una rapina finita male.»

Non torna, pensò Steno. Kellan aveva in tasca il portafogli con dentro i contanti. Nessuno ti ruba il telefono e ti lascia in tasca i contanti.

«Il fatto che avesse in tasca i contanti non significa nulla», stigmatizzò la Tajani. «A logica, il rapinatore potrebbe avergli preso il telefono e poi essere scappato. Diciamo che sia andata così, solo per ipotesi: il rapinatore gli prende il telefono. Poi gli chiede il portafogli. Kellan per qualche ragione si rifiuta di consegnarglielo, oppure semplicemente prende tempo, e quello lo colpisce. Capisce di averlo ferito in modo serio e scappa, senza prendere il portafogli.»

Poteva essere.

«Oppure Kellan poteva essere uscito di casa senza avere con sé il telefono», disse Steno.

E la Tajani: «Può darsi».

Invece non poteva darsi. Steno non poteva immaginarlo. La Tajani, invece, lo sapeva bene.

La Squadra Mobile aveva già fatto visita nella mattina a casa degli Armstrong. Un bel palazzo del Settecento in via dei Giardini, a due passi dal consolato americano e dalla Questura. Una visita fatta con tutta la cortesia del caso, ovviamente, trattandosi del console degli Stati Uniti. E, cosa più importante, del compagno del questore nel doppio a tennis. Era stato il questore in persona a chiamare Liam Armstrong. Gli aveva assicurato che della morte di suo figlio si sarebbero occupati ovviamente i migliori uomini a disposizione. E che la polizia sarebbe stata disponibile a collaborare con le autorità americane. La garanzia arrivava direttamente dal ministro degli Interni, che aveva scritto ad Armstrong, indicando al console il proprio numero di telefono cellulare.

Della visita a casa Armstrong erano stati incaricati due commissari capo, con cui il questore lavorava da anni. Erano stati a casa del console per almeno mezz'ora. L'intento era anzitutto quello di mettersi a disposizione e capire in modo discreto se il padre fosse a conoscenza di qualche elemento utile per scoprire l'assassino del figlio. Dopo tristi e difficili convenevoli, Armstrong aveva detto ai poliziotti: «Né io né mia moglie siamo riusciti a trovare in camera di nostro figlio il telefono e il computer portatile. Siamo convinti che qui non ci siano. Se volete perquisire camera sua, fatelo pure. Vi chiedo solo di aspettare qualche ora. Domani mattina mia moglie verrà con me in obitorio. Non voglio che lei sia in casa quando la camera di Kellan sarà rivoltata». Per il resto, Liam Armstrong aveva detto quello che dicono quasi tutti i padri dei ragazzi uccisi. Kellan non aveva nemici, frequentava solo gente a posto, nessuno aveva ragione di volergli fare del male. Frasi che non dicono nulla sul ragazzo, né sulla ragione per cui sia stato ucciso, ma che aiutano gli investigatori a capire il rapporto che il morto aveva con i suoi genitori.

«Tornerò a trovarla», disse Steno alla Tajani.

«Se proprio devi», fece lei. E per la prima volta dall'inizio della chiacchierata accennò una specie di sorriso. O quantomeno alzò il labbro superiore, scoprendo una fila di denti bianchissimi, macchiati in alcuni punti di rossetto.

Steno sorrise a sua volta e uscì dalla stanza.

Appena chiusa la porta, realizzò di essere soddisfatto di come era andato l'incontro con la Tajani, e più in generale di come si erano messe le cose nella sua vita nelle ultime ore. La notte con Sabine, l'arrivo a sorpresa di Scimmia con una notizia che nessun altro giornalista aveva, le dritte del pubblico ministero.

Di tutte le cose che la pm gli aveva detto, una gli era rimasta impressa più delle altre: le telecamere di sicurezza dell'ospedale non avevano inquadrato il momento in cui il corpo di Kellan Armstrong veniva lasciato sul marciapiedi, per via del fatto che la strada era molto larga e che gli occhi elettronici erano puntati sul controviale cieco. Ma questo non significava che la macchina non fosse stata inquadrata da altre telecamere, anche a una certa distanza dall'ospedale, lungo i Bastioni di Porta Nuova.

Steno decise che sarebbe partito da lì: dalle telecamere. Poi avrebbe provato a contattare Scimmia per chiedergli se c'erano novità. Guardò fuori da uno dei finestroni del tribunale. Il cielo scuro era mosso dall'indistinta figura bianca della neve, che cadeva, quasi ininterrottamente, ormai da due giorni.

Prima di uscire dal Palazzo di Giustizia, Steno controllò l'orario sullo schermo del telefono. 19:22.

V

Liam Armstrong mise a fuoco il quadrante del suo Rolex: 19:22.

Si fermò sotto una rugginosa tettoia di via Ugo Foscolo. Chiamarla «via» è improprio, in realtà è un vero e proprio vicolo che collega piazza del Duomo al braccio orientale della Galleria Vittorio Emanuele: una sorta di budello-corridoio, in ombra per quasi tutta la giornata e buio in inverno già alle tre del pomeriggio, sul quale affacciano i motori dei condizionatori d'aria, le rampe degli accessi carrabili, le griglie d'aerazione delle cantine, le botole attraverso cui il personale di servizio mette in strada i sacchi di rifiuti di bar e ristoranti. Via Ugo Foscolo per la Galleria è come il dietro le quinte per un palco teatrale, la sala macchine per una nave da crociera, o il parcheggio dei camper degli acrobati circensi.

Nel punto più oscuro e nascosto della via più buia del centro di Milano, c'è una porta di ferro da macelleria, grigia sul muro grigio, senza iscrizioni né campanello. È la porta della cucina del ristorante Hanoi. In quella cucina lavorava Han. E Liam Armstrong era lì per lui.

Armstrong aspettò sotto la tettoia. Alzò lo sguardo il tanto che bastava per vedere la neve scendere fitta. Una tenda di fiocchi bianchi sul buio. Mentre alzava il bavero dell'impermeabile chiaro, e prima di percorrere i pochi metri che lo avrebbero avvicinato alla porta di metallo, Liam Armstrong capì di stare davvero facendo la cosa giusta. Se non mi posso fidare di Han, pensò, non mi posso fidare di nessuno.

Armstrong raggiunse la porta di metallo. Fermo sotto la neve, bussò tre volte. Nessuna risposta. Controllò ancora una volta l'ora. 19:25. Strano, non era ancora il momento di Frank Sinatra. Ma accostando l'orecchio all'acciaio gelido sentì le note leggere di un vecchio swing. Evidentemente, con cinque minuti di anticipo rispetto al solito, Han aveva lasciato la cucina e si era seduto al pianoforte.

Armstrong uscì dal buio di via Foscolo ed entrò nella luce dorata della Galleria. Le scarpe che prima calpestavano strati di neve sporca, ora scivolavano sui mosaici del pavimento. Il silenzio del vicolo si accese di colpo di suoni, di voci, di echi. Al ristorante Hanoi Armstrong guardò attraverso il vetro, senza entrare.

Han era seduto al pianoforte, con indosso la divisa bianca da cuoco e in testa il cappello da chef. Da fuori, Armstrong non poteva sentire le note. A differenza della porta della cucina sul retro, che per quanto solida lasciava passare qualche suono, la pesante vetrina sul davanti del ristorante fermava ogni rumore. Senza sentire la musica, Armstrong poteva godere dello spettacolo solo con gli occhi. La testa di Han seguiva dolcemente note mute. Le sue mani magrissime correvano silenziose sulla tastiera. I clienti ai tavoli protendevano il mento al ritmo di una musica inesistente, guardavano rapiti, tenevano il tempo con la punta del piede o picchiettando un dito sul tavolo.

Per gli affezionati del ristorante Hanoi, lo scattare delle 19:30 era il momento magico della giornata. Quello in cui durante l'aperitivo Han Tien Dung, lo chef vietnamita del ristorante, usciva dalla cucina, si sedeva al piano e suonava uno standard jazz del repertorio di Sinatra fra quelli che aveva imparato tanti anni prima a Saigon, quando in città vivevano le truppe americane: *My heart stood still*, *The best is yet to come*, *That old feeling*.

Han suonava e Armstrong ne contemplava la figura, quel suo essere tutto nelle mani, nell'armonia, da lì fuori muta e tuttavia evidente come un messaggio. Confinato nel silenzio, escluso dalla gioia che animava la sala oltre la vetrina, l'unica emozione che sentiva era quella che poco più di dodici ore prima gli aveva stretto il collo e che minuto dopo minuto premeva sempre più, fino a togliergli il fiato. L'emozione nera di sapere che tuo figlio diciannovenne non c'è più. Una consapevolezza che montava nel tempo, come un'onda bruna che si leva sempre più alta e si avvicina, inesorabile e invincibile.

Quando Han vide Armstrong fermo fuori dalla porta, capì che era successo qualcosa di importante. Evitò di voltarsi, staccò le mani dai tasti, rispose agli applausi. Poi, come ogni sera, si alzò, fece un impercettibile inchino al suo pubblico e tolse, come ogni sera, dal capo l'ingombrante e spettacolare cappello bianco da cuoco, con un gesto ampio e cerimonioso. In quell'istante Han incrociò lo sguardo di Armstrong e gli fece cenno di raggiungerlo sul retro. Si allontanò dal pianoforte, spinse con il dorso della mano una porta color rosa pallido, stuccata d'oro, e sparì di nuovo in cucina, da dove poco prima era comparso.

Han aprì la porta d'acciaio sul retro, prima ancora che Armstrong avesse bussato con i soliti tre colpi leggeri. Era l'unico a bussare in quel modo e Han era l'unico in cucina a potersi avvicinare alla porta al di fuori degli orari di raccolta dei rifiuti. Era stato lui stesso a imporre la regola. E i suoi aiutanti, tutti cinesi, non la mettevano in discussione. Come non discutevano nessuna delle regole imposte da Han in cucina. A molti vietnamiti i cinesi non piacciono. Ad Han piacevano tutte le persone che si fanno i fatti loro e in questo i cinesi sono insuperabili. Lo erano in particolare i cinque ragazzi che si era scelto come aiuti e lavapiatti al ristorante Hanoi.

Han si fece da parte per lasciar passare Armstrong, poi richiuse alle sue spalle la porta d'acciaio. Appena Armstrong fu dentro, Han spalancò la porta della dispensa calda e lo invitò a entrare.

Una volta nella stanza – la più silenziosa in assoluto del ristorante, dopo la dispensa fredda – Han scrutò Armstrong con un'intensità tale da inchiodarlo al pavimento, l'impermeabile ancora addosso.

«Hanno ucciso Kellan», disse. Poi aggiunse «Mio figlio Kellan», per evitare ad Han la pena di dover fare domande.

Han non reagì in nessun modo. Ed era esattamente la reazione che Armstrong si aspettava da lui.

«Lo hanno lasciato moribondo di fronte all'ospedale Fatebenefratelli, è morto poco dopo. Lesioni al volto e alla nuca», proseguì Armstrong. Poi dalla borsa chiara che portava a tracolla estrasse una cartelletta di cartoncino verde, di quelle che si usano per ordinare gli atti giudiziari. «Qui dentro trovi una copia della relazione di intervento della polizia, alcune note dei medici e la notizia di reato», disse Armstrong, appoggiando il fascicolo su un ripiano di metallo.

«Chi indaga?» chiese Han.

«Squadra Mobile. Sono in contatto con il questore. Dei nostri nessuno, che io sappia», rispose Armstrong. E precisò: «Su un caso del genere ci vorrebbe la Cia». Era una vecchia battuta da agenti della Cia. Armstrong sorrise. A quel punto si sentì autorizzato a sorridere anche Han.

Han notò che l'accento americano di Armstrong stava a poco a poco sparendo. L'italiano era la lingua grazie a cui i due uomini si erano conosciuti. Un vantaggio non da poco, visto che ai tempi della guerra non era certo la lingua più diffusa nella regione del delta del Mekong. Questo consentiva loro di parlare senza essere capiti, in un contesto in cui le informazioni facevano la differenza tra la vita e la morte, la vittoria e la sconfitta.

Han aveva imparato l'italiano a Milano, dove aveva vissuto quasi tre anni da ragazzo facendo l'aiuto cuoco all'Antica trattoria della Pesa. Aveva scelto Milano, e la Pesa in particolare, perché in quelle cucine aveva lavorato suo zio Ho, come ancora oggi ricorda una targa di marmo in viale Pasubio, a due passi dalla Torre di César Pelli e dalla piazza Gae Aulenti: QUESTA CASA FU FREQUENTATA DAL PRESIDENTE HO CHI MINH DURANTE LE SUE MISSIONI INTERNAZIONALI NEGLI ANNI TRENTA IN DIFESA DELLA LIBERTÀ DEI POPOLI. Armstrong invece l'italiano lo aveva studiato a Berkeley, negli anni dell'università, affascinato dall'idea di potere un giorno rappresentare il proprio Paese e i valori della libertà nella nazione con il più forte Partito comunista dell'Occidente. Era andata a finire invece che l'esercito lo aveva spedito in Vietnam. Aveva così dovuto interrompere gli studi, e a Berkeley sarebbe tornato solo parecchi anni dopo, in mezzo a studenti di dieci anni più giovani di lui. A Saigon, l'italiano lo aveva parlato solo con Han e con quel giornalista fiorentino con i baffi che scriveva per il settimanale tedesco «Der Spiegel».

Armstrong si appoggiò al piano della cucina. Tirò fuori dalla borsa un robusto sacchetto di plastica nera. Lo appoggiò sopra alla cartelletta di cartone verde.

«Qui dentro ci sono il telefono e il computer portatile di Kellan», disse Armstrong. «Li aveva lasciati in camera sua ieri sera quando è uscito. Ti dico già che non so se sia...» Armstrong si fermò un attimo, deglutì, quindi riprese a parlare. «Non so se fosse sua abitudine lasciare a casa il telefono quando usciva. Anche mia moglie non ne ha idea. Non ha idea di niente, è distrutta.»

Armstrong spiegò ad Han che il portatile non aveva una password d'accesso e che era capitato anche a lui di usarlo nei giorni precedenti, per prenotare una vacanza che avrebbe dovuto fare con la moglie. Quanto al telefono, era invece protetto da un codice Pin che lui non conosceva. Avrebbe quindi richiesto più lavoro.

«Vorrei che ci guardassi dentro tu prima di consegnarli alla polizia», disse Armstrong. Han annuì.

Al momento di salutarsi, fu Han ad avvicinarsi a Liam. Lo abbracciò. Una presa leggera e forte, come era Han.

Era già successo una volta che i due uomini si abbracciassero.

Era successo in uno dei locali delle cucine dell'Hotel Continental a Saigon, all'ora di pranzo del 21 dicembre 1972, il quarto giorno dall'inizio dell'operazione Linebacker Two. Il giovane colonnello dell'esercito popolare nordvietnamita Han Tien Dung, che ufficialmente faceva il cuoco nell'hotel dei giornalisti occidentali, aveva appena scoperto che il giovanissimo tenente della Strategic Air Command, Liam Christopher Armstrong, che ufficialmente faceva il reporter per il «Time», aveva chiesto di annullare all'ultimo momento un bombardamento nella regione di Hanoi, previsto per le due di quel pomeriggio. In una casa di lamiera nei sobborghi orientali di Hanoi, proprio nel cuore del «compound 141» che sarebbe dovuto essere bombardato, vivevano la moglie di Han e i suoi due figli piccoli.

VI

Steno sapeva che le probabilità di cavarne qualcosa erano quasi nulle, ma decise di tentare lo stesso. All'ora di cena, di regola, a Milano le portinerie sono chiuse. E lo erano ovviamente anche alle otto di quella sera nei palazzi dei Bastioni di Porta Nuova. Steno passò mezz'ora a citofonare ai campanelli con scritto «Custode» delle case con installata all'ingresso una telecamera di sicurezza. Cominciò dai palazzi di piazzale Principessa Clotilde, a est dell'ingresso del pronto soccorso del Fatebenefratelli. Nessuna risposta. Si spostò a ovest rispetto all'entrata delle ambulanze. Stesso risultato. Provò a suonare il citofono di un vecchio palazzo giallo, vigilato da due grosse telecamere, di cui una puntata sulla strada. Niente. Tentò con l'edificio di fianco, un casermone squadrato anni Cinquanta, con la facciata decorata da un mosaico di minuscole piastrelle. Anche lì, nessuno rispose. Dal portoncino di ingresso uscì però una signora, con un cappotto rosso, un piccolo cane al guinzaglio, fasciato in un cappottino, anche quello rosso. Il cane era piccoletto e la donna in proporzione lo era anche di più. Per arrivare a guardare Steno negli occhi, la signora dovette alzare il mento tanto da assumere una posa imperiosa vagamente mussoliniana. Anche la stazza e i lineamenti ricordavano quelli del duce. Steno pensò che, vista l'età della donna, avrebbe tranquillamente potuto essere la sorella di Benito Mussolini.

«Serve qualcosa?» domandò brusca la donna.

Steno pensò che sarebbe stato meglio evitare la storia del cadavere. Avrebbe fatto troppe domande. Non avendo preparato nessuna storia alternativa da raccontare, improvvisò.

«Sono un giornalista e sono qui per scrivere un articolo sulle bande di zingari che rubano nelle auto la sera», esordì Steno. «Ieri notte ci sono stati parecchi furti. Ho visto che avete due telecamere all'ingresso. Mi chiedevo se avessero ripreso qualcosa.»

La signora scrutò Steno da capo a piedi, una vera ispezione.

«Furti nelle auto?» chiese la donna, sospettosa.

«Esatto. Furti nelle auto», confermò Steno.

«Zingari?» domandò ancora.

«Sì, zingari.»

«Be', io sto al sesto piano e non ho una gran vista. Diciamo che da tre metri non distinguo un gatto da una sciarpa arrotolata. Anche se dovessero rubare qui davanti a casa non penso riuscirei a vedere nulla dalle finestre. Comunque, per le telecamere è già passata la polizia. I filmati li hanno presi loro, ma non ci hanno voluto dire perché li volevano. Non hanno parlato di furti, né di zingari. Hanno fatto il giro di tutte le portinerie fino a laggiù, in piazzale Baiamonti.» E allungò un dito indice tondo tondo come un piccolo wurstel. «La nostra portinaia però voleva sapere tutto e non si è arresa. Ha insistito parecchio. E dio solo sa se è una che sa insistere. Glielo avrà chiesto tre o quattro volte ai poliziotti. Perché volete i video? Perché volete i video? Ovviamente era curiosa.

Ma c'era questo poliziotto scortese che non le rispondeva. Niente, nemmeno una parola. Era giovane come lei, ma non le somigliava per niente. Non era gentile ed era anche abbastanza brutto», disse la signora. Poi ci pensò meglio, e rimarcò: «Anzi, decisamente brutto».

«Mi lasci indovinare», replicò Steno, con aria di speranza, «era basso, aveva i capelli molto corti, la pelle scura, la fronte piatta, le orecchie a sventola e due braccia lunghe come quelle di una scimmia.»

La signora sembrò sinceramente stupita dalla precisione nella descrizione. «I capelli, non so dire come li aveva, perché portava il cappello. A parte quello, è lui. Lo conosce?» domandò la signora Mussolini del sesto piano.

«No, ma ne ho visti tanti di poliziotti così», replicò Steno e porse alla donna un biglietto da visita nero e giallo, con le grafiche del settimanale «La Notte» e il proprio numero di cellulare. «Casomai dovesse avere qualche novità.»

Appena salito in macchina Steno accese il motore, in modo da attivare il riscaldamento. La neve aveva coperto completamente il parabrezza. Non si tolse il giaccone, né la sciarpa.

Provò a chiamare Scimmia. Nove squilli, nessuna risposta.

Gli scrisse un messaggio: «Ti saluta la signora con il cappotto rosso e il cane». Scimmia non rispose. «Chiamami», aggiunse allora Steno.

Per ingannare l'attesa, fece partire una canzone di Johnny Cash sul telefono, fino a quando non arrivò finalmente il messaggio di risposta di Scimmia.

«Non posso ora. Sono in Questura incasinato. Ci vediamo

dopo, mi faccio vivo io. Forse ho bisogno di te per capire una cosa. Io di macchine non so niente.»

Bravo Scimmia.

Steno fece pressione sull'acceleratore, e facendo slittare leggermente le ruote posteriori sulla neve prese via Castelfidardo verso il Villa Garibaldi. Cioè, casa.

Alberto gli aveva riservato il suo parcheggio preferito, a due passi dall'albergo, di fronte al negozio di costumi per carnevale. Aveva occupato il posto con una montagna di cartoni. A Steno bastò spostarli il tanto che serviva per farci stare la Maserati. Il signor Barzini parve particolarmente felice nel vederlo arrivare. «Steno ricordati che questa sera hai il turno al bar», gli disse.

Steno annuì immediatamente, fingendo di esserne consapevole. In verità se n'era dimenticato. Il caso di Kellan Armstrong e i cocktail bevuti la sera prima lo avevano distratto dall'impegno che aveva preso con la direzione dell'albergo che lo ospitava. In particolare, con il signor Barzini. E tutto avrebbe voluto Steno Molteni nella vita, fuorché mancare alla parola data al signor Barzini, l'unico vero amico di suo padre, e l'unica figura certa della sua infanzia.

Entrambi figli di portiere d'albergo a Bellagio, il padre di Steno e il signor Barzini erano seri e taciturni fin da bambini. Il primo giorno di scuola elementare, senza dirsi una parola, si erano scelti come compagni di banco. Lo erano rimasti fino al diploma all'istituto alberghiero Commendator Martarelli. Il giorno della maturità avevano attraversato il lago di Como a nuoto, da Bellagio fino a Colico. Quella sera avevano deciso che si sarebbero fatti crescere i baffi. Si erano promessi a vicenda che solo quando uno di loro fosse morto, l'altro se li sarebbe tagliati. Entrambi ovviamente mantennero la promessa. E per fortuna nessuno dei due aveva ancora dovuto mettere mano al rasoio.

A lungo il padre di Steno e il signor Barzini avevano lavorato insieme all'Hotel Villa Serbelloni a Bellagio, gomito a gomito come a scuola. Il padre di Steno si era fermato lì. Il signor Barzini, il giorno del suo trentaduesimo compleanno, aveva invece deciso di trasferirsi a Milano, una scelta fatta senza ragioni apparenti. Il padre di Steno, pur sconvolto dalla partenza dell'amico, non aveva chiesto all'amico spiegazioni. E il signor Barzini, apparentemente tranquillo come sempre, non ne aveva fornite. L'ultimo giorno di lavoro insieme, i due uomini si erano salutati con una stretta di mano. Poi si erano comunque visti quasi tutte le settimane per anni, dato che nei giorni di riposo il signor Barzini non rinunciava a tornare a Bellagio.

Quando aveva saputo che anche Steno, l'unico figlio del suo unico vero amico, aveva scelto di trasferirsi a Milano, il signor Barzini gli aveva fatto trovare una stanza pronta all'albergo Villa Garibaldi, di cui era portiere e responsabile del personale di servizio. Il patto era chiaro: Steno ci avrebbe potuto dormire al prezzo scontatissimo di 20 euro a notte, fino a quando non avesse trovato una casa. Per tutto il periodo di soggiorno, Steno avrebbe avuto il trattamento degli altri ospiti. Letto rifatto ogni mattina, pulizie quotidiane, servizio in camera.

Dopo un mese che Steno era a Milano, il vecchio barista del turno di notte in hotel si licenziò. Steno, che con shaker e tumbler ci sapeva fare, lo sostituì per qualche sera con grande gioia dei clienti. Delle clienti soprattutto. Rispetto al vecchio barista, Steno dietro al banco era un bel vedere. L'accordo fra Steno e la direzione del Villa Garibaldi, dopo le prime sere di prova al bar, divenne questo: Steno avrebbe potuto vivere nella stanza 301, la doppia che già occupava dal suo arrivo a Milano, al prezzo scontatissimo di 10 euro a notte. In cambio, avrebbe dovuto lavorare al bar per tre sere a settimana. Nelle altre serate, del bar si sarebbe occupato lo stesso signor Barzini, che fra le altre cose era un barman eccezionale.

Nonostante il signor Barzini fosse il migliore amico di suo padre, Steno fin da bambino gli dava del lei. E quando in casa si parlava del signor Barzini, ci si riferiva a lui sempre e solo come al signor Barzini, mai per nome. Anche ora che vivevano nello stesso hotel, ed erano di fatto colleghi al bar, Steno si guardava bene dal prendersi qualsiasi tipo di confidenza.

«Certo, non si preoccupi signor Barzini», gli disse Steno, in piedi di fronte al banco dell'accettazione. «Alle dieci in punto sarò al bar.» Poi scappò in camera per fare un bagno caldo.

VII

Scimmia bussò alla porta 301 mentre Steno stava mangiando un club sandwich. Davanti all'amico in accappatoio, con i piedi nudi sulla moquette morbida e il panino in mano, il poliziotto provò una sorta di invidia.

«Ciao Scimmia, entra. Vuoi gradire?» e Steno allungò il suo mezzo panino.

Scimmia, il giaccone ancora addosso, prese il mezzo sandwich con la mano guantata e lo addentò. Aveva fame, evidente.

«Novità?» domandò Steno.

Scimmia appese il giubbotto a uno dei gancetti sul muro. Steno notò che, incredibilmente, non vestiva la divisa. Aveva indosso un paio di pantaloni a coste di velluto verde scuro, un maglione giallo paglierino e una camicia a quadri rosso su rosso. Nell'insieme sembrava un boscaiolo in pensione che si era vestito senza accendere la luce.

Se il ministero dell'Interno costringe i poliziotti a indossare l'uniforme, pensò, è perché non si fida di come si vestirebbero da soli se potessero scegliere.

«Sono stato vicino all'ospedale a cercare di dare un'occhiata ai filmati delle telecamere dei palazzi», disse Steno all'amico.

«Quello è il mestiere nostro», fece Scimmia con la bocca

piena. Prese dal minibar una confezione di noccioline e si sedette alla scrivania con il portatile sulle ginocchia.

«Carina la signora con il cane», lo punzecchiò Steno.

«Simpatica quella. Mi ha chiesto se venivo da una famiglia di brevilinei, lei che è alta come un fungo», disse Scimmia.

«Dalle telecamere hai tirato fuori qualcosa?» domandò Steno.

Scimmia, d'istinto, rispose da sbirro, come fosse a una conferenza stampa. «Al momento le immagini sono al vaglio.» Poi mise a fuoco i tratti di chi gli stava davanti, accantonò le cautele da poliziotto e cominciò a spiegare come stavano le cose.

Stavano così: il corpo di Kellan Armstrong era stato lasciato sul marciapiedi vicino all'ingresso del Pronto soccorso oftalmico del Fatebenefratelli alle 3.45 circa. Questo, almeno, riferivano i soccorritori e il personale del posto di polizia dell'ospedale. Nei dieci minuti precedenti, le telecamere delle abitazioni private che riprendevano i Bastioni di Porta Volta a est dell'ospedale inquadravano nell'ordine: un camion spargisale dell'azienda della nettezza urbana, un grosso furgone che apparentemente trasportava frutta, il motorino di un ragazzino che cercava di tornare a casa pattinando sulla neve. Per scrupolo, la polizia aveva controllato la targa del furgone e persino quella del mezzo spargisale. Il furgone era registrato a nome di una società di grossisti dell'ortofrutta. Il conducente, contattato dagli agenti, aveva spiegato che stava andando a prendere un collega per poi dirigersi all'Ortomercato, come tutte le mattine. Aggiunse di non avere visto nessuna auto né nessun altro mezzo abbandonare un giovane moribondo sul marciapiedi di fronte all'ospedale. Molto simile il resoconto dello spazzino alla guida del mezzo Amsa, a parte il fatto ovviamente che non stava andando all'Ortomercato. Comunque, no. Nemmeno lui aveva visto un'auto o un altro mezzo sbarazzarsi del corpo di un giovane moribondo.

Più interessanti, anche se meno nitide, le immagini registrate dalla telecamera di uno dei palazzi a ovest dell'ospedale. Il lato della via in cui abitava la signora col cane, per intendersi. Fra le 3.30 e le 3.45 erano passate tre auto, tutte andavano nella direzione dell'ospedale. Di nessuna era possibile leggere con chiarezza il numero di targa. Ci avrebbe provato l'indomani un collega della scientifica esperto in fermo immagine, zoom e risoluzione dei filmati. La prima auto era un'utilitaria bianca, forse un mezzo di servizio dell'Azienda elettrica municipale. Erano in corso accertamenti. Le altre due erano macchine scure e andavano a velocità sostenuta. La prima era una grossa berlina con autista. Quanto alla seconda, Scimmia la descrisse come «una specie di jeep». Veniva inquadrata qualche minuto dopo la berlina.

«Le hai qui con te le immagini?» domandò Steno.

«Sono qui per questo», rispose Scimmia, mentre il portatile ancora gracchiava in fase di avviamento. «Tu che sei esperto di macchine magari mi sai dare una mano a capire che cosa sono.»

Appena il computer lo consentì, Scimmia fece partire un filmato. Era in bianco e nero. In alto erano impresse data e ora. Alle 3.31 si vedeva passare la piccola auto bianca con l'insegna dell'Azienda elettrica sulla portiera. Alle 3.36, la grossa berlina nera o grigio molto scuro. Forse una Mercedes 200, pensò Steno, e lo disse all'amico. Scimmia ci aveva visto giusto, era la macchina più usata dagli autisti privati. Il fuoristrada passava alle 3.43. Appena lo vide, Steno ebbe come un sussulto. «È una macchina molto poco comune», disse, «una Lada Niva passo lungo. Un fuoristrada sovietico. Quel particolare modello non è nemmeno mai stato importato in Italia. Non penso avrete problemi a rintracciarla, ce ne sono in giro davvero poche.»

Mentre parlava, Steno percepì una sensazione di già visto. Quell'auto gli era familiare.

Scimmia cominciò a fare ricerche al computer sulla Lada Niva. Steno guardava lo schermo, cercando di non disturbare l'idea che da sola si stava facendo spazio nella sua mente. Di colpo, come un circuito elettrico a cui finalmente venga data corrente, la memoria di Steno riuscì a collocare quell'auto nello spazio e nel tempo. E non doveva andare indietro di chissà quanto: l'aveva vista la sera prima parcheggiata a due passi dalla discoteca Old Fashion, dove aveva poi trascorso la serata e conosciuto Sabine.

Steno sapeva che avrebbe dovuto dire a Scimmia che lui quell'auto l'aveva già vista. Ma qualcosa lo frenò. Decise che nell'indicare all'amico marca e modello, aveva già fatto abbastanza per la polizia. O almeno, questa era la giustificazione che aveva deciso di darsi. La verità è che voleva tenersi un piccolo vantaggio. Da giornalista, non voleva condividere un'informazione prima di averla verificata. Da ex carabiniere, anche se lo era stato per un anno appena, aveva imparato che la polizia va trattata come i funghi di allevamento: va tenuta al buio e non bisogna dargli mai niente.

Scimmia ringraziò e si mise addosso il giubbotto. Steno gli consigliò di guardare le telecamere nei momenti successivi alle

3.45, nella speranza che la Mercedes e la Lada Niva avessero proseguito la loro corsa nel tratto di strada a est dell'ospedale, dove le telecamere erano migliori. Scimmia rispose che ci avevano provato, ma forse le due auto scure avevano svoltato all'altezza di piazza Principessa Clotilde, visto che le telecamere dal lato est non le avevano più inquadrate.

I due amici si salutarono con la promessa di sentirsi il giorno successivo, dopo aver lasciato che il collega di Scimmia esperto di filmati verificasse targhe e conducenti.

Appena Scimmia fu fuori dalla stanza, Steno chiamò Sabine. La ragazza rispose dopo due squilli. «Tu hai detto che fai la fotografa, giusto?» le disse, prima ancora che potesse aprire bocca. «Giusto. Ciao Steno.»

«Ciao. Questa sera sei incasinata o puoi uscire?» le domandò lui di rimando.

«Te l'ho detto prima. Devo fare un servizio, però a una certa ora mi libero. Ma è successo qualcosa?»

«Bene. Porta un obiettivo con stabilizzatore d'immagine. Dobbiamo tornare all'Old Fashion e fotografare al buio. Mi serve una mano, se mi aiuti mi fai davvero un regalo.»

Sabine gli rispose che si poteva fare. Steno le disse che fino a mezzanotte lui avrebbe lavorato al bar dell'albergo. Lei replicò che non c'era problema, si sarebbe fatta trovare in albergo per mezzanotte con la macchina fotografica e tutto il resto. Si salutarono.

Steno controllò l'orologio. 21:50. Mancavano dieci minuti all'inizio del turno al bar. Sempre che due ore di lavoro la sera si potessero considerare un turno. Indossò la camicia bianca e annodò al colletto il papillon di velluto nero. Sopra la camicia, indossò il gilet bordeaux traslucido. Si guardò nello specchio ed ebbe l'impressione che aveva tutte le sere al momento di prendere servizio al bar. Si sentiva come se stesse per andare a una festa in maschera, mascherato da signor Barzini.

VIII

Alle undici di sera, come ogni sera, Han chiuse la cucina del ristorante. E come ogni sera, ricordò agli aiuti che per scaldare i dolci avrebbero dovuto usare il piccolo forno in antisala, se fosse stato necessario. A differenza di ogni altra sera, però, non si fermò con loro nemmeno un attimo a bere tè caldo, a parlare di niente e ad aspettare che i fumatori avessero finito la loro sigaretta. «Non sto tanto bene», si limitò a dire, uscendo dal retro del locale.

Han scese in metropolitana, fino alla banchina della linea Tre. Entrò nel primo vagone e rimase in piedi per tutto il tragitto, senza reggersi alle maniglie e senza curarsi dei posti a sedere, sempre più numerosi a mano a mano che il treno si allontanava dal centro. Dopo Duomo: Montenapoleone, Turati, Repubblica, Centrale, Sondrio, Zara. E finalmente Maciachini. Han salì le tre rampe di scale che separavano i binari dall'aria aperta. Il piazzale era quasi deserto, come sempre. Via Imbonati, dove Han viveva da ormai quindici anni, era invece sempre più viva. I ragazzi egiziani fumavano di fronte ai negozi di call center, con addosso giacche di finta pelle nera, aperte su maglie da calcio, nonostante il freddo. Davanti al ristorante messicano Welcome to Tijuana i giovani peruviani bevevano birra da discount e si invidiavano a vicenda le biciclette a scatto fisso prese usate, che portavano in strada nonostante la neve. Di fronte a Sushi Star, specialità sushi, i ragazzi cinesi fumavano e bevevano birra Menabrea, con addosso giacche di vera pelle che nascondevano maglie da calcio originali, invidiandosi a vicenda costose biciclette a scatto fisso Colnago e Cinelli, prese da Turbolento a Brera. Poi c'erano gli italiani, sempre di meno fra i negozianti. Da qualche anno erano arrivati però studenti di design calabresi, fotografi freelance bresciani, aspiranti stylist e costumiste per cui il quartiere Isola era troppo caro. Poi c'era Han, che spariva in mezzo a quella folla, come aveva imparato a sparire in ogni folla, in ogni parte del mondo.

«Ciao Han», gli disse la proprietaria del ristorante Da Mario, quando lo vide passare. Era una donna cinese dall'età indefinibile, grassa come un Buddha e con il grembiule unto e macchiato. «Ciao Regina», rispose Han, senza rallentare il passo. Come ogni sera, le due parole di saluto a Regina sarebbero state le ultime che avrebbe pronunciato fino al mattino successivo. A meno che non gli fossero arrivate telefonate di lavoro, o le sempre più rare chiamate via Skype dai suoi figli. In mezzo, fra l'ultimo ciao della sera a Regina e il primo del mattino ai suoi lavapiatti, c'era silenzio.

Han varcò il portone dell'ex casa popolare, un tempo abitata dagli operai delle fabbriche di Affori e Bruzzano. Superò le prime due corti. Ascoltò le voci squillanti dei bambini che giocavano con la neve fra le auto parcheggiate. Sentì il rumore dei televisori delle donne anziane, che nonostante le finestre chiuse invadeva il cortile. Arrivò alla porta di casa sua. Era una ex officina meccanica trasformata in loft. Anche se c'è da scommettere che la parola loft fosse estranea ad Han.

Posò la borsa da palestra sul tavolo. La aprì, tirò fuori la tuta con cui tutte le mattine all'alba faceva Viet Vo Dao, arte marziale che lui però si ostinava a chiamare alla vecchia maniera nazionalista, come aveva imparato da ragazzo nell'esercito: Vovinam. Vale a dire, la nostra arte marziale vietnamita.

Sotto la tuta c'erano la cartelletta verde e il sacchetto nero che Liam Armstrong gli aveva consegnato. Han aprì la cartelletta verde. Afferrò una matita tra quelle che teneva sul tavolo. Cominciò a leggere la nota di intervento della Squadra Mobile, prendendo appunti, quando serviva. Scorse velocemente la relazione medica, e notò che aggiungeva poco rispetto a quello che era riportato nella nota della Questura. Una ferita lacerata alla nuca, alcune contusioni sul lato destro del volto. Dopo uno sguardo veloce alla notizia di reato, si risparmiò la fatica di leggerla fino in fondo. Ricalcava esattamente le due relazioni che aveva appena letto, a parte il fatto di essere compilata con un bel carattere Times New Roman.

Han accese il bollitore, prese una tazza pulita, vi versò un cucchiaio di caffè nero solubile. In attesa che l'acqua bollisse, rimase a fissare il muro di fronte a sé.

Pensò alla prima volta che aveva visto Kellan Armstrong, vent'anni prima, nella culla di plastica trasparente di una clinica di Los Angeles. Pensò a quando Kellan, a sei anni, faceva volare un aquilone correndo lungo la sponda di un canale a Hoi Han, l'ultima volta che gli Armstrong gli avevano fatto visita in Vietnam.

Han pensò ai suoi figli, che non vedeva ormai da più di un anno. Tutti e due uomini d'affari, uno a Shanghai, l'altro a Toronto. Allevati dallo Stato socialista come bravi discepoli dello zio Ho. Diventati esempi del nuovo Vietnam che cresce e fa affari. Intanto, loro padre lontano da casa faceva il cuoco e chissà cos'altro – i ragazzi avevano imparato presto a non fare domande – per conto del governo di Hanoi. Han pensò a sua moglie, di cui conservava una fotografia nel portafogli e tanti ricordi di cui non aveva mai parlato con nessuno.

Han versò l'acqua bollente nella tazza. Dall'astuccio dei cacciaviti, ne prese uno con la punta a stella e si mise al lavoro sul computer di Kellan Armstrong. Una volta aperta la carcassa, con un cacciavite più piccolo estrasse il disco rigido e lo collegò a un lettore esterno. In questo modo avrebbe potuto leggere i dati contenuti nel computer senza doverlo accendere, con almeno due vantaggi. Anzitutto, la polizia non si sarebbe accorta del fatto che qualcuno aveva guardato nel pc di Kellan. Poi, se mai si fosse arrivati a un processo, gli avvocati non avrebbero potuto sostenere che i dati del computer erano stati inquinati. Guardando nelle impostazioni di sicurezza del computer, Han poté constatare come non fosse protetto da alcuna password: Liam Armstrong aveva ragione.

Iniziò a spulciare i file contenuti nella cartella «desktop». Vale a dire, le immagini e le icone che Kellan vedeva ogni volta che accendeva il portatile. Lo sfondo era la fotografia di una rampa di skateboard, probabilmente a Venice Beach, l'area di Los Angeles dove Kellan aveva vissuto da bambino, prima di trasferirsi a Milano. Per il resto, le cartelle in cui guardare non erano numerose. Quella chiamata «GoPro» conteneva video di snowboard. Poi c'erano i file di sistema e una cartella nominata «Lavori». All'interno: appunti di studio, elaborati di economia, schede varie con l'intestazione dell'Università Bocconi, a cui Kellan era iscritto al primo anno. Ora arrivava la parte più consistente del lavoro. Vale a dire, lo studio del traffico Internet.

Han aprì la cosiddetta Shell Bag, la scatola nera che conserva traccia di tutte le operazioni fatte da un computer. Si concentrò sui browser per la navigazione in Internet. Risultava una gran quantità di ricerche fatte nei giorni e nelle ore precedenti la morte di Kellan. I riferimenti ad alcuni siti Internet visitati erano stati cancellati, in maniera selettiva.

Han capì che l'analisi dei dati avrebbe richiesto tempo, e che non sarebbe andato a dormire presto. Anzi, con ogni probabilità non sarebbe andato a dormire affatto. Impugnò il manico della tazza del caffè e guardò il vecchio orologio-bussola militare che teneva sulla scrivania. Mezzanotte e mezza.

IX

Mezzanotte e mezza. Questo diceva l'orologio incassato nel cruscotto della Maserati. Steno parcheggiò nel posteggio della Triennale, il museo del design di Milano. Si trova sopra a una collinetta artificiale. L'Old Fashion sta proprio lì sotto, all'inizio di Parco Sempione. Per questo da sempre i clienti della discoteca parcheggiano di fronte alla Triennale, che tanto la notte è chiusa. E così fece Steno quella sera. Visto che davanti alla Triennale non c'era Alberto a vigilare sulla Maserati, era meglio pagare per evitare sorprese a pneumatici e carrozzeria. Steno lasciò tre euro al posteggiatore abusivo indiano. Guardandolo armeggiare con banconote e bigliettini, Steno pensò due cose. La prima: la pettorina arancione non lo faceva somigliare a un parcheggiatore in regola, come avrebbe voluto. Sembrava solo un parcheggiatore indiano abusivo con una pettorina arancione. La seconda, più importante: era lo stesso parcheggiatore a cui aveva lasciato la macchina la sera prima.

Steno scese dalla Maserati e così fece Sabine, che durante il tragitto fra l'albergo e l'Old Fashion aveva quasi fatto in tempo ad addormentarsi.

«Tu eri qui anche ieri sera», disse Steno al parcheggiatore. Lui non rispose.

Steno tirò fuori dalla tasca il telefono e cercò in Rete la foto di una Lada Niva passo lungo nera. «Hai visto questa macchina?» gli chiese.

«Ieri?» domandò l'indiano, ciondolando leggermente la testa, come fanno gli indiani. «Sì. Era parcheggiata laggiù, all'inizio del ponte.»

«Mai vista. Né ieri né un altro giorno», tagliò corto l'indiano, che con l'italiano se la cavava bene.

«Qui vicino ci sono altri parcheggi?» domandò Steno.

«Non a pagamento. Ci sono i parcheggi per gli incontri, ma non sono parcheggi ufficiali. Li usano i maschi che cercano altri maschi. Si mettono dove trovano posto, anche lontano da qui. A volte mettono le macchine una vicina all'altra e poi fanno quello che devono fare. Oppure usano dei furgoncini», ribatté l'indiano. Sabine sorrise. «Parli dei gay che vanno giù alla buca?» gli chiese.

«Esatto, quelli della buca», confermò l'indiano, ciondolando il capo con maggior vigore.

Steno e Sabine salutarono il parcheggiatore, dopo avergli lasciato la mancia extra in cui sperava, e si allontanarono a piedi. Arrivarono al baracchino dei panini, all'ingresso del parco. Le ragazzine, con stivali alti e piumino, facevano il carico di Cuba libre prima di andare a ballare. Gli studenti fumavano sotto gli alberi. Uomini sopra i cinquanta, vestiti come fossero a Cortina negli anni Ottanta, facevano il carico di whisky e fumavano appoggiati a una Range Rover. Steno provò a parlare anzitutto con i ragazzi che fumavano sotto gli alberi. Nessuno aveva visto la Lada Niva passo lungo. Idem le ragazzine che facevano il pieno di Cuba libre. Nemmeno i cinquantenni arrivati dagli anni Ottanta in Range Rover avevano visto il fuoristrada. Ma erano d'accordo nel dire che era una gran macchina. E che mezzi come quello non ne facevano più. E che i comunisti certe cose le sapevano fare, fra cui appunto i fuoristrada. E soprattutto che le ragazze russe sanno fare un sacco di altre cose, comunismo o non comunismo.

Steno e Sabine si incamminarono lungo il sentiero che si snoda fra gli alberi, verso il ponte sulla ferrovia, lasciandosi alle spalle il baracchino dei panini, la Triennale e la discoteca Old Fashion. Il ponte sulla ferrovia porta alle Gemelle, le uniche curve simmetriche di Milano. Ma Steno e Sabine non giunsero fino alle curve, si fermarono prima. All'inizio del ponte, Steno indicò un camioncino di lamiera bianca, pieno di ruggine e adesivi. Aveva le ruote a terra. Il disegno sbiadito di una fetta di anguria copriva quasi per intero la fiancata. Era parcheggiato proprio dove la strada comincia a salire. «Ieri sera il fuoristrada nero era lì, di fianco al baracchino chiuso. Lo hai visto anche tu?»

«Non saprei», rispose Sabine.

Che domande sono? Nessuno si ricorda di una macchina nera parcheggiata al buio, pensò Sabine.

Donne, pensò Steno.

«Quando siamo usciti dalla discoteca, quella macchina non c'era più mi sembra. Ok, non ero molto in forma, può essere che mi sia sfuggita. Ma ho buone ragioni per pensare che non ci fosse più. Noi siamo usciti verso le cinque e quella macchina più di un'ora prima è stata inquadrata dalle telecamere vicino all'ospedale Fatebenefratelli, a quasi tre chilometri da qui. A meno che ieri sera non ci fossero in giro per Milano due Lada Niva passo lungo nere, ma mi sembra davvero improbabile.»

Sabine guardò Steno perplessa. Anzi, lo guardò come se fosse un perfetto idiota.

«E mi hai portato qui a mezzanotte per fare fotografie a una jeep russa che non c'è più da ieri sera?» domandò.

«Voglio capire di chi è il fuoristrada. E se necessario fare un po' di foto da usare sul giornale.» Steno aveva deciso di fidarsi di lei. Le raccontò la storia dall'inizio: il cadavere del figlio del console americano, le telecamere, la Lada Niva passo lungo, le targhe che non si vedevano chiaramente nel filmato. Concluse: «Se riusciamo a capire di chi è quella macchina, forse sapremo chi ha ucciso Kellan Armstrong».

Sabine camminò fino al centro del ponte e si appoggiò alla ringhiera. Accese una sigaretta e fissò i binari delle ferrovie Nord, deserti e innevati. Steno la raggiunse e la imitò in tutto. Accese una sigaretta, appoggiò i gomiti alla ringhiera, fissò i binari.

«Tu lo sai vero che cosa succede ogni notte qua sotto?» domandò Sabine.

«Qui, sui binari?» domandò Steno.

«No, non sui binari. Di fianco ai binari, là sotto, nella buca. Nel parchetto che abbiamo appena superato tra la ferrovia e la Triennale. Un tempo i milanesi la chiamavano la fossa. La buca dei froci di cui parlava il parcheggiatore.»

Steno non aveva idea di cosa succedesse ogni notte nella buca dei froci. A parte il fatto che con ogni probabilità era frequentata da gay, visto il nome. Ma non voleva fare la figura del gringo che non conosce le regole del posto, quindi evitò di fare troppe domande. Si limitò a fumare e non dire niente. Sabine, che come tutti i milanesi per questa cosa ha una specie di radar, percepì l'imbarazzo del forestiero e decise di andarci giù pesante. «Va bene che sei di Como, o di dove hai detto che sei. E probabilmente dalle tue parti i gay sono costretti a imballarsi di Viagra e andare con le donne. Ma fai il giornalista, dovresti sapere cosa succede ogni notte in questa buca. Tutti sanno cosa succede in questa cazzo di buca.»

Steno pensò che non gli piacevano le donne che dicono parolacce. E ammise finalmente che no, non aveva idea di cosa succedesse nella buca, né di notte né di giorno. Era quello che voleva Sabine, che di colpo diventò gentile.

«Be', devi sapere che a differenza di Como, Milano è grande. E nelle città grandi ci sono un sacco di gay che arrivano da tutte le parti, forse anche da Como», attaccò la ragazza, con tono professorale. «Alcuni sono pigri e se ne stanno a casa con il loro fidanzato a mangiare gelato sul divano davanti alla Tv. Altri sono come me e te, e vanno in discoteca a cercare qualcuno con cui passare la notte. Altri ancora fanno due passi nella buca, e inculano o si fanno inculare più o meno da chi capita dietro ai cespugli, gratis o a pagamento.»

Steno notò il gusto con cui Sabine pronunciava il verbo «incularsi», nelle sue declinazioni. Lei notò che lo aveva notato, e attaccò con la filippica che aveva in mente da quando avevano cominciato a parlare della buca.

«Sia ben chiaro che non ho niente contro i gay. Anche se devo dire che lavorare nella moda ti mette alla prova.»

«Se si fosse trattato di etero, avresti detto scopare. Invece, visto che nella buca ci vanno i gay, dici incularsi. E peraltro lo dici di continuo», disse Steno e sapeva che le stava facendo un favore. Sabine, riconoscente, non sprecò l'occasione.

«Fermi tutti. Dipende. Se un ragazzo e una ragazza fanno le cose come le insegnano sui libri di educazione sessuale alle medie, dico scopare. Non ci piove. Ma se lui fa il furbo e lei non ha niente in contrario, per me si dice inculare. L'omofobia non c'entra. È chiamare le cose con il loro nome.»

Steno assunse un'espressione da uomo di mondo, cosa che peraltro era veramente, secondo i criteri correnti. Spense la sigaretta, fissò ancora per un attimo i binari, poi si voltò verso Sabine.

«Dici che lo fanno anche in dicembre, con un metro di neve per terra?» le domandò.

«Di incularsi dietro agli alberi nella buca? Può darsi. O magari si ingegnano in qualche altro modo», rispose lei. «Certo, in dicembre con ogni probabilità gli tocca usare l'antigelo.»

Steno ringraziò Sabine con una sorta di inchino di fronte all'autorevolezza delle fonti. E pensò che poteva essere una buona idea fare due passi là sotto, per capire se qualcuno la sera prima avesse visto la Lada Niva passo lungo.

Raggiunsero il margine della buca. Vista da sopra, sembrava esattamente quello che era: un lungo fossato, stretto tra la ferrovia e il viale che attraversa il parco. Né dalla strada, né tantomeno dai binari, era possibile vedere cosa succedesse là sotto. Sui due bordi del fossato c'erano alberi e cespugli quasi completamente ricoperti dalla neve, che attutivano la luce dei lampioni. Quindi la buca era buia come una galleria senza luci.

Sabine aspettò all'imboccatura del sentierino che portava nella buca e accese l'ennesima sigaretta della serata. Intanto, cominciò a preparare la macchina fotografica, in modo da poter scattare qualche immagine dall'alto. «Scendi solo tu», disse a Steno, «una donna lì sotto dà nell'occhio come un estintore sul tavolo della prima colazione. Io cerco un punto da cui scattare qualche foto, se può servire.» Steno le disse che era d'accordo. Superò il filare degli alberi, dove il sentierino cominciava a scendere. Oltre gli alberi, era tanto buio che nemmeno la neve sembrava poi così bianca. In compenso lo strato era spesso. Anche nei punti più battuti, le scarpe sprofondavano. In alto, ai due lati del fossato, gli alberi nascondevano la strada come la ferrovia. Steno pensò che avrebbe dovuto fare attenzione a non inciampare in qualche radice o altro.

Allontanandosi dal ponte, giunse sul fondo della buca. Sentì una vocina stridula venire dall'oscurità. Forse da dietro ai cespugli, senz'altro dal lato della ferrovia. «Ciao.» Steno scrutò nel vuoto, ma non c'era nessuno. «Ciao, serve qualcosa?» disse di nuovo la vocina. Questa volta, assieme alla vocina arrivò anche un uomo basso, con addosso una specie di cerata scura. Nonostante avesse un cappuccio, si capiva che in testa aveva ben pochi capelli. Alle mani portava guanti di lana bianchi. Per quel poco che riusciva a vedere, Steno notò che l'uomo strizzava gli occhi dietro a un pesante paio di occhiali con le lenti tonde e la montatura nera.

«Oggi, per ora, qui ci sono solo io», disse l'uomo con la cerata scura e gli occhiali tondi.

«Solo tu?» rispose Steno spiazzato, un po' per fare conversazione e un po' perché non sapeva cosa dire.

«Ok, forse potrebbero esserci i soliti ragazzi nel furgone dopo il ponte ma sono quasi tutti marchette a pagamento. Io ho la macchina qua sopra. Se vuoi possiamo metterci un po' tranquilli», aggiunse l'uomo con la cerata.

Steno gli spiegò di essere un giornalista e gli raccontò quella che gli sembrava una storia verosimile. Gli disse che la sera prima aveva parcheggiato di fianco a un grosso fuoristrada scuro. E che, quando era tornato a prendere la macchina, il fuoristrada non c'era più. In compenso, il suo paraurti era ammaccato, si era rotto un faro e anche il cofano non se la passava tanto bene. Quindi aveva buone ragioni di pensare che l'uomo con il fuoristrada uscendo dal parcheggio fosse andato contro la sua auto. Ora lo stava cercando per chiedergli i danni.

Steno mostrò all'uomo con la cerata la solita foto della Lada Niva passo lungo. Illuminato dalla luce dello schermo del telefono, il viso era lucido e rugoso. Ma tutto sommato, per essere uno che salta fuori dai cespugli cercando di portarti in macchina, aveva un'aria rassicurante. Steno considerò che poteva avere quasi cinquant'anni.

«Io ieri sera qui non c'ero, ero a ballare da un'altra parte», disse l'uomo con la cerata, «ma questo fuoristrada lo riconosco. È la macchina del torinese. È uno che viene qui alla buca abbastanza spesso. Arriva da Torino, non so molto altro. È un bell'uomo, distinto, perbene. Anche troppo. Se fossero tutti come lui, qui nella buca, nessuno andrebbe più con gente come me.»

«Sarà anche distinto e perbene, ma dovrebbe stare attento a come parcheggia.»

«Su questo posso essere d'accordo con te.»

«Sai come trovarlo?»

«Sinceramente non ne ho idea. Prova con la motorizzazione civile. Oppure, se proprio ci tieni a farti mettere a posto la macchina, vai a Torino e chiedi un po' in giro nei bar frequentati da gay. Torino è grande, ma non come Milano.»

Steno ringraziò. L'uomo con la cerata lo salutò, poi scomparve nel boschetto da cui era sbucato poco prima. Steno continuò a camminare lungo il fossato, allontanandosi sempre più dal ponte, ma più avanti sentì di nuovo la vocina stridula provenire dall'oscurità dietro gli alberi.

«Hai detto che la macchina l'hai trovata rotta ieri sera, giusto?» disse l'uomo con la cerata.

«Giusto», rispose Steno prudente. Ovviamente, nessuno gli aveva rotto la macchina la sera prima. Per giustificare il fatto che stava facendo ricerche sul fuoristrada nero, si era inventato quella storia, tutto qui. E non era nemmeno una grande storia, adesso che ci pensava bene. Ma a volte capita di avere fortuna. Ed evidentemente, era una di quelle volte.

«Be', allora dev'essere stata proprio una serata di merda», gli disse l'uomo con la cerata, che nel frattempo si era portato in mezzo al fossato. Steno si era abituato all'oscurità. E anche da lontano riusciva a distinguerne chiaramente la sagoma nera sul fondo più chiaro della neve. «Pare che qui nella buca ieri sera sia successo un bel casino», disse l'uomo con la cerata. «Non che sia una novità, ma sembra che si siano menati. Almeno così dicevano oggi pomeriggio alcuni ragazzi in chat. Sai, una delle chat che usiamo per incontrarci. Magari può essere che i danni alla tua macchina c'entrino qualcosa, non saprei. Può essere che si siano picchiati qui nella buca, e che poi qualcuno scappando in macchina sia andato a sbattere contro la tua. Ma non saprei, come ti dicevo, io non c'ero. Oppure può darsi che qualcuno si sia divertito a prendere a mazzate il tuo paraurti, anche se mi pare meno probabile.»

«Molto meno probabile», disse Steno.

«Infatti. Comunque, se vuoi saperne di più, prova ad andare a parlare con i ragazzi nei furgoni. Le marchette. Te l'ho detto, di solito stanno dopo il ponte, sotto alle Gemelle. Scendi la curva a sinistra, prendi via Leopardi e dovresti trovarli al primo incrocio. Di solito hanno un furgone bianco. Da qualche mese si vede in giro anche un vecchio furgone blu, ma non penso sia loro.»

«Il torinese, il proprietario del fuoristrada, frequenta le chat di incontri di cui parlavi?»

«Non penso lo faccia con il suo vero nome. Senz'altro, come tutti, avrà un profilo che usa per tenersi informato sulle serate, ma non saprei come trovarlo.»

Steno si avvicinò all'uomo con la cerata, lo ringraziò e gli lasciò un biglietto da visita. Gli spiegò di essere un giornalista e aggiunse: «Se scopri qualcosa di più sulla rissa di ieri sera, dimmelo. Potrebbe saltarne fuori un articolo». Riprese a camminare fino alla fine della buca, dove il fossato si ricongiunge con la strada e con la luce dei lampioni. Percorse a ritroso l'identico tragitto che aveva fatto venendo, stando sul fondo della buca. Doppiava per gioco le impronte che aveva lasciato all'andata, cercando di mettere i piedi nei buchi scavati nella neve. Arrivato al ponte, salì il sentierino e tornò al punto in cui aveva lasciato Sabine. La ragazza era ancora lì ad aspettarlo, esattamente nella stessa posizione.

«Ne hai trovati? Erano fra gli alberi», gli disse lei.

«Detta così sembra che tu stia parlando di funghi», rispose

Steno. E le raccontò dell'uomo con la cerata, del fatto che la sera prima forse c'era stata una rissa e del fatto che da qualche parte oltre al ponte ci sarebbe dovuto essere un furgone bianco, usato come stanza d'albergo da alcuni ragazzi che si prostituivano. Sabine ascoltava e intanto si stringeva nel piumino.

Sul ponte, dopo qualche minuto di tregua, aveva ricominciato a tirare un vento gelido. Lo stesso vento che da giorni sferzava Milano e portava in città neve lontana. Quella stessa sera, imboccati dal solito meteorologo poeta, i telegiornali avevano battezzato la tempesta Gerda, come la bambina protagonista della *Regina delle nevi* di Hans Christian Andersen. Il conduttore in studio aveva spiegato che «proveniva dalle regioni siberiane e non si sarebbe placata per almeno una settimana».

Steno e Sabine si diressero oltre il ponte, scesero la curva a sinistra delle Gemelle e camminarono nel buio fino al giardinetto indicato dall'uomo con la cerata.

Non c'era nessun furgone, nessuna marchetta, niente di niente.

GIORNO DUE

I

Steno si svegliò, accese il telefono e realizzò che erano le dieci e un quarto del mattino. Ma l'informazione più interessante arrivava dal registro delle chiamate perse: Scimmia lo aveva cercato sei volte, a partire dalle otto e mezza. Prima ancora che Steno potesse richiamare, il telefono squillò. «Scimmia», disse Steno.

«Ci vediamo fra un quarto d'ora al bar di Cadorna? Quel bar dove va sempre il tuo amico barbone a radersi», rispose Scimmia.

«Ok, dammi venti minuti. Comunque il mio amico si chiama Alberto ed è senz'altro meno barbone di te. Adesso che ha smesso di farsi la barba e somiglia a Babbo Natale, guadagnerà bei soldi.»

«Cosa? Babbo Natale? Dai Steno, non è il momento. Ci vediamo al bar fra venti minuti.»

Steno chiuse la chiamata con Scimmia, si alzò dal letto, si stiracchiò a fondo e fece per aprire la porta del bagno per lavarsi i denti, ma il cellulare appoggiato sul comodino suonò di nuovo. Questa volta era il suo capo. Capo cell. Esitò per qualche secondo, cercando di stabilire una scala di priorità. Decise di rispondere, rimandando il lavaggio dei denti.

«Ciao Capo.»

«Buon mattino Steno Molteni. Cosa mettiamo questa settimana sul giornale?»

Steno realizzò che effettivamente era già mercoledì e ancora non aveva fatto proposte sensate su cosa mettere in pagina. Né tantomeno era passato in redazione, distratto prima dal weekend, poi da Sabine, infine dalla morte di Kellan Armstrong.

«Capo ho una storia molto buona, ma ci sto lavorando», rispose Steno, «devo fare verifiche, vedere una persona, mettere a fuoco la faccenda. Poi vado dritto in Questura a fare il giro di nera. Ti chiamo appena ho finito. Ti dico già che la cosa a cui sto lavorando non è da mettere subito sul sito, teniamola per il giornale. Con un po' di fortuna, per ora dovremmo averla solo noi. Con molta fortuna, potrebbe restare nostra fino a venerdì mattina. Comunque, se esce da qualche parte, facciamo sempre in tempo a sbatterla su Internet in due minuti.»

Un altro capo non avrebbe tollerato facilmente un cronista che faceva il misterioso. Ma non il capo di Steno. Aveva carattere, come si dice, e non gli piaceva sentirsi raccontare le storie a metà. A dire il vero, non gli piaceva sentirsi raccontare storie in generale. Preferiva di gran lunga portare nell'area cani il suo bulldog, vedere vecchi film western e ogni tanto farsi fare un lavoretto speciale dalle massaggiatrici cinesi sotto casa. Ma la paga alla «Notte» non era male e il bonifico arrivava puntuale tutti i mesi, quindi a conti fatti valeva la pena aspettare un paio d'ore e sentire cosa aveva da raccontare Steno Molteni. O solo Molteni, come lo chiamava quando aveva ordini da dare. Che peraltro era uno dei suoi cronisti preferiti. Non che fosse difficile, visto che i redattori alla «Notte» erano in tutto quattro. Esclusi gli stagisti e i collaboratori che scrivevano da Lodi, Monza e Vigevano, eroi che facevano metà del giornale e spendevano tutta la paga fra telefono cellulare e benzina, avanti e indietro fra paesi che nessuno conosce fino a quando non ci viene ammazzato qualcuno. E a quel punto vengono associati per sempre con il fatto che qualcuno è stato ammazzato.

«Ok, chiamami appena puoi però», disse il capo a Steno. «Se riesci, prova magari a fare un salto in redazione nel pomeriggio. È un bel posto, si sta bene, ti piacerebbe. Non passi da così tanto tempo che non mi ricordo nemmeno più che faccia hai. Al tuo posto da sabato è seduta la nuova stagista.»

«È carina?» chiese Steno.

«Direi normale. Ha fatto come tutte le altre. Il primo giorno si è vestita come dio comanda, poi ha capito dove era finita e si è adeguata. Da domenica si presenta tutte le mattine con la stessa felpa grigia. Ha anche detto che vuole tagliarsi i capelli corti, che è più comodo», disse il Capo.

«Occhio allora a non scambiarla per l'altro stagista», disse Steno.

«Il rischio c'è. Ma per fortuna lui porta gli occhiali, quindi almeno vedendoli di fronte non dovrei sbagliarmi», concluse il capo.

Intanto Steno multitasking era entrato in bagno, aveva sollevato l'asse del gabinetto e, incastrando il telefono fra l'orecchio e la spalla, stava anche cercando di mettere il dentifricio sullo spazzolino. Il suo interlocutore non avrebbe approvato, vedendolo, tutta quella vana contemporaneità di azioni, ma anche da lontano si rese conto che non era concentrato e non gliela lasciò passare liscia.

«Mi senti Molteni? Ti si è infilato per sbaglio il telefono nel culo?»

Steno posò lo spazzolino sul bordo dello specchio, assicurandosi che le setole con sopra il dentifricio fossero rivolte verso l'alto.

«Faccio un salto in redazione appena riesco, prima di venirci comunque ti chiamo. Di' alla stagista di farsi trovare in ordine. Ci tengo», disse Steno.

«Ok. Fai anche a meno di chiamarmi. Mandami un messaggio se è successo qualcosa», e riattaccò.

Il tempo si era prosciugato. Si limitò a una veloce lavata di denti, e scese con la camicia ancora fuori dai pantaloni. Pizzicò qualche caramella dalla ciotola sul bancone della reception e schizzò fuori. Dalla fine della telefonata con Scimmia erano trascorsi meno di dieci minuti. Gliene restavano altri dieci per arrivare a piedi all'appuntamento al bar di fronte alla stazione di Cadorna.

La neve continuava a scendere. Ma il vento aveva lasciato il posto alla solita, rassicurante aria immobile milanese. I fiocchi cadevano con sobria lentezza, in verticale. Steno si accorse di aver lasciato l'ombrello in stanza, e così pure i guanti e il berretto di lana. Biascicò una lunga bestemmia, molto in voga fra i vecchi delle sue parti. Era una specie di filastrocca senza rime, che tira in ballo diversi membri della famiglia Padreterno e una mezza dozzina di animali da cortile. Poi infilò le mani nelle tasche del cappotto e proseguì verso il bar.

Scimmia era già di fronte all'ingresso. Fingeva di interessarsi alle torte in vetrina. La neve gli ricopriva il cappello d'ordinanza e tutto il resto. «Scimmia sei l'unico sbirro di tutta la Mobile che si ostina ad andare in giro in divisa», puntualizzò Steno. Poteva anche darsi, ma nessuno gli aveva mai detto di fare diversamente, salvo che per alcuni servizi che era meglio fare in borghese, quindi evidentemente andava bene così. E comunque non aveva invitato Steno a colazione per chiedergli consigli su come vestirsi.

Scimmia entrò nel locale e si sedette al tavolo d'angolo con le spalle al muro, in modo da poter tenere d'occhio tutta la sala. Prima ancora che Steno si fosse seduto di fronte a lui, chiamò la cameriera con un gesto della mano, ordinò cappuccino e brioche alla crema per due, e si guardò intorno per controllare che non ci fossero altri poliziotti. Poi cominciò a raccontare: il collega esperto in immagini e telecamere aveva agito con tempestività. Già verso l'una di notte era riuscito a leggere entrambe le targhe delle auto. Quanto alla berlina scura, era una Mercedes 200 intestata a una società di noleggio con conducente. Era transitata di notte lungo i Bastioni di Porta Nuova perché stava riportando in albergo un oculista giapponese, che si trovava a Milano per un convegno e che aveva passato la serata fuori con altri medici. L'autista era stato sentito in Questura e aveva fornito la traccia Gps degli spostamenti dell'auto nella notte della morte di Kellan Armstrong, quella fra lunedì e martedì. Nessuna sosta nei pressi dell'ospedale, né altri movimenti sospetti. Sembrava a posto. Quanto alla Lada Niva passo lungo, le cose erano più complicate e quindi più interessanti.

«La macchina è stata fregata a Novara», tagliò corto Scimmia.

«A Novara?» replicò Steno, curioso di conoscere le informazioni che la polizia era riuscita a mettere insieme su quella macchina.

«C'è una denuncia», continuò Scimmia. «È stata rubata a Novara poco prima della morte di Kellan. A denunciare è stato il proprietario. Quarantotto anni, vive a Torino. Nella denuncia ha raccontato che lunedì notte si trovava a Novara per lavoro. E qui viene la ragione per cui ti ho chiesto di venire in questo bar. Devo chiederti un favore.» Scimmia sembrava imbarazzato. Proseguì a parlare in tono cauto. «Steno, tu conosci il pubblico ministero Tajani, vero? Be', il questore ieri sera ci ha detto di non fare nulla senza prima avere avvisato la Tajani. Dice che è una incazzosa e che litigare con la Tajani è un brutto affare. Io e Minniti, il mio superiore, vorremmo andare subito a Torino a sentire il tizio a cui hanno fregato il fuoristrada. Ma non riusciamo a trovare la Tajani. L'abbiamo cercata in ufficio e non c'è. Tu non è che hai il suo numero di cellulare? Sembra incredibile, ma sembra che da noi non lo abbia nessuno. Se non ce l'hai, chiediamo al questore di procurarcelo, ma vorrei evitare.» Fece una pausa. «Ovviamente, se mi dai il numero mica le dico che me lo hai dato tu.»

La cameriera posò sul tavolo il vassoio con i due cappuccini e le due brioche.

«Scimmia, io non ce l'ho il numero di cellulare della Tajani, mi spiace. Penso che questa mattina sia dal parrucchiere, quindi arriva un po' più tardi al lavoro. Ci va ogni mercoledì. E vista l'impalcatura che ha in testa, non penso sia una cosa rapida. È la sua unica distrazione, per il resto lavora sempre. Se provi a chiamare in Procura dopo le undici la trovi.»

Steno prese fiato, poi proseguì. «Però un favore te lo faccio volentieri. Anche più grande di darti il numero della Tajani.» E raccontò a Scimmia di avere visto la Lada Niva passo lungo nera posteggiata all'inizio del ponte sulla ferrovia, mentre andava all'Old Fashion la notte della morte di Kellan Armstrong. Gli disse anche di non averla più vista quando, verso le cinque del mattino, era uscito dalla discoteca per rientrare in albergo. Gli raccontò di essere tornato dove aveva visto la Lada la sera prima, di essere sceso nella buca e di avere parlato con un gay con addosso una cerata scura, che vagava fra gli alberi in cerca di compagnia. E raccontò a Scimmia anche quello che gli aveva detto l'uomo con la cerata: la Lada Niva era di un distinto signore di Torino, che ogni tanto si faceva vedere la notte fra i cespugli della buca per giocare al salto della cavallina con qualche nuovo amico. Quindi tutto tornava. Tranne il fatto che il torinese aveva denunciato un furto a Novara, mentre lunedì notte la macchina si trovava a Milano, parcheggiata sopra alla buca.

Scimmia fece fatica a digerire quelle informazioni. E maturò uno sguardo di riconoscenza e rimprovero. Grazie per quello che mi dici, ma potevi dirmelo prima.

«Quindi sostieni che questo qui a Novara non c'è nemmeno mai andato?» disse il poliziotto.

«Non sostengo niente. Ci stavo pensando, mentre parlavi. Magari ci è anche andato, non lo so. Magari davvero gli hanno fregato la macchina a Novara e chi gliela ha rubata è andato alla buca. Ma mi sembra difficile, visto che questo torinese pare che lì sia un cliente abituale. Può essere», continuò

Steno, «che ogni volta che viene a Milano per andare nella buca, a casa o in ufficio racconti di dover andare a Novara per lavoro.» Per dare forza alla sua teoria, fece una prova. «Ciao ragazzi, vado a succhiare uccelli fra i cespugli a Milano, ci vediamo domani in ufficio», disse. E aggiunse: «Non suona tanto bene».

«Non tanto», disse Scimmia.

Steno, con la stessa intonazione, scandì: «Ciao Ragazzi, vado a Novara dal solito cliente, ci vediamo domani in ufficio».

Scimmia sollevò entrambe le sopracciglia. «Suona meglio», concesse.

Steno tuffò la brioche nel cappuccino e l'addentò sperando di trovare la crema. Non c'era la crema. Scimmia fissò invece la sua tazza senza toccarla, come se stesse cercando di specchiarsi nella schiuma. «Quindi può essere stato il torinese a portare Kellan Armstrong in ospedale in macchina. Magari lo ha ammazzato lui. Tu che dici?» chiese il poliziotto.

«Dico che in ogni caso dovresti andare a Torino, anche in fretta, e parlare con il proprietario della Lada Niva passo lungo», rispose Steno. Un attimo dopo, chiamò al cellulare un pubblico ministero con cui era in confidenza. Dopo una serie di convenevoli e premesse, chiese il numero di telefono della Tajani. Con mille raccomandazioni, il pm amico diede il numero a Steno, che lo segnò a penna su un tovagliolo di quelli lucidi da bar, in cui è meglio non soffiarsi il naso. Lo passò a Scimmia, che fece un piccolo inchino di ringraziamento, mentre al telefono rassicurava il pm. «Dottore non si preoccupi, ovviamente non dirò mai alla Tajani che il numero me lo ha dato lei.»

Quando Steno riagganciò, Scimmia stava già mandando un messaggio con il numero della Tajani al sovrintendente capo Filippo Minniti.

«Se vai a Torino, poi fammi sapere cosa ti dice il tizio della buca», si raccomandò Steno.

«Ok», disse Scimmia. E si alzò veloce, in modo da essere sicuro di raggiungere la cassa prima che lo facesse l'amico. Sul tavolo restavano una brioche e mezza e un cappuccino ancora intatto, come appena servito.

II

Per Liam Armstrong, via Imbonati non era un luogo familiare. Né era abituato a spostarsi con i mezzi pubblici. Ma preferiva non farsi accompagnare a casa di Han dall'autista del consolato, né voleva mettersi alla guida con le strade piene di neve, dopo una notte insonne.

La metropolitana era semivuota, alle dieci e mezza del mattino la ressa dei pendolari era finita da un pezzo. Liam Armstrong passò buona parte del viaggio a guardare sullo schermo del telefono il messaggio che Han gli aveva inviato: «Quando vuoi, dove vuoi. Fino alle undici sono a casa». Avrebbe voluto andarci prima, ma sua moglie gli aveva chiesto di accompagnarla all'obitorio per l'ultimo saluto a Kellan. Una sofferenza supplementare che si sarebbe volentieri risparmiato, ma a cui ovviamente non aveva potuto sottrarsi. Armstrong e la moglie avevano preso un taxi, una volta arrivati all'obitorio avevano chiesto al tassista di aspettare fuori. Per tutto il tragitto, da casa all'obitorio e ritorno, Liam e la moglie non avevano aperto bocca. Si erano tenuti per mano, ascoltando un vecchio disco dei Clash, usando una cuffietta auricolare ciascuno. Il tassista invece sembrava avere voglia di fare conversazione e Liam doveva riconoscere che era anche bravo a trovare argomenti:

l'ultimo scandalo di corruzione in Regione, l'immigrazione che non se ne può più, la tempesta di neve Gerba che non voleva saperne di lasciare in pace Milano. Forse anche per questo, per evitare tassisti chiacchieroni, Liam Armstrong aveva scelto la metropolitana per andare da Han. E così si trovava su un vagone mezzo vuoto della linea Tre, vestito con un giaccone di pelle con l'interno in pelo, ascoltando in santa pace i Clash, con entrambe le cuffiette nelle orecchie e senza tassisti chiacchieroni a guastare la festa.

Sceso a piazzale Maciachini, individuò una pasticceria e comprò dei marrons glacés. Sapeva che Han ne andava pazzo, in ogni stagione. Lungo il marciapiedi innevato schivò i camerieri cinesi, che si davano da fare con la pala in vista dell'apertura di pranzo, e i camerieri sudamericani che fumavano per far passare il tempo in attesa dell'apertura.

Il portone era aperto. Liam proseguì fino al secondo cortile, come gli aveva detto di fare Han. Si accostò alla grande vetrata del loft e bussò tre volte, leggero. Han aprì e lo invitò a entrare. Il vassoio di marrons glacés fu posato sul tavolo, dove erano già pronte due tazze con dentro diffusori di metallo pieni di tè verde del Langdong. Accese il bollitore e si mise a sedere al tavolo, dopo avere chiesto a Liam Armstrong di fare lo stesso.

Armstrong gli raccontò brevemente di essere stato all'obitorio. Gli disse che in un giorno appena, il corpo di Kellan era completamente cambiato, invecchiato, svuotato. Era come se fosse stato più morto rispetto al giorno prima. Gli raccontò anche di come sua moglie fosse svenuta e avesse dovuto portarla a braccia fino al taxi. E di come il tassista, che pure aveva assistito alla scena, non avesse resistito a parlare per tutto il viaggio di ritorno di mezzi spazzaneve e tangenti pagate per l'acquisto di protesi dentarie.

«Forse voleva tiravi su il morale», disse Han.

«Forse era un coglione.»

«I tassisti sono uguali in tutto il mondo.»

«Qui a Milano mi sembrano ancora più uguali che altrove», replicò Armstrong.

«Si vede che non hai conosciuto i tassisti di Hanoi», concluse Han. E gli riferì una storia che era quasi sicuro di non avergli mai raccontato, nemmeno ai tempi di Saigon.

«Una volta da ragazzo ho visto un tassista investire una vecchia che stava portando da qualche parte delle galline spiumate. Le aveva pulite per bene, togliendo le interiora e tutto il resto. Le teneva in una grossa cesta che si era caricata in spalla. Il tassista le era andato addosso mentre lei attraversava la strada. Non le aveva fatto male, ma l'aveva colpita abbastanza forte da farla cadere a terra, con le galline e tutto il resto. Un bel po' di gente si era fermata a vedere, sperando nella rissa, o che la vecchia morisse, o comunque di avere qualcosa da raccontare a casa. Fatto sta che la cesta si era rovesciata e le galline morte erano sparse in strada. Non era certo una strada asfaltata, per cui diciamo che le galline si erano impanate con la sabbia e la terra. A vederle sembravano pronte per finire in padella. Io ero a spasso con mia madre. Appena abbiamo visto la vecchia cadere, la mamma mi ha subito ordinato di aiutarla a rialzarsi. Ma si è rialzata da sola. Allora mia madre mi ha dato uno schiaffo secco secco e mi ha detto di aiutarla a tirare su le galline. Io non volevo certo prendere altri schiaffi, allora ho cominciato a darmi da fare per aiutare la signora a tirare su le galline morte e metterle nella cesta. A un certo punto, mentre io e la vecchia ci davamo da fare con le galline impanate, il tassista ha suonato il clacson e ci ha urlato che dovevamo sbrigarci. Ha anche aggiunto che lui non aveva tempo da perdere, che quelle galline erano solo delle galline di merda e che la vecchia avrebbe dovuto stare più attenta mentre attraversava. Anzi, per la precisione le ha detto che era una vecchia rinsecchita, che poi era esattamente quello che era, quindi almeno da quel punto di vista il tassista ci aveva visto giusto. Io in quel momento avevo in mano una gallina. Non so cosa mi sia successo, ma è come se il mio corpo avesse cominciato a muoversi da solo. Mi dicevo di non farlo, ma la mano, quella che stringeva la gallina, viaggiava per conto suo. Evidentemente ero parecchio arrabbiato. Così, senza volerlo, ho aperto la portiera del taxi, ho tirato fuori l'uomo dall'abitacolo e ho cominciato a colpirlo con la gallina. La usavo come frusta, come fosse uno straccio bagnato. Lo colpivo in faccia e colpo dopo colpo diventava sempre più rosso. Un po' per i graffi lasciati dal becco, che è come un punteruolo, un po' perché il sangue di gallina spruzzava qui e là e gli colorava tutta la sua bella faccia da tassista. E anche la sua camicia azzurra da tassista. Forse era rosso anche perché suonava umiliante l'essere preso a gallinate in centro ad Hanoi da un ragazzino di tredici anni. La vecchia nel frattempo si era spostata sul marciapiedi per godersi la scena. Ci guardava e applaudiva. Anche tutti gli altri guardavano e applaudivano. Forse applaudì anche mia madre. A lei comunque sarebbe bastato che io avessi raccolto le galline per terra e le avessi messe nella cesta, tutto lì.»

Han di solito non faceva racconti così lunghi. Anzi non raccontava quasi niente, in generale. Ma Armstrong, nella condizione in cui era, non ci fece troppo caso. Se è per questo, non si accorse nemmeno che Han mentre parlava aveva avviato una specie di computer senza carcassa, collegato con dei cavi a un grande monitor e a quello che sembrava un disco rigido. E infatti era il disco del portatile di Kellan.

Han sollevò il bollitore elettrico dalla base e versò l'acqua calda nelle tazze.

Sapeva che non sarebbe stato facile dire a Liam Armstrong quello che aveva da dirgli. Ma decise che non valeva più la pena aspettare.

«Liam, ho passato tutta la notte a studiare il registro di sistema del computer di Kellan. Oltre alle solite ricerche che fanno i ragazzi su Internet, ho visto che frequentava chat di incontri per omosessuali. Soprattutto negli ultimi mesi. Si chiama cruising. In pratica ci si scrive e ci si dà appuntamento in posti poco frequentati. Molti usano nomi di fantasia. Ci sono tanti forum, gruppi e siti veri e propri. Con ogni probabilità, la sera in cui è morto, Kellan era andato a quella che nei siti di cruising viene chiamata "la buca". Mi sono informato, è un piccolo parco, vicino alla Triennale. Da sempre è un luogo di incontro per omosessuali.»

Armstrong abbassò gli occhi sulla tazza di tè che aveva davanti. Per un po' non pensò a niente. Poi, d'un colpo avvertì un flusso inarrestabile di pensieri.

Non poteva essere. Non era vero. Kellan aveva una ragazza e la amava. La vedeva quasi ogni giorno. L'aveva vista anche il pomeriggio del suo ultimo giorno da vivo. Lui e lei facevano quello che fanno tutti i ragazzi della loro età. Quando si chiudevano in camera per ore, e succedeva spesso, nessuno credeva che stessero davvero studiando. Prima di lei, Kellan aveva avuto altre ragazze.

Kellan non era gay, non lo era mai stato.

Liam pensò che se Kellan fosse stato gay gliene avrebbe parlato. Lui e Kellan si dicevano tutto. O almeno, tutte le cose importanti. Da bambino gli aveva insegnato ad andare in skateboard, a surfare, ad accendere un barbecue, a trattare bene le donne, a non inventare scuse per giustificare i propri errori, a non avere paura delle persone ma a non fidarsi troppo di chi non si chiamava Armstrong di cognome e non viveva nella loro casa.

Eppure.

Eppure, qualcosa gli diceva che nella storia che Han gli aveva raccontato non c'era nulla di strano. Era una sensazione impalpabile, un sibilo di cui ti accorgi solo dopo che il tuo cane ha cominciato ad agitarsi senza motivo. Liam realizzò che ascoltare il racconto di Han era stato come trovare un oggetto nel posto più ovvio, dopo averlo cercato ovunque.

Quando Liam Armstrong alzò di nuovo lo sguardo dalla tazza, Han ricominciò a parlare. «Ho stampato alcune ricerche fatte da Kellan su Internet. Considera che aveva cancellato la cronologia in modalità sicura, quindi non voleva che nessuno sapesse di quel suo interesse.» Dopo avere pronunciato la frase, Han si pentì di avere scelto parole tanto stupide. *Quel suo interesse*. Pensò che essere gay non è un interesse o un hobby. Ma ormai lo aveva detto. E Liam in quel momento aveva problemi più seri rispetto alle parole giuste per dire che a suo figlio piacevano gli uomini.

«Negli ultimi mesi, Kellan ha fatto ricerche su diversi appuntamenti di cruising. Uno in un locale in zona Porta Venezia, uno in una specie di palestra vicino alla fermata dalla metropolitana Romolo, un altro ancora al parcheggio di Pagano. Poi, quello della buca davanti alla Triennale», proseguì Han. «Nelle varie chat usava soprattutto il nome Fabio, ma aveva altre identità, tutte fasulle. Ho stampato anche le conversazioni che sono riuscito a recuperare. Ti dico già che non c'è nulla di troppo forte. A leggerle senza sapere da dove sono state prese, potrebbero essere i dialoghi fra un gruppo di amici che si mettono d'accordo su dove incontrarsi per andare a giocare a calcio.»

Liam lasciò cadere la probabilità, anzi la certezza che suo figlio frequentasse chat di incontri gay. Pensò invece a come le informazioni che Han aveva trovato potessero essere utili all'indagine sulla morte di Kellan. Han lo precedette. «Credo che dovresti consegnare al più presto il computer alla polizia. Per le indagini, le prime ore sono le più importanti. È davvero così e lo sai benissimo.»

Liam, senza aprire bocca, prese i fogli che Han aveva posato sul tavolo, quelli con le trascrizioni delle chat. Li arrotolò e li infilò nella tasca interna del giaccone di pelle, che aveva appeso allo schienale della sedia. «Ho bisogno di un po' di tempo per decidere. Ne parlerò prima con mia moglie. Forse alla fine deciderò che è meglio se le indagini le fai tu, appoggiandoti ai ragazzi che abbiamo usato per il lavoro sulle moschee.»

Han sgranò gli occhi, e Liam continuò.

«Nemmeno io mi fido della gente che usiamo adesso. Ma in qualche modo dovremo fare. Dammi due ore.» Han annuì e bevve un sorso di tè. Non era già più caldo come avrebbe dovuto essere. Liam fece lo stesso, poi si alzò in piedi. Indossò il giaccone, stando attento a non far cadere di tasca il rotolo di fogli con le trascrizioni delle chat, e si avvicinò alla porta a vetri da cui era entrato. Han gli disse di prendere anche il computer di Kellan, tanto lui quel che doveva fare lo aveva fatto. Armstrong prese la custodia in neoprene nero con dentro il portatile e la mise nello zaino.

«Ti chiamo un taxi?» chiese Han.

«Ok. Vedi se hai una gallina spennata in freezer da prestarmi, che non si sa mai», rispose Armstrong. Han sorrise.

«Liam, dimmi cosa fare e io lo faccio.»

«Vorrei che tu parlassi con Giada, la ragazza di Kellan», rispose il console.

«La polizia la ha già sentita?»

«La stanno sentendo adesso in Questura. Io e mia moglie le abbiamo già parlato. La sera in cui è morto, Kellan le aveva raccontato che sarebbe uscito con i suoi soliti amici. Prima, nel pomeriggio, lui e lei erano stati a casa nostra, in camera di Kellan, a progettare un weekend in montagna. Anche lei è appassionata di snowboard e volevano andare un paio di giorni a sciare. Almeno così lei ci ha raccontato.»

«Confermo», disse Han. Nel computer aveva trovato le ricerche fatte da Kellan il giorno precedente. Volevano andare sopra al Colle del Sestrière, dove sembra ci fossero metri di neve fresca, come ovunque sulle Alpi.

«A te e a Carlotta, Kellan non aveva detto nulla su cosa avrebbe fatto la sera?»

«La sera in cui è stato ucciso?»

«Sì, quella sera.»

Armstrong giunse le mani e guardò da qualche parte per terra.

«La verità è che ultimamente non capitava spesso che Kellan mi dicesse cosa faceva la sera. Né che mi dicesse cosa faceva in generale. Entrava, salutava, si chiudeva in camera sua, usciva.»

Han pensò che rispetto al rapporto che aveva lui con i suoi figli, la situazione che aveva descritto Liam somigliava alla famiglia delle pubblicità dei biscotti.

«Quando posso vedere la ragazza di Kellan?»

«Ti pregherei di incontrarla a casa nostra, dove penso si senta più tranquilla. Dammi solo il tempo di parlare con Carlotta. Voglio dirle quello che hai scoperto guardando nel computer.»

Han annuì. Poi aggiunse: «Per potere vedere i dati nel telefono di Kellan ci vorrà un po' più tempo. Spero di riuscire a dirti qualcosa domani».

Per la prima volta dalla morte di Kellan, camminando sulla neve sporca, Liam Armstrong scoppiò a piangere. Le lacrime gli solcarono le guance magre, come tutto il resto nel suo corpo. Il respiro gli rimase incastrato da qualche parte fra i polmoni e il cuore, fino a farsi lamento e poi gorgo. Una condizione nuova, ingovernabile, che non conosceva. Avrebbe voluto che sua madre fosse stata ancora viva. Avrebbe voluto chiamarla, chiederle cosa fare, sfogarsi con lei. Ma sua madre non c'era più da tanto tempo. E non c'era nessuno sulla faccia della terra che avrebbe potuto aiutarlo.

Tirò fuori di tasca il cellulare, si schiarì la voce e chiamò sua moglie, che aveva registrato in rubrica con il nome Amore, in italiano, come fossero, lei e lui, due ragazzini in perenne viaggio di nozze. Lei rispose al primo squillo. «Carlotta, non sapevamo nulla di lui. Kellan, non sapevamo chi fosse, non abbiamo capito niente», disse, e ricominciò a singhiozzare.

III

Steno uscì dal comando dei carabinieri e si incamminò verso l'hotel. Ebbe la tentazione di infilarsi in qualche negozio e comprare un ombrello. Magari anche un paio di guanti e un berretto. Poi pensò che non aveva senso. Si limitò a camminare sotto i balconi. Ma già a metà strada aveva la testa fradicia e le mani gelide, sprofondate nelle tasche del cappotto.

Si fermò nell'androne di un palazzo e provò a digitare sul telefono il testo di una mail per il suo capo. I polpastrelli erano così freddi che lo schermo faticava a riconoscere i comandi. Peraltro, il Capo non sopportava i messaggi abbreviati in malo modo, con le k, le x e tutto il resto. Quindi, a Steno toccava sforzarsi di scrivere come si deve. «Sono stato in Questura e dai carabinieri per i giri. Notte tranquilla, solo qualche arresto per spaccio. Per il resto, il solito: furti, aggressioni fra stranieri, evasioni dai domiciliari. Il 118 e la polizia locale segnalano ancora incidenti stradali per la neve con feriti lievi. Magari su quello potremmo fare un pezzo anche ampio. Non essendo crepato nessuno, non penso valga la copertina, ma dimmi tu. Sto lavorando alla storia che ti dicevo, quella che invece vale decisamente la copertina. Ci vediamo dopo al giornale.»

Quando vide da lontano la facciata dell'hotel, a Steno

parve un'apparizione. L'insegna dell'Albergo Villa Garibaldi era una promessa di calore. Affrettò il passo, impaziente di raggiungere quel nido tiepido.

Era quasi arrivato, quando sentì da dietro una voce leggera e stridula. Una voce che conosceva.

«Giornalista?»

Steno si voltò. Vide l'uomo con la cerata scura ed ebbe un sussulto, come quando chiami l'ascensore al piano di casa, le porte si aprono e c'è dentro qualcuno. L'uomo con la cerata aveva il cappuccio calato in testa, beato lui. A Steno non veniva in mente nulla da dirgli, ma visto che quello stava zitto, gli toccò avviare la conversazione. Decise di puntare sulla cerata.

«Ma hai sempre addosso quella cerata?» chiese.

«Solo quando nevica o piove. Comunque mai in estate, sarebbe troppo calda. Nemmeno in primavera. Diciamo che è la mia mantella invernale antineve e antipioggia», rispose l'uomo, con una sfumatura ironica, fermo di fronte all'ingresso dell'hotel. L'espressione diceva che era soddisfatto della sua cerata. «Sono passato alla redazione della "Notte" questa mattina verso le otto. Non c'era ancora nessun giornalista. La portinaia mi ha detto che arrivate al lavoro tutti dopo le dieci, o anche più tardi. Le ho chiesto dove avrei potuto trovarti e non me lo voleva dire. Ma ho insistito dicendo che avevo una notizia da darti, e che mi avevi detto tu di cercarti se ne avessi avute. Alla fine ha ceduto, mi ha detto il nome dell'albergo, ed eccomi qui. Ti stavo aspettando.»

Steno si spostò contro il muro. Al di là della neve che cadeva dal cielo, c'era anche quella che si staccava dai cornicioni, grondaie, alberi. L'uomo con la cerata era venuto per parlare. «Scusa se non ti ho chiamato per telefono. Il tuo numero l'ho conservato, ma non mi fido. Non si sa mai chi ascolta.» Paranoico, pensò Steno. E lo invitò a entrare in hotel. L'uomo con la cerata sbirciò oltre la porta d'ingresso, vide che nella reception c'era gente e disse che era meglio di no. Steno propose un bar, che sapeva essere sempre vuoto. Ma l'uomo rifiutò. «Nei bar c'è troppa gente». Steno gli propose di parlare in camera. L'uomo con la cerata scosse la testa. «Non ci conosciamo abbastanza, mi sentirei in imbarazzo», disse onestamente, nel suo modo ingenuo e diretto. Strano, pensò Steno, detto da uno che vaga fra i cespugli di notte per fare sesso con sconosciuti.

Dopo una lunga trattativa, Steno e l'uomo con la cerata finirono per parlare a bordo della Maserati, parcheggiata con il motore acceso e il riscaldamento al massimo.

Alberto, che li aveva visti salire in auto, li teneva d'occhio, sdraiato sui cartoni di fronte al negozio di costumi di carnevale. Il tizio con la cerata scura a prima vista non gli piaceva.

«Bella macchina, l'hai già messa a posto?» domandò l'uomo con la cerata.

A Steno venne in mente di avergli raccontato la bugia del paraurti rotto. Per non parlare del faro e del cofano.

«No, la macchina che è stata tamponata sopra alla buca per fortuna non è questa. Ho anche un'utilitaria, che uso per le commissioni o per uscire la sera quando penso che vorrò bere.»

«Meno male», disse l'uomo.

«Già», confermò Steno.

L'uomo con la cerata disse che aveva fatto domande discrete qui e là in quello che lui definiva «l'ambiente». Vale a dire, il mondo chiuso dei gay che cercano compagnia di sconosciuti in luoghi nascosti «dai mille occhi della città». Disse così. Che poi a Milano gli occhi non sono mille, ma due milioni e mezzo, vale a dire il numero degli abitanti moltiplicato per due.

«Come ti dicevo, nella buca l'altra sera c'è stata una rissa, ne ho avuto conferma. Me lo hanno detto dei ragazzi che organizzano la rete milanese del cruising. Quanto alla rissa, sembra che verso le tre di notte qualcuno sia andato a rompere le palle a due che si erano appartati dietro un albero. Sono volati pugni e pare che un ragazzo sia rimasto ferito.»

Steno sgranò gli occhi. «Si sa chi è?» chiese impaziente.

«Il ferito intendi?»

«Lui.»

«Non so nulla. Ma pare che fosse giovane. Ci sono alcuni giovani che frequentano la buca. Alcuni vengono per una sera sola, altri sono lì più spesso.»

«Era italiano?» domandò Steno, avvicinandosi sempre più alla domanda che avrebbe voluto fare.

«Non ne ho idea», rispose l'uomo con la cerata, che peraltro anche in macchina si era ben guardato dal togliersela, bagnando così il sedile di pelle.

«Dammi dei dettagli, se li hai.»

«Non so più di quello che ti ho detto. Due si erano appartati da qualche parte, giù alla buca. Era tardi. Poi c'è stato il pestaggio. Urla, casino. A un certo punto, pare che il ragazzo sia stato portato via a braccia. Era ferito, su questo non ci piove. Ma ti ripeto, io non c'ero.»

«Dell'aggressore sai niente?» chiese Steno.

«Niente di niente. Comunque le liti sono frequenti.

Potrebbe essere stato qualcuno che non ha pagato una marchetta e si sono messi a litigare. O una marchetta che ha cercato di fregare i soldi a uno con le braghe calate, ma quello non era d'accordo e l'ha menato. O un tizio che è andato a pisciare contro un albero dopo la discoteca, ha visto due che ci davano dentro dietro a un cespuglio e ha pensato di prenderli a calci nel culo. O un qualche omofobo, come ce ne sono tanti, che ha scommesso dieci euro con un amico ed è andato a dare due legnate ai froci nella buca. O due marchette che hanno litigato fra loro per accaparrarsi un cliente gentile che paga bene. O uno che nella foga di scopare si è lasciato prendere un po' la mano, ha cominciato ad andare al galoppo e quell'altro si è incazzato. O uno zingaro che ha deciso di fare un favore alla sua collezione di orologi rapinando i gay di notte. Devo continuare?»

«No grazie. Sai se alla buca nella notte fra lunedì e martedì si è visto qualcuno di strano o anche solo qualcuno nuovo?» domandò Steno.

«Prima della rissa dici?»

«Sì, prima della rissa.»

L'uomo con la cerata scosse forte la testa. L'acqua che si era depositata sul cappuccio schizzò su cruscotto e finestrino.

«Non puoi almeno toglierti il cappuccio?» chiese Steno.

L'altro fece finta di non sentire. «Che io sappia, non c'era nessuno di strano. Prima che tu me lo chieda», ed effettivamente Steno glielo avrebbe chiesto, «ti dico anche che nessuno avrà denunciato un bel niente. Ci scommetto. Nessuno là sotto denuncia una rissa. Quello che succede nella buca resta nella buca.» E aggiunse: «Fossi in te andrei questa sera a fare due passi in via Sammartini. Se vuoi capire cosa è successo nella buca l'altra notte, prova a fare domande in giro. La gente è sempre quella».

Steno in via Sammartini era già stato diverse volte, sempre per lavoro. Un paio di risse con feriti, il picchetto di un gruppo di residenti «contro gli invertiti», un incidente mortale fra uno scooter e un camion che non aveva niente a che fare con i gay. Via Sammartini era stata a lungo nota come gay street, prima che a Porta Venezia nascesse un vero e proprio gay district. Tanto che i gestori dei locali notturni avevano proposto di scriverlo chiaro e tondo sulla targa all'inizio della strada: *VIA SAMMARTINI. GAY STREET.* Poi qualcuno in Consiglio comunale si era messo di traverso e non se n'era fatto niente.

«Magari puoi provare a fare un salto in via Sammartini anche prima di cena, all'ora dell'aperitivo», disse l'uomo con la cerata.

«Cominciano così presto le serate di cruising?»

«No, ma se vai al bar Milk verso le sette questa sera dovresti trovare alcuni ragazzi dell'Arcigay che stanno facendo un progetto sul cruising. In pratica vanno nei luoghi di incontro, regalano profilattici, dicono ai ragazzi più giovani di stare attenti alle malattie, spiegano agli stranieri arrivati da poco in Italia che qui la discriminazione è reato. Almeno in teoria. Sono sempre bene informati su quello che succede di notte in città. Hanno anche uno sportello virtuale su Internet.»

«Grazie», disse Steno. E segnò sul cellulare il nome del locale. Poi chiese all'uomo con la cerata perché avesse deciso di raggiungerlo fin sotto l'albergo e raccontargli quello che aveva scoperto. «Perché di notte la situazione si sta facendo pericolosa», rispose l'uomo con la cerata. «È pieno di figli di puttana in giro. Te l'ho detto: le marchette cocainomani, gli omofobi, i rapinatori che vengono a fare un po' di grano. Se mi fidassi, chiamerei gli sbirri, ma spesso si limitano ad arrivare e caricare sulle camionette un po' dei nostri e fargli passare la notte in Questura. Se poi gira voce che sono io quello che chiama gli sbirri, è meglio se non mi faccio più vedere. Il fatto è che la situazione si sta spingendo un po' oltre. Ultimamente succedono cose non belle e la rissa dell'altra notte alla buca è solo l'ultima.»

Quando capì che l'uomo con la cerata gli aveva detto tutto quello che voleva dirgli, Steno lo ringraziò e gli chiese come si chiamasse.

«Mi chiamo Ottobre», disse l'uomo.

«Bel nome», rispose Steno.

«Me lo sono inventato.»

«Ti sei inventato un bel nome.»

«È per via di *Caccia a Ottobre Rosso*. È il mio terzo film preferito.»

Steno pensò che quando uno ti dice così, è perché vuole che tu gli chieda quali sono i primi due. Glielo chiese.

«Il secondo non te lo posso dire. È un film per adulti, ha un titolo molto particolare che non ho voglia di dire. Il mio film preferito in assoluto invece è *Il ponte sul fiume Kwai*. Il mio ideale di uomo è il colonnello Nicholson. Cioè, Alec Guinness che interpreta il colonnello Nicholson», disse Ottobre. E si fermò un attimo. Evidentemente stava pensando ad Alec Guinness con la camicia color cachi sbottonata e il cappello da ufficiale della British Army. Poi continuò. «Non è il mio ideale di uomo nel senso che me lo farei. Cioè, certo che me lo farei. Ma intendo dire che è il mio ideale di uomo nel senso che vorrei essere come lui.»

Steno scrutò con attenzione Ottobre. Era esattamente

come gli era sembrato la notte precedente nella buca. La faccia era piccola e tonda, come anche la montatura degli occhiali. La bocca era minuscola, il naso anche più piccolo. Aveva le guance rosse come quelle di Heidi nei cartoni animati. Dato che era ben lontano dal somigliare al colonnello Nicholson, a Steno suonò perfetta un po' di adulazione: «In fondo un po' ci somigli. Un po', soprattutto nei modi. Mi dai l'idea di essere il tipo di uomo che saprebbe resistere alle torture del colonnello Saito». Ottobre per l'emozione si tolse finalmente il cappuccio della cerata. Era quasi calvo. Un ciuffetto di capelli neri gli partiva da qualche parte dietro la testa e gli si appoggiava alla pelata. Definirlo un riporto sarebbe stato generoso.

Ottobre guardò Steno con vera riconoscenza. Per un fan del *Ponte sul fiume Kwai*, quello che aveva appena ricevuto era il più bel complimento possibile.

Steno approfittò del momento per chiedergli il numero di telefono. Ottobre non glielo diede. Gli disse che se fosse stato necessario si sarebbe fatto vivo lui. Steno rispose con due parole, che poi è una parola sola, ripetuta due volte: «Pazzia. Pazzia». Era la battuta finale del maggiore medico Clipton.

Ottobre nascose di nuovo la pelata nel cappuccio della cerata, scese dalla Maserati e si incamminò lontano dal centro.

IV

Nel salone di casa Armstrong c'era un tipo di silenzio che non esiste in natura, se non forse nel deserto nei giorni senza vento. Una specie di sottovuoto sonoro, preservato dalle pareti spesse e dai doppi vetri. Tutto era immobile. A occhi chiusi, si sarebbe potuto tranquillamente pensare che nella stanza non ci fosse nessuno.

Han, entrando, vide gli Armstrong di spalle. Carlotta era seduta all'estremità di un lungo divano chiaro. Scuoteva lentamente il capo e stringeva nel pugno un fazzoletto di stoffa. Liam, in completo grigio, le sedeva a fianco. Su un altro divano, disposto ad angolo rispetto al primo, stava seduta una ragazzina esile, grandi occhi neri, capelli scuri lunghi fino a metà schiena e un maglione morbido, anche quello nero. Aveva tolto le scarpe, e teneva un piede sotto il sedere. Fissò Han come fosse un animale impagliato.

«Han grazie di essere venuto. Lei è Giada, la ragazza di Kellan», disse Liam. Han le rivolse un cenno di saluto con una mano e la ragazza ricambiò.

Carlotta piangeva, con la compostezza che la sua educazione borghese le raccomandava, ma preferì lasciare la stanza. Quando passò vicino ad Han, lui le poggiò una mano sulla spalla. Lei gliela tenne il tempo di sentire quella carezza, poi sparì.

«Giada, Han ci sta aiutando a capire cosa sia successo a Kellan. Puoi dirgli quello che hai già raccontato alla polizia?» Liam fece capire ad Han che non doveva nascondere nulla alla ragazza.

«Giada, vogliamo scambiare due chiacchiere nella stanza di Kellan?» chiese Han.

«Ok», rispose lei, come agisse controvoglia.

«Mi sembra un'ottima idea», aggiunse Liam. Che la ragazza e Han avessero modo di parlare da soli, gli sembrava corretto e utile.

La stanza di Kellan richiamava, come il resto dell'appartamento, la mano dell'architetto che l'aveva disegnato. Due grandi finestre che davano sul terrazzo, il parquet scuro a listoni, un senso di geometrica pulizia contraddetta dal disordine del giovane che l'aveva occupata. Un disordine ancora più spiccato se comparato al resto dell'appartamento, la cui fredda eleganza Carlotta Armstrong pretendeva fosse impeccabile. La parete di fondo della stanza era protetta da un foglio di gomma grigia, su cui Kellan aveva appoggiato alcune tavole da snowboard, gli sci, gli skateboard e una sacca di mazze da golf ancora impacchettate nella plastica, con etichette e codici a barre. La scrivania era ricoperta per due terzi da libri, tazze, occhiali da sole, maschere antivento, cavi elettrici. Alle spalle della scrivania, in un grosso acquario rettangolare, nuotava solitario un pesciolino nero, la cui forma ricordava quella miniaturizzata di uno squalo. Il letto a una piazza e mezzo si trovava su un rialzo in muratura, a cui si accedeva salendo tre gradini.

«Qui scopavamo», disse Giada sedendosi sul letto. Poi fece un sorrisetto. E continuò. «Mi baciava, mi leccava, mi toccava.

Faceva tutto quello che deve fare un ragazzo alla sua ragazza. A me piaceva, e piaceva anche a lui. Il padre di Kellan mi ha detto perché lei è qui. Per dirmi che Kellan era gay. Bene, si sbaglia. A Kellan piacevo io, che non sono certo un maschio», e tirò dritta la schiena, in modo che il maglione si tendesse su un seno più pieno e morbido di quello che ci si aspettava in un corpo così asciutto, così esile. «Kellan non perdeva occasione di mettere gli occhi sulle fighe che gli giravano intorno. Una volta l'ho beccato che se ne era fatta una in montagna, mentre io ero a Milano. Ovviamente mi ero incazzata. Ma non glielo racconto per questo. Lo dico per farle capire che siete sulla strada sbagliata. Kellan non era gay.»

Han fece ruotare la poltrona da ufficio che si trovava di fronte alla scrivania e ci si sedette. Giada invece si sistemò sul bordo del letto, montato su una pedana, tre gradini più in alto. Han si sentì il servitore di una giovane nobile capricciosa. Che poi era esattamente quello che era Giada.

«Dov'era Kellan l'altra sera?» domandò Han.

«La sera in cui è morto?»

«Sì, la notte fra lunedì e martedì.»

«Mi ha detto che usciva con i soliti amici. Non ha detto dove andava.»

«Succedeva spesso che uscisse la sera senza dirti dove andava?»

«Non ci trovo niente di strano. Anche io non lo aggiornavo su ogni mio spostamento.»

«Quindi per Kellan era normale non dirti cosa faceva la sera.»

«Ogni tanto capitava.»

«Fammi indovinare. Nelle ultime settimane, questa

compresa, era capitato diverse volte. Prima di martedì, poi per due sere a settimana sempre di lunedì. E faceva molto tardi.»

Giada guardò il cellulare che teneva in mano. Cominciò in modo nervoso a digitare sullo schermo, controllando il calendario delle settimane precedenti. Più guardava e più la sua aria strafottente lasciava il posto a un'espressone semplice e vulnerabile, da ragazza spaventata.

«Sì, può essere come dice lei.»

«Può essere come dico io o è di sicuro come dico io?»

«È come dice lei.»

Han si alzò in piedi e con calma spiegò a Giada quello che Liam Armstrong doveva averle solo accennato. Le disse che dal computer di Kellan erano state cancellate conversazioni fatte in chat frequentate da gay. Era la prova che Kellan aveva raccolto informazioni su appuntamenti di cruising che si erano tenuti proprio nelle sere in cui poi era uscito senza di lei, compresa quella in cui era morto. Giada gli domandò se quelle conversazioni non poteva averle fatte qualcun altro con il computer di Kellan. Lui le disse che era improbabile, visto che le visite alle chat erano intervallate al tipo di ricerche che faceva Kellan: siti di snowboard, i suoi profili sui social network, video di sport estremi.

Nel silenzio che seguì, Giada restò ferma seduta sul letto. Non teneva più la schiena dritta in segno di sfida. Era china in avanti. I capelli sul volto. Rimase zitta a lungo e lo stesso fece Han. Il silenzio di lei era angosciato e pieno di ombre. Quello di lui, solido e paziente. A un certo punto la ragazza scostò una lunga ciocca, agganciandola dietro l'orecchio. Con il palmo della mano si asciugò gli occhi.

«Penso che dovresti parlare con gli amici di Kellan», disse Giada ad Han, passando a dargli del tu.

«Penso anch'io», rispose Han.

«Kellan mi aveva detto che quella sera, che poi è stata appena due sere fa, sarebbe uscito con Marco e Willy. Non so se ci sia uscito davvero o se si sia visto con qualcun altro. A questo punto non so più niente. Però se fossi in te comincerei da loro due.»

«E dove li trovo Marco e Willy?»

«Questa sera c'è un aperitivo a casa di una mia amica. Loro ci dovrebbero essere. E anche un sacco di altra gente che conosceva Kellan. Non penso che siano molti a sapere che è morto. Però Marco e Willy lo sanno, glielo ho detto io.»

«Se hai dovuto dirglielo tu, significa che lunedì sera non erano insieme.»

«Pare che siano stati insieme, a casa di Willy, fino a una certa ora. Poi loro non lo hanno più visto. Ma devi chiederlo a loro. L'aperitivo di questa sera potrebbe essere l'occasione perfetta. Io ovviamente non pensavo di andarci, non sono dell'umore. Ma se può servire ti accompagno.»

«Magari Marco e Willy sono del tuo stesso umore, e nemmeno loro andranno all'aperitivo. Kellan era loro amico.»

Giada sorrise. Non era più il ghigno che aveva ostentato poco prima, quando aveva sbandierato quello che lei e Kellan facevano a letto. Era un bel sorriso da sedicenne, con il trucco disfatto dalle lacrime.

«Certo che ci vanno all'aperitivo. Marco mi ha scritto poco fa per dirmi che lui arriva diretto dalla palestra, quindi non può passare a prendermi. Neanche glielo avessi chiesto.»

Han annuì, per far capire a Giada che il messaggio era

arrivato. Ma lei volle spiegargli come stavano le cose per filo e per segno: «Marco e Willy sono dei superficiali. Preparati al peggio. Kellan è morto? Brutta storia, ma non c'è tempo per fermarsi. Ieri sera erano in discoteca. Oggi sono in palestra, poi si fanno la doccia e vanno dritti all'aperitivo. Io a Kellan l'ho detto tante volte che quel tipo di persone non facevano per lui. Non dico che stessero insieme a Kellan solo perché fa figo avere come amico il figlio del console americano, ma un po' sì. Lui era diverso. Era sensibile, fragile. Era più bello, simpatico e intelligente di tutti loro, ma aveva sempre paura di non essere accettato. Era arrivato in Italia senza conoscere nessuno, e non parlava bene la lingua. A Los Angeles faceva sport, frequentava surfisti, gente semplice se paragonata a quella che ha conosciuto a Milano. Qui ha fatto fatica, è entrato in un ambiente, che poi è il mio, più difficile: la moda, gli aperitivi, le feste. Per lui, Marco e Willy erano degli idoli. Arroganti, menefreghisti, sicuri di sé. Gli davano l'idea di avere dei punti di riferimento e che con loro poteva fare gruppo».

Giada scosse la testa, si sentiva in colpa. Han continuò a guardarla, senza dire una parola.

«Senti, se vuoi questa sera ti accompagno», fece lei.

«Mi sembra una buona idea», rispose Han.

«Però, scusa se te lo dico. Non presentarti vestito in quella maniera.»

Aveva addosso i pantaloni da cuoco. E non c'era niente di strano, visto che poi sarebbe dovuto andare al ristorante. E sarebbe comunque arrivato con oltre due ore di ritardo.

«Sappi che molti lì in mezzo sono dei razzisti figli di puttana. Se vedono che sei cinese, può essere un problema. So che sembra assurdo ma è così. Oltre al fatto che hai sessant'anni, quindi a un aperitivo di ventenni darai comunque nell'occhio. A proposito, non dire che sei un cuoco. Inventati che sei un petroliere o qualcosa del genere. Anzi facciamo così: dirò che sei amico dei miei genitori. Mio padre ogni tanto va in Cina per lavoro, può funzionare.»

Ad Han venne un'idea alternativa.

«E se invece passassi per un cameriere cinese che ti sei portata appresso? Non è granché come idea, ma la reggo meglio del petroliere.»

Giada sorrise. «Non male. Sentiamoci dopo e mettiamoci d'accordo.»

«Ok. Comunque non sono cinese, sono vietnamita.»

«Non cambia niente. Il nostro mondo si divide in due: Milano centro e tutto il resto.»

Quando Han e Giada tornarono in salotto, non c'erano più né Liam né Carlotta. La domestica si affrettò a spiegare che erano andati insieme in Questura. Han sperò che Armstrong avesse deciso di consegnare il computer di Kellan alla polizia.

Han e Giada si scambiarono i numeri di telefono. Poi si salutarono agitando la mano, come avevano fatto quando Han era entrato in salotto, poco prima, per presentarsi.

«Ti chiamo io», gli disse lei, mentre lui veniva scortato verso la porta di casa dalla domestica. Poi Han tornò sui suoi passi.

«Nomi e cognomi di Marco e Willy, per cortesia.»

«Tu non sei un cuoco, vero? Sei un investigatore privato, cosa sei?»

«Sono un petroliere cinese. Salutami tuo padre e digli che è un po' che non si fa vedere a Shanghai.»

Giada mandò un messaggio ad Han con nomi e cognomi degli amici di Kellan.

V

Steno era immerso fino alla punta del naso. Aveva gonfiato le guance d'aria e stava lì immobile, sott'acqua, con gli occhi chiusi. Quando sentì suonare il telefono, uscì dalla vasca da bagno, si avvolse nell'accappatoio, si asciugò l'orecchio destro e rispose. Era il signor Barzini.

«Steno c'è qui il poliziotto tuo amico. Il figlio del carabiniere Cinà.»

«Grazie signor Barzini, potrebbe dire al mio amico di salire in camera per favore?»

Il signor Barzini girò la domanda a Scimmia.

«Lui dice se puoi scendere tu», disse poi a Steno.

«No, non scendo. Gli dica per favore che sono nella vasca da bagno, ho preso abbastanza freddo oggi, ne ho bisogno. Lui mi conosce, capirà. Gli lascio la porta della stanza aperta.»

«Come vuoi, Steno.»

Da lì a poco, Scimmia bussò alla porta del bagno.

«Steno, esci dalla vasca, devi portarmi a Torino», disse Scimmia. Aveva il fiatone. E come il giorno precedente, era vestito in borghese. Vale a dire che aveva addosso un maglione verde con un ricamo rosso, sopra a un paio di pantaloni di velluto marrone.

«Oh bravo Scimmia, che mi ascolti. Guarda che bello che sei senza divisa. Ed è già il secondo giorno di fila. Così sembri un vero sbirro della Mobile». In realtà sembrava un albero di Natale addobbato, con tanto di tronco.

Scimmia si appoggiò al lavandino e spiegò a Steno che era riuscito a parlare al cellulare con la Tajani, di ritorno dal parrucchiere. La pm aveva detto un sacco di parolacce, poi gli aveva urlato di non perdere più tempo e di correre a Torino per sentire cosa aveva da raccontare il proprietario della Lada Niva con cui il corpo di Kellan era stato portato fino all'ospedale. Ma il sovrintendente Minniti, il suo superiore, stava parlando con il console americano e sua moglie, che si erano presentati in Questura con il computer del figlio. «E quindi?» chiese Steno.

«Quindi sono solo. E ti volevo chiedere se ti va di accompagnarmi a Torino.»

«Non puoi prendere una macchina della polizia e andarci per i fatti tuoi?»

«Steno, se andiamo con la tua ci mettiamo la metà del tempo, ti prego.»

«Se è per questo, in treno fai ancora più veloce.»

«È vero. Ma il tizio abita in collina, lontano dalla stazione. Treni, taxi, meteo. Tutto contro di me.»

Steno versò altro bagnoschiuma nella vasca e aprì l'acqua calda al massimo, di modo che si formasse nuova schiuma. E non che non ce ne fosse poca. Se ne formò così tanta che cominciò a strabordare. Con un rapido gesto del piede, l'agente scelto Cinà Raffaele detto Scimmia avvicinò il tappetino alla vasca per evitare il disastro.

«Steno, la verità è che se ci sei tu mi sento più sicuro. Sei esperto di macchine, sei stato nella buca ieri sera, hai parlato con il tizio con la cerata che ti ha raccontato la storia del torinese. Hai anche talento per le indagini. Mettici che sei il mio migliore amico. Se ci fosse stato Minniti sarei andato con lui, ma il fatto che non possa venire per me è un'occasione. So che è strano portarsi un giornalista a sentire un testimone. E probabilmente se lo scoprono in Questura mi fanno il culo. Ma ho deciso che vale la pena rischiare. Per me questo caso è troppo importante. Se trovo chi ha ammazzato Kellan Armstrong, scommetto che mi perdoneranno tutti i piccoli strappi alla regola.»

«Portarsi i giornalisti a casa dei testimoni non è un piccolo strappo alla regola», disse Steno, giocando a far saltare il flacone dello shampoo sulle onde formate dalla schiuma, come fosse un gommone.

«Il piano è questo», disse Scimmia. «Andiamo insieme dal tizio, io gli faccio vedere il distintivo e ti presento solo col nome di battesimo. Le domande le faccio io e verbalizzo io. Ovviamente nel verbale tu non comparirai in nessun modo. Non penso ci siano problemi. Il tizio al momento non è indagato, quindi non dovrebbe esserci di mezzo nessun avvocato a fare storie.»

Steno immerse la testa nell'acqua bollente. Emerse dopo qualche secondo e fece un respiro profondo, come dopo una lunga apnea. Si asciugò gli occhi con la mano. «Si può fare. Devi solo lasciarmi chiamare il mio capo. Devo dirgli che faccio tardi. Non penso la prenderà benissimo.»

Mezz'ora dopo, la Maserati Ghibli sfrecciava lungo l'autostrada quasi deserta. I radiogiornali non facevano che ripetere da giorni che «a causa delle forti nevicate, si sconsiglia di mettersi in viaggio in auto, se non in caso di necessità». La società che gestisce le autostrade aveva dichiarato il codice rosso di allerta. Vale a dire, velocità ridotta, distanze di sicurezza aumentate, il rischio di trovare spazzaneve e spargisale in carreggiata a tutte le ore. E posti di blocco, per verificare che le auto avessero gomme adeguate o catene da neve montate. A Scimmia sembrava che ogni tanto, quando Steno accelerava, le ruote posteriori perdevano aderenza sull'asfalto. E Steno adorava quel perdere aderenza delle ruote posteriori. Ma se ne stava a labbra cucite per non preoccupare Scimmia. Lo stereo pompava un disco di Sugar Daddy and The Cereal Killers. Fuori dal finestrino, le uscite scappavano via una dopo l'altra. Novara, Santhià, Chivasso. E a mano a mano che la destinazione si avvicinava, Steno premeva di più sull'acceleratore.

«Fino a quando non finiscono i lavori, gli autovelox non funzionano», dichiarò. Ma Scimmia non rispose nulla, visto che si era addormentato. Gli succedeva sempre durante i viaggi in macchina.

Steno lo svegliò solo una volta arrivati al casello, per chiedergli come arrivare a casa del proprietario della Lada Niva. Scimmia bofonchiò l'indirizzo, e Steno lo inserì nel navigatore del telefono, e ricominciò a dormire.

La casa si trovava a mezza collina, sulla salita che porta alla Basilica di Superga. Dalla strada era invisibile, nascosta da una siepe alta più di due metri e da un grosso cancello di legno scuro. Steno accostò e spense il motore. Scimmia, che già alle prime curve si era svegliato quasi del tutto, scese dalla macchina facendo attenzione a non scivolare sulla neve. Non ce n'era tanta come a Milano, ma era comunque una quantità sufficiente a farti finire per terra. Sul citofono c'era un pulsante soltanto e nessuna indicazione scritta. Scimmia schiacciò il bottone e il cancello si aprì automaticamente, con tanto di luce gialla lampeggiante. Steno lo interpretò come un invito a entrare con l'auto e fece segno a Scimmia di salire a bordo.

«Cosa dirà quando ci vedrà arrivare in Maserati?» domandò Scimmia.

«Dirà che abbiamo una bella macchina», rispose Steno. Tradotto: non lascio volentieri la Ghibli in strada se non c'è Alberto a vigilare.

La villa si sviluppava in ampiezza: un solo piano, molte vetrate, molto spazio orizzontale. Una rampa di pietra scendeva a un box quadruplo, già aperto. Parcheggiata in fondo a sinistra, sotto un telo, c'era una piccola auto sportiva, una Lotus, e accanto due posti vuoti. Uno dei due era destinato alla Lada Niva? Fu a quel punto che induzioni e deduzioni procedevano all'unisono.

In fondo al garage erano ammassate sedie sdraio, bobine di canna da giardinaggio arrotolata, un triciclo blu da bambino, una piscinetta gonfiabile sgonfia, una biciclettina mountain bike.

Dietro alla Lotus si aprì una porta di ferro e ne uscì Sandro Salini, l'uomo a cui era intestata la Lada Niva. Scimmia gli mostrò subito il tesserino. Il torinese verificò che il nome dell'agente fosse quello che gli era stato comunicato per telefono dalla Questura. Era tutto ok.

«Non sapevo che la polizia girasse in Maserati», disse Salini, «chissà che faccia farebbe mio figlio a vedere una macchina così. Ha solo sei anni ma va già matto per le auto sportive.»

Steno e Scimmia si lanciarono uno sguardo d'intesa.

«Il bambino non è qui, è a scuola», disse Salini, con tono rassicurante. «E mia moglie è in ospedale dove lavora. In casa ci siamo solo noi tre, possiamo parlare tranquilli.»

Ottobre, il tizio con la cerata, aveva ragione. Sandro Salini era un bell'uomo. Magro e atletico. Aveva occhi color ghiaccio, la giacca dello stesso colore dell'abito, aperta su una camicia azzurra. Non fosse stato per i capelli sale e pepe, avrebbe dimostrato meno dei suoi quarantotto anni. Nonostante si trovasse in una situazione non facile, sembrava a suo agio. Invitò Steno e Scimmia a entrare in una specie di taverna nel piano interrato, a cui si accedeva direttamente dal garage. Non c'erano vere e proprie finestre, solo una presa d'aria aperta alla sommità di una parete, appena sotto il soffitto. Le luci erano basse e calde. Per terra era stesa una pelle di vacca pezzata. Era vera, o almeno sembrava. Il divano, anche quello di pelle, era scuro, come tutto il resto lì dentro, e alle pareti teste di animali: un cinghiale, un cervo, uno stambecco, la sensazione che quegli occhi neri di vetro, senza espressione, lo fissassero. Sotto le teste imbalsamate era appeso un quadro, che sembrava raffigurare una parete di ghiaccio o la fibra di un qualche minerale.

«È l'ingrandimento dell'ala di una mosca», spiegò Salini, di fronte allo sguardo incuriosito di Scimmia.

«Bello», commentò Scimmia ma non era così convinto.

«Non vi faccio perdere tempo», disse Salini, «la macchina non mi è stata rubata a Novara, come ho denunciato. Anzi, a Novara lunedì non ci sono proprio stato. La macchina mi è stata rubata a Milano, poco dopo le tre del mattino di ieri.»

«In pratica, lunedì notte», notò Scimmia.

«Esatto, lunedì notte. Quello che vi dico adesso vorrei che mia moglie, i miei colleghi e soprattutto mio figlio non lo venissero a sapere mai. So che forse non sarà così. Il vostro superiore al telefono mi ha detto che la mia macchina con ogni probabilità è stata usata per trasportare il cadavere di un ragazzo. Quindi immagino che prima o poi ci sarà un processo e si verrà a sapere tutto.»

Il torinese era partito bene, sarebbe stato un peccato interromperlo. Salini spiegò che gli capitava abbastanza spesso di andare a Milano o in altre città per incontri di cruising. Disse che quando si trattava di scopare non guardava in faccia a nessuno. Le saune svizzere da mille franchi andavano bene come i parcheggi dei camion sulla statale Paullese. «Noi uomini siamo tutti un po' così, al di là dei gusti.» Disse anche che in occasione di quelle trasferte notturne raccontava alla moglie di essere via per lavoro, in città di volta in volta diverse, e di doversi fermare a dormire fuori. A Novara il suo studio di commercialista aveva parecchi clienti, e così era nata quella bugia. La stessa cosa la raccontava in ufficio, dove era il capo. Anzi di più: era il titolare di uno dei più importanti studi di commercialista di Torino. «Non vorrei che si venisse a sapere cosa ero andato a fare a Milano quella notte. I giornali vanno matti per i particolari morbosi delle vicende», disse Salini. Steno immaginò che faccia avrebbe fatto il torinese se avesse scoperto che era un giornalista.

«Dottor Salini, sarò onesto, non possiamo garantirle nulla. Come diceva lei, forse prima o poi ci sarà un processo. A essere sincero, come poliziotto spero che ci sia più prima che poi», gli spiegò Scimmia. E aggiunse: «È molto probabile, se non sicuro, che la storia verrà resa nota per intero, particolari compresi, con o senza il suo aiuto. Quindi tanto vale che ce la racconti lei adesso, piuttosto che costringerci a scoprirla da soli. O peggio, potrebbe scoprirla qualche nostro collega meno riservato e più chiacchierone di noi, di quelli a cui piace parlare con la stampa».

Salini colse il senso dell'offerta di Scimmia, se così la si poteva definire, e cominciò a raccontare.

«Io ero appena arrivato sopra alla buca. Avevo parcheggiato la macchina ed ero lì che camminavo al buio, fra gli alberi, cercando un ragazzo con cui ero già stato qualche settimana prima. È rumeno, avrà al massimo venticinque anni. Lo fa per soldi, ma è gentile, mi era piaciuto. Assieme ad alcuni amici tiene parcheggiato vicino alla buca un furgone bianco. Lo usano come camera d'albergo, diciamo. A un certo punto, mentre sto camminando, sento un rumore. Come se qualcuno stesse prendendo a mazzate un tronco d'albero. Poi, delle urla. Niente di nuovo, capita spesso che in queste situazioni scoppino liti, quindi non mi preoccupo. Ma poi le urla aumentarono. Io d'istinto, per evitare casini, mi allontano dagli alberi e ritorno verso l'imbocco della buca, vicino al ponte della ferrovia, dove avevo lasciato la macchina. Ma proprio mentre sto per tornare in strada, vedo un tizio incappucciato che trascina qualcosa per terra. All'inizio mi sembra un sacco. Poi capisco che è un uomo. Ogni tanto fa dei piccoli movimenti scoordinati. Come degli scatti, tipo quelli che fanno gli animali investiti per strada. Perde sangue. Anche con la poca luce che c'è lì sotto, riesco a vedere la scia. Dove è stato trascinato, la neve è macchiata di rosso. Io rimango impietrito. Il tizio incappucciato si accorge di me. Appoggia per terra il corpo e mi si avvicina lentamente. Capisco che non è uno che se la spassava fra i cespugli. Mi dice che sa che ho un fuoristrada, e che lo ha visto posteggiato proprio lì sopra alla buca. Mi dice di dargli le chiavi, se non voglio fare la fine del ragazzo che si trova per terra. Parla con voce pacata, è senz'altro italiano. Mi dice che se provo a denunciarlo mi viene a cercare a casa a Torino. Il messaggio è chiaro. Sa dove vivo. Io comincio a tremare, cerco le chiavi e quando le trovo gliele consegno. Lui le prende, le mette in tasca e ricomincia a trascinare il corpo in direzione del ponte, dove avevo parcheggiato.»

«Lei sarebbe in grado di riconoscere l'uomo incappucciato?» chiese Scimmia.

«No. Aveva il volto coperto, il cappuccio della mantella in testa e gli occhi in ombra. Pensandoci dopo, mi sono convinto che quella voce l'avevo già sentita da qualche parte, ma non saprei dire dove. Forse è solo una suggestione.»

Scimmia ebbe buon gioco a sottolineare: «Se sapeva che lei è di Torino, deve trattarsi per forza di qualcuno che la conosce».

«Ci ho pensato anch'io e questo mi toglie il sonno, insieme a tutto il resto. Però è anche vero che sulla targa della mia auto c'è il bollino con l'indicazione della provincia. E di fianco, un grosso adesivo "Off Road Torino". Se mi hanno visto scendere dall'auto quando sono arrivato, è possibile che abbiano fatto due più due. Oppure l'accento.»

Steno pensò che effettivamente il commercialista aveva il più forte accento torinese che avesse mai sentito. Non c'era vocale che si aprisse o si chiudesse se non con puntualità sabauda. Notò peraltro che la sua calma iniziale era nel frattempo andata a farsi benedire. Gli sudavano le mani e lo strato lucido sui palmi era evidente. Si versò dell'acqua in un bicchiere e lo portò alla bocca. Ancora le mani, il suo punto debole: tremavano.

«Voi sapete chi è il ragazzo morto?» chiese Salini.

«Si chiamava Kellan Armstrong, cittadino statunitense. Aveva diciannove anni», rispose Scimmia. Il torinese cominciò a mugugnare. Un lamento nervoso, esagerato. Scimmia gli mostrò una foto di Kellan. Salini la guardò per qualche secondo. Disse di essere quasi sicuro di non averlo mai visto. «Troppo carino, me lo ricorderei.»

Poi pensò attentamente a quello che stava per dire e infine lo disse, lapidario.

«Credo di sapere chi può avere ucciso Kellan.»

Si alzò in piedi, asciugò i palmi nelle mani sui calzoni e prese a fare avanti e indietro per la stanza, come un attore che ripete la parte.

«Non so il nome, questo no. Ma penso di potervi aiutare a ricostruire il contesto, diciamo. Quella che sto per darvi è ciò che si chiama una dritta.»

Una dritta era esattamente quello di cui c'era bisogno.

«Da qualche tempo a Milano c'è un gruppo di bastardi che si fanno chiamare "Spazzini". Sostengono di portare pulizia in città. Arrivano di notte nei luoghi dove ci incontriamo. Si nascondono, saltano fuori con in testa cappucci e passamontagna e puniscono chi trovano appartato.»

«Lei li aveva mai incontrati questi Spazzini, prima dell'altra sera?» chiese Scimmia.

«No per fortuna. Mai incontrati. Però ci sono andato vicino. Una volta, sarà stato almeno un paio di mesi fa, forse a inizio ottobre o anche prima, sono andato a una serata di cruising in zona Famagosta, sempre a Milano. Sono arrivato verso l'una di notte e in bagno stavano medicando un ragazzo sudamericano che era stato colpito in faccia con un manganello. Piangeva. Aveva un occhio viola e gonfio, il labbro spaccato. Il sangue gli colava anche dal naso, gli imbrattava la camicia. Era così malmesso che sembrava finto.»

«Dice che erano stati gli Spazzini?»

«È lì che li ho sentiti nominare per la prima volta. Mentre altri ragazzi gli sciacquavano la faccia, aspettando l'ambulanza, il ragazzo sudamericano continuava a ripeterlo.»

«A ripetere cosa?»

«Che erano stati gli Spazzini. Ripeteva che lo avevano raggiunto mentre stava con uno in macchina, di fronte al locale. Passamontagna e cappucci calati in testa. Quando sono arrivati gli Spazzini, il sudamericano e il suo amico erano in macchina con le braghe abbassate. L'amico del sudamericano era un sessantenne: gli hanno sputato addosso, gli hanno dato un paio di calci. Poi uno di loro ha tirato fuori di tasca un manganello telescopico e si sono accaniti sul sudamericano. "Se ti chiedono come ti sei fatto male", gli han detto, "devi dire che hai incontrato gli Spazzini che stavano facendo il giro di pulizia."»

«Che figli di puttana», osservò Steno.

«Oh, finalmente parli anche tu. Pensavo fossi muto», rispose il torinese.

«Magari», disse Scimmia.

«Diciamo che sono riservato», ribatté Steno.

«Nessuna denuncia?» domandò Scimmia.

«Ovviamente», disse Salini. E bevve tutta l'acqua. Poi aprì un mobile bar a forma di botte, prese una bottiglia di vetro lavorato e si versò un liquore scuro.

«Volete?»

«No grazie», disse Scimmia.

«Cos'è?» domandò Steno.

«Whisky.»

Scimmia squadrò Steno severamente.

«No grazie», disse allora Steno. Un whisky lo avrebbe bevuto volentieri. Anche due o tre. Fino a quel punto la chiacchierata con il torinese stava andando bene e voleva evitare di incasinare tutto. Salini svuotò in un sorso il bicchiere, poi ricominciò a parlare. Il tono era un po' lamentoso.

«Sapevo che a Milano non dovevo più andarci. Lo sapevo che era pericoloso. Ma vi dico la verità, l'idea che ci fossero in giro questi pazzi omofobi mi faceva salire l'adrenalina. Mi dava ancora più gusto. Lo so che è assurdo, ma è così. Oltre al fatto di fare sesso con sconosciuti e di vivere una doppia vita, ci si metteva anche il rischio della violenza. Mi sentivo come in un film. Ma a conti fatti non era un bel film.»

«Non è ancora finito», disse Scimmia.

«Ha ragione», disse Salini, «finirà che nel processo verrà fuori tutta la storia e mia moglie se ne andrà con mio figlio. Anzi me ne dovrò andare io.»

«Se prima non mette a posto un paio di cose, può anche finire molto peggio di così», disse Scimmia. E consigliò al torinese di rivedere al più presto la sua denuncia, quella in cui sosteneva che la Lada Niva gli era stata rubata a Novara. Steno annuì. Rispetto alla regola che si erano dati con Scimmia, cioè che Steno sarebbe stato zitto tutto il tempo, aveva anche già parlato abbastanza. Aveva detto che gli Spazzini erano dei figli di puttana e aveva chiesto cosa ci fosse nella bottiglia. Poteva bastare così. Quando capì che l'incontro volgeva al termine, si limitò a stringere la mano al torinese e a dirgli «Mi raccomando», un'indicazione generica che va bene sempre, con tutti.

Salini accompagnò Steno e Scimmia alla Maserati e si fermò per un minuto buono a guardare ammirato la carrozzeria nera, macchiata qui e là dagli spruzzi di quel misto di neve e fango che i milanesi chiamano piciopacio. Evidentemente, suo figlio di sei anni la passione per le auto l'aveva ereditata. «Davvero, com'è possibile che vi mandino in giro con un'auto simile?» domandò.

«È mia, privata. Quando ho servizi distanti, ne approfitto per farle fare un giretto», disse Steno.

«Capita anche ai poliziotti di essere ricchi di famiglia», aggiunse Scimmia. Non era mai stato molto bravo a raccontare bugie, ma con la pratica stava migliorando.

«Gran macchina», concluse Salini.

«Anche la Lada Niva è una gran macchina», disse Steno.

«Altro livello, ma sì. Era una gran macchina anche quella. Chissà che fine ha fatto.»

A Scimmia venne in mente che effettivamente l'auto usata per lasciare Kellan Armstrong in ospedale non era ancora stata trovata. Partendo da lì, cominciò a pensare a tutti i punti di domanda ancora aperti nell'inchiesta. E non erano pochi.

«Secondo l'idea che si è fatto di questi Spazzini, è realistico che prima pestino a sangue un ragazzo e poi rubino una macchina per portarlo in ospedale?» domandò Scimmia.

Salini non diede subito una risposta, si appoggiò con una mano al tetto della Ghibli e sembrò prendere fiato.

«Le ripeto, io per fortuna non li conosco. Però ci sta. Magari si sono accorti di esserci andati giù un po' troppo pesanti con quel Kellan, hanno avuto paura che tirasse le cuoia e hanno deciso di mollarlo in ospedale. I poliziotti siete voi, non io. Ma immagino che sia meglio beccarsi un'accusa per lesioni, piuttosto che essere incriminati per omicidio volontario.»

«Aggravato», precisò Scimmia, in tono più sbirresco del solito.

Il torinese, che ne sapeva parecchio di dichiarazioni dei redditi ma molto meno di aggravanti, non replicò. Disse invece: «Fate buon viaggio. E mi raccomando, se potete evitare di distruggermi la vita ve ne sarò grato».

La Maserati si arrampicò su per il vialetto di accesso ai box e tornò in strada. Le siepi che proteggevano la villa di Salini sparirono piano piano dagli specchietti retrovisori. Appena arrivati sul lungo Po, a Steno suonò il telefono. Capo cell. Decise di giocare d'anticipo. «Hai ragione Capo», disse, «fra un'ora e mezza sono in redazione. Scusa davvero. Arrivo.»

Mise giù il telefono e allacciò la cintura di sicurezza. «Scimmia, ora ci tocca andare un po' spediti.»

Scimmia, che aveva già sentito pronunciare quella frase da Steno Molteni, deglutì e rispose: «Oh cazzo».

VI

L'orologio incassato nel cruscotto della macchina parlava chiaro. Dalla villa di Salini a Torino alla redazione della «Notte», Steno aveva impiegato un'ora e trentaquattro minuti. Considerati i lavori in autostrada e la neve per terra, era un tempo niente male. Merito anche di Scimmia, che aveva acconsentito a farsi accompagnare sotto la redazione, e da lì prendere un taxi fino alla Questura.

Gli uffici della «Notte» si trovavano in un condominio anni Sessanta, Milano ovest. Come dappertutto, quasi tutti i bar erano gestiti da cinesi. Più che altrove, però, resistevano i segni della città com'era prima dell'arrivo dei videopoker e dell'esplosione dei Compro oro. In pratica, nel quartiere sopravvivevano una panetteria, una lavanderia non a gettoni e un negozio di ferramenta che vendeva anche alcuni elettrodomestici al doppio del loro prezzo. Fra piazza Napoli e via Inganni, abitavano tanti vecchi milanesi, che poi a ben vedere erano quasi tutti pugliesi. Da quando aveva chiuso il bar trattoria in via Odazio, erano costretti ad andare a giocare a carte nei bar gestiti da cinesi, pieni di macchinette di videopoker, di fianco ai negozi di phone center. Almeno, a differenza dei loro nipoti italiani, i baristi cinesi erano sempre disponibili ad ascoltare le storie su quanto era bella

Milano con la nebbia. Che poi capissero o meno, era un problema loro.

Al Giambellino il servizio spazzaneve non era efficiente come in corso Garibaldi. All'inizio della grande nevicata, il sindaco aveva assicurato che i lavori di pulizia sarebbero «sempre cominciati nelle strade periferiche». La verità è che più ti allontanavi dal centro e meno si spalava. Steno parcheggiò con fatica, slittando sulla neve e manovrando più di quanto avrebbe voluto. Poi diede due euro a Wi Ji, detto Luigi, perché desse un occhio alla Maserati. Wi Ji si era goduto tutta la scena del posteggio difficoltoso da dietro il vetro della sua portineria. Oltre che essere custode dello stabile di fronte alla redazione della «Notte», era il tuttofare del quartiere. Ci sapeva fare con tubi, fascette di teflon e stoppa per lavandini. E prendeva sul serio tutti i lavori che gli venivano affidati, compreso quello di parcheggiatore per Steno, se capitava.

Quando entrò in redazione, Steno trovò ad attenderlo sulla porta il Capo in persona. Aveva addosso una camicia rosa con bottoni di madreperla, un gilet nero di pelle, jeans neri e un paio di stivaletti da cowboy bianchi e neri. Anche la cravatta era nera, lucida, di quelle che si trovano nei costumi di carnevale al supermercato. Però l'aveva disegnata chissà quale stilista e di sicuro costava parecchio.

«Hai fatto shopping», constatò Steno.

«Mia moglie mi ha trascinato all'outlet di Serravalle.»

«Sempre meglio che all'Ikea.»

«Se la giocano. Fa un po' Las Vegas, non è male.»

«Non è male, se ti piace andare al luna park e buttare via soldi», replicò Steno.

«A me piace fare entrambe le cose», concluse il Capo.

Il Capo fece strada a Steno in redazione, come se fosse un visitatore che ci mette piede per la prima volta. Del resto, da quando non si faceva vedere? Se lo meritava.

Steno, con ancora la giacca addosso, fece il giro delle postazioni. Salutò con un cinque Roberto, il collega che si occupava di riscrivere da cima a fondo gli articoli dei collaboratori esterni. A seconda dei mesi, ondeggiava fra i cento e i centodieci chili. Aveva sempre caldo. Per questo, anche in inverno, portava la camicia aperta sul petto villoso. Sopra alla scrivania, Roberto aveva appeso al muro un canestro da basket in cui lanciava una pallina di spugna, senza fare quasi mai centro.

Di fianco a Roberto era seduta Adele, che non si chiamava davvero così, ma che somigliava alla cantante inglese. Ci somigliava solo fisicamente, visto che non era in grado di cantare intonata *Tanti auguri a te*. Comunque, si era beccata quel soprannome. Era la grafica della redazione, ma se la cavava bene anche con i titoli, quindi il Capo glieli affidava volentieri. Aveva la postazione piena di calendari della guardia di finanza e fotografie di Diego Simeone, il suo ideale di calciatore e di uomo. Viveva con due gatti e da qualche tempo usciva con un collega che scriveva per «Cani e Caccia». Non somigliava per niente a Diego Simeone, ma le piaceva. «Cani e Caccia» era un altro giornale dello stesso editore della «Notte», la cui redazione stava al piano di sotto. L'inizio della relazione con il collega esperto di spinoni e setter spiega come mai Adele fosse spesso sorridente e avesse cominciato a vestirsi bene. Cioè con vestiti di raso rosa confetto.

«Ciao cucciolo», disse Adele a Steno.

«Ciao Adele.»

«Meno male che sei arrivato perché il Capo cominciava a essere nervosetto.»

«Non sono nervosetto. Semplicemente, mi sembra assurdo che uno venga in redazione un solo giorno a settimana», disse il Capo.

«Invece sei nervosetto. Hai anche ricominciato a mangiarti le unghie», insistette Adele.

«Quello è per via del fatto che mia moglie mi tiene a dieta. E non capisco perché, visto che sono magro.»

«Effettivamente sei magro», constatò Roberto, lanciando la palla contro il muro di fianco al canestro.

«Per te sono tutti magri», replicò il Capo.

«Sei magro perché ti tiene a dieta», aggiunse Adele.

«Ti fai portare all'outlet di Serravalle e ti fai mettere a dieta. Un vero maschio», disse Steno.

«Tu stai zitto, che per la figa diventi una specie di cane da borsetta. Come quelli che si vedono nelle foto di "Tv Gossip"», disse il capo. «Tv Gossip» era un altro giornale del gruppo, la redazione era composta da tre persone e occupava una stanza al primo piano del palazzo.

«Un conto è darsi da fare per la figa, un conto è obbedire alla moglie. Siamo agli antipodi», dichiarò stentoreo Steno.

«Hai ragione!» fece Adele assentendo impertinente.

Il Capo ebbe buon gioco a cambiare discorso: «Cos'è questa storia di cui mi volevi parlare?»

Steno realizzò che nella stanza c'era più o meno tutta la squadra della «Notte», tranne il ragazzo responsabile delle fotografie e i due stagisti. In pratica, era una riunione di redazione.

«Raccontaci questa storia e decidiamo se aprirci il giornale. Anche perché l'alternativa sono gli incidenti per il gelo. Questa notte se non altro un ragazzo è uscito di strada sulla Nuova Vigevanese, poco prima di Abbiategrasso. Peccato solo che non sia finito nel Naviglio, sarebbe stata una bella foto. Da una settimana in giro non si parla d'altro che del meteo, della neve, delle previsioni. Però mi resta il dubbio che la neve c'entri poco con noi. Dopo l'incidente di Abbiategrasso possiamo finalmente titolare "Neve assassina". Ma la verità è che nessuno ha assassinato nessuno. Per il resto, abbiamo già chiuso quasi tutte le pagine, sia quelle della provincia, sia la sezione Giallo di Notte.»

Steno tolse la giacca, si appoggiò alla scrivania di Roberto e raccontò tutta la storia dall'inizio: il figlio del console americano morto al Fatebenefratelli, la Lada Niva, la buca di notte, l'uomo con la cerata, il commercialista di Torino, gli Spazzini. Nessuno interruppe il racconto. Il Capo, a bassa voce, disse più volte «Porca puttana» e anche «Gesù Cristo». Il Capo era religioso. O quantomeno teneva una croce di legno attaccata al muro, di fianco al calendario della Juve e al manifestino originale del film *Milano odia: la polizia non può sparare*. Bestemmiava solo quando ne valeva davvero la pena.

«Hai detto che è successo lunedì notte?» chiese il Capo, quando Steno ebbe finito di raccontare.

«Sì. Tecnicamente, ieri. All'alba di martedì.»

«E come è possibile che una storia del genere non sia uscita da nessuna parte?»

«I gay che passano la notte nella buca non denunciano. Il console è amico del questore. E del caso si occupa la pm Tajani, che è più silenziosa di una tomba del Monumentale.»

Il Capo guardò in faccia Roberto e Adele, per vedere che effetto avesse fatto su di loro la storia raccontata da Steno. Capì che aveva fatto centro.

«Io dico che ci dobbiamo fare dieci pagine», disse Adele.

«Buttiamo via gli aggiornamenti sulla storia della ragazza uccisa a Bruzzano. Nessuno ne può più. Ci sono anche arrivate mail di lettori esausti. Tanto si è capito che la ha ammazzata il cugino», aggiunse Roberto. Poi chiuse un occhio per prendere meglio la mira, lanciò la palla verso il canestro e lo mancò di una trentina di centimetri.

«Ma certo. Dal primo giorno dico che la ha ammazzata il cugino», confermò Adele.

«Se vogliamo liberare dieci pagine per la storia di Kellan Armstrong, ci tocca buttare via ben più della ragazza di Bruzzano. Dobbiamo ribaltare il giornale», disse il Capo.

«Togliamo le due pagine sulla storia dei combattimenti fra cani al campo rom di via Negrotto. La possiamo fare in piccolo nella pagina delle brevi. Oppure mettiamo subito tutto sul sito, comprese le foto dei cani, che sicuramente funzionano», disse Adele.

«I cani morti vanno forte su Internet», disse Roberto, arricciandosi i peli sul petto con una matita.

«Anche i cani vivi», disse Adele.

«I cani vanno forte ovunque», disse il Capo.

«Comunque meno dei gatti», disse Roberto.

«E ci mancherebbe altro», concluse Adele. E mandò un bacino con la mano verso la foto dei due persiani che teneva appesa sulla parete vicino allo schermo. Poi continuò: «Capo, hai ragione. Dobbiamo stare attenti ai commenti. I cani stanno simpatici ai nostri lettori, i rom molto meno. Vedrai cosa scriverà la gente sulla pagina Facebook. Dovremo dire allo stagista di cancellare le sparate più offensive contro i rom».

«Fosse per me si potrebbero anche lasciare. Però hai ragione», disse il Capo.

«Adele, ti sei appassionata alle storie di cani solo perché il tuo ragazzo scrive per una rivista di cani», disse Roberto.

«Non è ancora il mio ragazzo. E comunque è più che altro una rivista di caccia», replicò Adele.

Il Capo stava riflettendo, anzi era tutto compreso nel pensiero a cui diede questa voce: «Facciamo così, buttiamo via la ragazza di Bruzzano, che tanto è stato di sicuro il cugino. I cani al campo rom li mettiamo sul sito e li facciamo girare sui social network. Se abbiamo una bella foto di cani morti, ci facciamo un box nella pagina delle brevi. Se riesco, faccio spostare una pagina di pubblicità. Potremmo addirittura far slittare la pagina delle Lettere all'avvocato. La mettiamo appena prima dell'oroscopo, ma solo per questa settimana. Ed ecco trovato lo spazio per la storia di Kellan Armstrong».

Adele prese appunti, visto che era lei la grafica e quindi le sarebbe toccato tradurre le grandi manovre sulle pagine immaginate dal Capo.

Roberto tentò l'ennesimo tiro a canestro, ma la palla di spugna rimbalzò sul ferro e colpì la stampante.

«Steno, perché hai aspettato un giorno intero per raccontarci la storia di Kellan Armstrong?» domandò Adele.

«Per via del patto che ho fatto con chi mi ha dato la notizia. Gli ho promesso che non sarebbe uscito nulla fino a venerdì mattina. E poi mi sentivo che sarebbe potuta rimanere solo nostra. Se gliela avessi detta ieri, il Capo mi avrebbe detto di metterla subito sul sito, senza aspettare, sostenendo che tanto sarebbe uscita da tutte le parti e che non aveva senso arrivare per ultimi», disse Steno.

«È vero, lo avrei detto. E resta il fatto che se fra oggi e domani la storia esce da qualche parte, mettiamo tutto sul sito anche noi», ammise il Capo.

«Ecco, appunto», disse Steno soddisfatto, guardando negli occhi Adele.

La porta della redazione si aprì. Entrò lo stagista che si occupava del sito, con i soliti occhiali. Insieme a lui c'era una ragazza con i capelli corti, il cappotto in mano e addosso una felpa grigia.

«Ciao», disse Steno.

«Ciao Steno, lei è la nuova stagista», fece lo stagista.

«Ciao nuova stagista», disse Steno.

«Mi chiamo Clara», disse la nuova stagista.

«Benvenuta Clara», disse Steno.

«Grazie mille Steno», disse Clara.

«Vi siete presentati a sufficienza», disse il Capo.

La porta si aprì di nuovo e questa volta entrò un uomo con addosso un pesante cappotto grigio scuro sformato e in testa un Borsalino. Stava litigando con un ombrello a scatto che non ne voleva sapere di chiudersi. Era il titolare della rubrica «L'avvocato risponde». In realtà non era un avvocato. Anzi, lo avevano bocciato tre volte all'esame di Stato e insegnava Diritto negli istituti tecnici. Ma i carcerati, che scrivevano alla «Notte» per sapere quando sarebbero usciti di galera, non potevano saperlo. Per loro l'importante era che la risposta fosse «Valutata la sua particolare situazione, ci sono buone probabilità che la data di scarcerazione possa essere anticipata».

Il Capo fece un cenno con la testa a Steno, che significava: qui è arrivata troppa gente, seguimi nella mia stanza e parliamo con calma. La redazione della «Notte» stava tutta in un trilocale. L'ufficio del Capo era il più piccolo dei tre ambienti e l'unico in cui si poteva chiudere dentro. Nel progetto originale dell'appartamento, doveva essere la seconda camera da letto.

Il Capo disse a Steno che sulla storia di Kellan Armstrong voleva un ampio pezzo principale, steso su tre pagine. E quello sarebbe andato venerdì mattina anche su Internet. Poi serviva una pagina di ritratto di Kellan e una su suo padre. Ci voleva anche uno schema per punti, che occupasse una doppia pagina, con gli orari e i luoghi del delitto. Un'altra doppia per raccontare quello che succedeva nella buca e agli incontri fra gay in generale. E infine una pagina per spiegare come fosse possibile che a Milano un omicidio, o comunque una morte violenta, potessero rimanere nascosti per quattro giorni all'opinione pubblica. «Questa la aggiungiamo giusto per fare incazzare la polizia. E i colleghi dei giornali veri», precisò il Capo. A conti fatti, erano dieci pagine in tutto.

«Foto ne abbiamo?» chiese il Capo.

Steno tirò fuori di tasca una chiavetta Usb. Dentro c'erano alcune immagini scattate da Sabine nella buca la notte precedente. Il Capo infilò la chiavetta nel pc.

«Sono belle», disse.

«Le ha fatte una mia amica. Questa è solo una selezione, se vuoi te le manda tutte per posta elettronica.»

«Non li so usare quei programmi per scaricare le foto dalla mail. Hai fatto bene a venire qui con la chiavetta.

Dille comunque che ha fatto delle gran foto. Riempila di complimenti, così non le verrà la tentazione di farsi pagare.»

«Me lo ha fatto come favore. Lavora nella moda e mi sono fatto l'idea che se la passi bene. Con una foto di un paio di baguette infilate in una borsa di paglia, guadagna quello che io guadagno in un mese.»

Steno chiese al Capo se ci fosse in redazione qualcuno che poteva dargli una mano, almeno per scrivere il pezzo di ritratto del console o per fare lo schema con gli orari e i luoghi del delitto. Il Capo gli rispose che non gli veniva in mente nessuno che avesse tempo libero, ma di provare pure a chiederlo come favore ai colleghi. E gli ricordò che comunque tutto sarebbe dovuto essere pronto per il pomeriggio dell'indomani, cioè giovedì, visto che nella notte il giornale sarebbe andato in stampa. Venerdì mattina sarebbe uscito nelle edicole di Milano città – e nell'area di Paderno Dugnano, dove si trovava lo stampatore. Nel resto della provincia sarebbe arrivato sabato.

Steno uscì dalla stanza del Capo. Adele gli si avvicinò e gli disse una cosa nell'orecchio. «La stagista dice che sei carino.»

«Anche lei non è male, ma dille di farsi crescere i capelli.»

«La capisco. Alla mattina può dormire un po' di più, perde meno tempo ad asciugarseli dopo la doccia e può venire qui a lavorare più sveglia. È brava, vuole davvero fare la giornalista e ha capito quanto conta questo stage per il suo futuro. So che sembra assurdo, ma una stagista intelligente ragiona così.»

«Io lo stage l'ho fatto nei carabinieri. E ora che ci penso, effettivamente avevamo tutti i capelli corti», disse Steno.

Adele lo abbracciò. Roberto gli diede un cinque alto, da parodia dei giocatori di basket. Gli stagisti lo salutarono in contemporanea dicendo «Ciao Steno». Il professore di Diritto delle superiori gli disse «Salve».

Il Capo lo accompagnò alla porta e gli disse: «Comincia a scrivere subito, mi raccomando».

«Vado in via Sammartini a fare un aperitivo e a parlare con dei tizi dell'Arcigay. Domani mattina mi metto a scrivere, giuro», rispose Steno.

VII

Han e Giada si erano dati appuntamento nel parcheggio di via Morigi. Uno spiazzo vuoto fra residui di palazzi nobiliari secenteschi, e rovine ben più antiche, nel cuore della Milano romana. Era il posto ideale per incontrarsi, aveva assicurato Giada. Non ci passava mai nessuno e si trovava a due passi dalla casa dell'aperitivo.

Han arrivò con mezz'ora d'anticipo. Posteggiò la sua Toyota Yaris, lasciò acceso il riscaldamento e tirò fuori dallo zainetto un computer portatile. Lo accese e ripassò le informazioni che aveva raccolto su Marco e Willy, i due amici con cui Kellan aveva detto che avrebbe passato la sua ultima sera da vivo. I ragazzi che Han, con l'aiuto di Giada, avrebbe dovuto incontrare.

Giada si presentò all'appuntamento alla guida di un grosso suv nero, con i vetri oscurati. Posteggiò facendo salire le due ruote anteriori su un cumulo di neve alto mezzo metro. Han pensò alla sequenza di uno spot. Giada aveva addosso una giacca di renna chiara, da cui spuntavano gambe magre, fasciate in leggins neri attillati. Portava un paio di stivali morbidi, dello stesso colore della giacca. In testa aveva un cappello bianco che ricordava una meringa. Giada si incamminò verso l'auto di Han, trascinando i piedi, come se le facesse fatica doverli spingere avanti a ogni passo. Han vedendola arrivare tolse la sicura alla portiera del passeggero.

«Ciao Han.»

«Ciao bella.»

«Anche la filippina di mia madre ha questa macchina, non è male», disse Giada.

«La filippina di tua madre ha un suv?» domandò Han.

«No, dicevo la tua, la Yaris. Il suv comunque è di mia mamma, non è mio. Lo usa per andare a pilates e per portare in giro mio fratello piccolo. Lo lascia sempre in doppia fila davanti a scuola e blocca tutto viale Majno.»

Giada si tolse dalla testa il cappello e lo posò sul cruscotto. Le labbra erano rosso fuoco e aveva alle orecchie due grandi e sottili cerchi d'oro.

«Ho pensato tutto il pomeriggio a come fare», disse Giada. «Non possiamo far finta che tu sia un cameriere cinese. Non regge, è assurdo. Nessuno va a una festa portandosi un cameriere cinese. E poi una volta che sei in casa, ti toccherebbe far davvero il cameriere anziché parlare con gli amici di Kellan.»

Han le rispose che era d'accordo. Scartarono anche l'altra possibilità che avevano immaginato, cioè che Han salisse in casa spacciandosi per un petroliere amico del padre di Giada, o qualcosa del genere.

«Facciamo così», propose Giada. «Io salgo in casa, tu stai qui in macchina. Dico a Marco e Willy che sei un amico del papà di Kellan, che vi siete conosciuti ai tempi del Vietnam. E che gli stai dando una mano a capire come sono andate le cose. Che poi è più o meno la verità, se ho capito bene. Io te li mando giù e tu ci fai due chiacchiere, qui in macchina o dove vuoi tu.»

«In macchina va benissimo», disse Han.

Prima di salutarsi, Giada disse che in Vietnam avrebbe voluto andarci in vacanza, ma che sua madre aveva paura ci fossero ancora un sacco di mine antiuomo. Han le rispose che da qualche parte, nel centro del Paese, forse le mine c'erano, ma non nelle città. E le disse anche che, almeno in Vietnam, non c'erano così tanti suv parcheggiati in seconda fila. Giada scese dalla macchina di Han e si diresse verso la casa dove era in corso l'aperitivo, che si trovava a poche decine di metri dal parcheggio. Han accese la radio su un programma di musica classica. Poi capì che con la classica avrebbe rischiato di addormentarsi, reduce com'era da una notte passata a studiare il computer di Kellan Armstrong. Ripiegò su un programma hip hop. Alzò il volume e ricominciò a scorrere sul computer portatile le informazioni che aveva raccolto su Marco e Willy.

L'appartamento occupava gli ultimi due piani di un palazzo nuovo, tirato su al posto di un vecchio edificio bombardato nel 1943 e rimasto inspiegabilmente pericolante e disabitato per decenni, fino alla demolizione. Lungo l'appartamento, sopra e sotto, correva un terrazzo continuo. Quando Giada entrò, un cameriere in livrea si fece consegnare il cappotto e il cappello a forma di meringa. Tirò dritto verso il salone. La proprietaria di casa, una biondina molto magra e piena di lentiggini, le andò incontro sorridente, quasi saltellando. Evidentemente era soddisfatta di come la festa stesse riuscendo bene.

«Giada sbrigati che di là c'è già bordello. Stiamo facendo un gioco assurdo!» disse eccitata la biondina.

Il gioco comprendeva due dadi da lanciare, alcune brocche piene di vodka gelata e una specie di grosso vaporizzatore elettronico, in cui un ragazzo sbriciolava marijuana a ciclo continuo. Si chiamava «Tsunami» e ricordava nella forma un modulo lunare.

Nel salone, c'erano almeno trenta ragazzi, tutti fra i diciotto e i vent'anni, molti al primo o al secondo anno di università, altri iscritti in qualche liceo privato per recuperare gli anni persi. Quasi tutti erano stravaccati sui divani o per terra, intorno al tavolino basso su cui erano appoggiate le brocche di vodka, lo Tsunami e il vassoio nero laccato su cui venivano lanciati i dadi. Qualcuno giocava a scendere in skateboard la rampa che separava il salone da un'altra sala più alta, piena di piante, che il padre della biondina con le lentiggini usava come studio.

Giada si guardò intorno per cercare Marco e Willy. Non c'erano.

«Marco e Willy?» domandò.

«Indovina un po'», disse la biondina. E sorridendo indicò la porta del bagno di fianco all'ingresso. La porta era socchiusa. Giada entrò e vide la solita scena di ogni festa. Questa volta la variante è che anziché stendere la cocaina sul bordo del lavandino, o su qualche altra superficie liscia di fortuna, avevano fatto le cose in grande. Sopra alla vasca da bagno era stata posata un'asse di acciaio satinato, forse destinata a essere l'anta di un armadio. Intorno alla lastra erano inginocchiati in due. Sul metallo c'erano rimasugli di polvere bianca, una busta trasparente piena per metà, tessere di plastica per sminuzzare i sassi di cocaina. Uno dei due ragazzi inginocchiati era Marco. Willy stava in piedi, teso, le mani in tasca.

«Questa è per Kellan», disse Marco, con una mezza cannuccia da cocktail già pronta nella narice, appena prima di far sparire l'ennesima striscia. Tutti rimasero in silenzio per un attimo. Marco stese altra coca sulla superficie grigia e la sminuzzò. «Anche questa è per Kellan», disse e tirò. Era davvero tanta. Gli venne da starnutire, gli occhi gli si gonfiarono, tutti scoppiarono a ridere. «Cazzo, Kellan, cosa mi combini», disse Marco, mentre si asciugava il naso che colava. A quella battuta, le risate del gruppo di ragazzi radunato in bagno intensificarono.

Giada si domandò in quanti dentro a quel bagno sapessero che Kellan era morto. Lei non ne aveva ancora parlato con nessuno. A parte che con Marco e Willy visto che, nella sua ultima giornata da vivo, Kellan le aveva detto che sarebbe uscito con loro.

Willy stava in disparte. Era alto quasi due metri, aveva i capelli ricci rossi e la pelle chiarissima. In mezzo alla faccia giganteggiava il naso. Già grosso di suo, sembrava enorme in confronto agli occhi. Aveva denti perfetti, come tutti i ragazzi in quella casa, e addosso una felpa blu con il cappuccio e il marchio di un'azienda di snowboard stampata sul davanti. Non rideva, non diceva niente. Appoggiato al lavandino, aspettava il suo turno per pippare. Giada si avvicinò e gli fece cenno di seguirla un attimo in corridoio. Una volta fuori dal bagno, capì la ragione per cui Willy non rideva. Era troppo fatto per capire le battute. Era più rigido di un coccodrillo impagliato in un museo di storia naturale. Gli occhi, due bottoni blu infossati nelle orbite, erano espressivi come quelli delle vecchie bambole.

«Ciao Giada», disse Willy, con la voce ruvida e ingolfata di un fumatore ottantenne appena sveglio.

«Ciao Willy. Ti vedo in forma.»

«Lascia stare. Abbiamo beccato una bamba di merda. Cento per cento mannite. La cocaina con quella roba c'entra come me con Madre Teresa di Calcutta. È già tanto se non ci viene il cagotto a tutti quanti. L'ha portata un coglione che abbiamo conosciuto allo stadio», disse Willy, le labbra storte nella smorfia di fastidio di chi sia stato costretto a bere uno sciroppo amaro.

Giada gli disse che sotto casa, in una Toyota Yaris grigia, c'era un vietnamita amico del padre di Kellan, che avrebbe fatto volentieri due chiacchiere con lui e con Marco. Willy scoppiò a ridere.

«Un fottuto muso giallo!» E imitò il gesto di sparare con un mitra, come in *Apocalypse Now*.

Marco uscì dal bagno. Insieme a Willy formavano una coppia bizzarra. Marco era alto poco più di un metro e sessanta, rotondo come un gatto portafortuna, con i capelli neri, la barba di tre giorni e la pelle olivastra.

«Cazzo fai? Spari col mitra?» disse Marco.

«Facevo finta di sparare ai musi gialli», rispose Willy.

«Ah ok, tutto sotto controllo allora. Ciao Giada.»

«Ciao Marco. Hai una bella faccia.»

«Lascia stare. Bamba di merda.»

«Mi ha detto Willy che non è buona.»

«Solo che Willy diventa mistico. A me viene voglia di scopare.»

«Per trovare una che voglia scopare con te serve un miracolo, non la cocaina», disse Giada.

«L'ultima volta che Marco ha scopato gratis c'era ancora la lira», disse Willy.

«Tua madre già a quel tempo accettava i buoni pasto», disse Marco.

«Marco, l'ho già detto a Willy. Qui sotto casa, in una Yaris grigia, c'è un amico del padre di Kellan. Gli sta dando una mano a capire come sono andate le cose. Farebbe volentieri due chiacchiere con voi.»

Marco si irrigidì, più di quanto non lo fosse già per via della cocaina. Willy lo guardò con un'espressione vuota.

«Io direi che si può fare», disse Marco. «Però Giada vieni anche tu, almeno ci eviti di dire cazzate. Non siamo in gran forma come vedi.»

Willy e Marco scesero in felpa. Giada aveva recuperato la giacca e il cappello a forma di meringa. Attraversarono la strada e arrivarono alla Yaris. La ragazza si sedette sul sedile dietro insieme a Willy, Marco davanti, di fianco ad Han. Un un giro di presentazioni, rapidissimo.

«Kellan era con voi lunedì sera?» chiese Han.

«Si può fumare qui dentro?» domandò di rimando Marco.

«No», disse Han.

«Sì Kellan era da me, a casa dei miei», disse Willy.

«Kellan era da Willy, a casa sua. Poi sono arrivato anche io», confermò Marco.

«Fino a che ora siete stati con Kellan?» chiese Han.

«Direi fino all'una. Abbiamo giocato a Risiko, poi ognuno per la sua strada», disse Marco.

Han fissò Marco dritto negli occhi.

«Se eravate a casa di Willy, come dite, è normale che Willy fosse a casa sua e avesse con sé il proprio telefono cellulare. E infatti risulta dall'analisi delle celle telefoniche. È molto meno normale il fatto che invece tu, Marco, e Kellan aveste lasciato il cellulare ciascuno a casa propria.» Era un tentativo alla cieca. Han non poteva sapere che anche Marco non avesse con sé il telefono, la sera in cui l'amico era morto. Ma sapeva per certo che Kellan lo aveva lasciato a casa.

Marco ebbe il sentore di finire in una tagliola aperta, e aspettò a rispondere.

Giada si voltò verso Willy. Willy guardava dritto davanti a sé, verso il poggiatesta di fronte.

«Può succedere», disse finalmente Marco, «non sapevo che Kellan avesse lasciato il telefono a casa sua. Io mi sono accorto di averlo dimenticato in camera mia solo quando sono arrivato da Willy.»

Han annuì. Giada sentì insieme a un brivido ignoto una rabbia altrettanto ignota.

«Willy, che cazzo avete fatto lunedì sera?» chiese Giada pronta a esplodere.

Willy deglutì. Marco rispose tranquillo: «Te lo abbiamo detto Giada, abbiamo giocato a Risiko e poi ognuno è tornato a casa sua. Tranne Willy che era già a casa sua, quindi non è andato da nessuna parte. Questa mattina lo abbiamo raccontato anche alla polizia».

Giada notò che Willy di fianco a lei aveva cominciato a respirare pesante, come un toro da corrida. Sembrava la ventola di raffreddamento di un qualche macchinario industriale.

«La polizia presto scoprirà che né tu, Marco, né Kellan avevate con voi il cellulare», disse Han. «In un'indagine, due diciannovenni che lasciano a casa il cellulare sono automaticamente sospettati. Poi la polizia studierà le telecamere sotto casa di Willy, per vedere chi è entrato e chi è uscito lunedì sera.»

«Non ci sono telecamere sotto casa di Willy», disse subito Marco. Il respirò di Willy si fece ancora più pesante.

«Come lo sai che non ci sono telecamere sotto casa di Willy?» domandò Han.

«Perché ci sono stato mille volte e so che non ci sono», rispose Marco.

«Stai zitto Marco. Sei strafatto cazzo. Zitto. Devi stare zitto», disse forte Willy. Non riusciva a tenere ferme le gambe, che sobbalzavano al ritmo del muoversi nervoso dei piedi. Di fianco a lui, Giada era immobile, come una ginnasta a fine esercizio.

Marco scese dalla macchina sbandando e si allontanò di alcuni passi verso la casa dove era in corso la festa, senza preoccuparsi di chiudere la portiera. Puntò un dito contro la Yaris e disse ad Han quello che pensava della chiacchierata appena conclusa: «Filippino di merda, le cose stanno come le abbiamo raccontate alla polizia. Willy aveva la casa libera e abbiamo deciso di andare da lui, tutto qui. Non è reato lasciare a casa il cellulare, né giocare a Risiko. Ci siamo salutati all'una e Kellan era ancora vivo».

Willy, seduto sul sedile posteriore, si rivolse ad Han con un atteggiamento fin troppo rispettoso, da chierichetto penitente. «Scusi tantissimo il mio amico», disse, «non voleva insultarla. È solo che siamo sconvolti per la morte di Kellan.»

«Lo capisco», disse Han. Marco nel frattempo, barcollando, era sotto al portone e stava aspettando che gli aprissero per tornare alla festa.

«Be', forse è meglio se vado anche io», disse Willy. E fece per baciare Giada su una guancia. Lei si tirò indietro. Lui aprì la portiera e uscì. Poi chiuse la sua portiera e anche quella davanti, che Marco aveva lasciato aperta.

Giada scese a sua volta dalla macchina, aprì la portiera del passeggero e si sedette di fianco ad Han. Lui capì che la ragazza stava per scoppiare.

«Portami via di qui Han, ti prego. La macchina di mia madre vengo a recuperarla dopo, o magari domani.» Han mise in moto la Yaris. Guardò l'orologio, erano le sette. Pensò che avrebbe fatto a tempo a passare da casa e poi sarebbe andato al ristorante a controllare che la cucina funzionasse a dovere.

«Pensi che Marco e Willy c'entrino qualcosa con la morte di Kellan?» domandò Giada. «Credo che le cose non siano andate come ce le hanno raccontate.»

VIII

Quando Steno parcheggiò in via Sammartini, la luce naturale se n'era andata da un pezzo e quella artificiale non faceva molto per sostituirla. Erano i giorni più corti dell'anno, e già nel primo pomeriggio aveva ripreso a nevicare con forza, dopo una mattinata quasi tranquilla. Il vento era tornato a soffiare costante da nordest. Quel vento gelido nasceva fra l'alta Siberia e i ghiacci polari, si gonfiava di acqua cristallizzata in Polonia e nella Repubblica Ceca, rallentava un poco in Austria per via delle Alpi e poi si riversava in pianura, come l'acqua di una diga che abbia ceduto di colpo. Un'ora prima che Steno parcheggiasse la Maserati in via Sammartini, a due passi dal Milk, la prefettura aveva dichiarato il codice nero di emergenza neve in tutta la città. Le forze dell'ordine, nonostante l'impegno, non erano in grado di garantire la sicurezza stradale. L'effetto immediato era che quasi tutti si erano chiusi in casa. Non Steno, né il piccolo gruppo di ragazzi che fumavano davanti al Milk, proprio sotto alla massicciata della ferrovia.

È quella un'area della città in cui si sente il mare. Sotto l'immenso bastione di pietra e cemento su cui corrono i binari della stazione, si aprono gallerie, anfratti, depositi – e ristoranti di pesce. Il pesce lo si sente dappertutto. E si sente il mare, e sembra sia proprio il mare a scrostare le pareti dei vecchi magazzini. Dai camion articolati e dai furgoni posteggiati lungo i marciapiedi vengono scaricati cavi, traversine in cemento, pali di ferro che paiono alberi di navi. E al pianoterra dei vecchi edifici affacciati sui binari c'è tutto quello che serve al ristoro dei marinai: un sexy shop con in vetrina la locandina di *Cinquanta sfumature di grigio*, la parodia hardcore, bar forniti di whisky economici e un paio di alberghi senza pretese, per riposare la schiena dal viaggio. Poi: sbandati di ogni tipo, anziani che escono di casa una volta alla settimana, studenti che vivono in stanze in condivisione, trasportatori peruviani che tengono in casa la suocera, ragazzi africani che al mare sono sopravvissuti davvero e che ora dormono sulle brande del Centro di accoglienza profughi sotto il tunnel. Di notte soprattutto, in via Sammartini ti aspetti che da un momento all'altro possa saltare fuori Corto Maltese e appendere una amaca da qualche parte. Ma via Sammartini non è un porto: il mare è distante duecento chilometri e, dopo una certa ora, per strada non ci sono marinai e prostitute, o meglio ci sono come se ci si trovasse sul set di *Querelle de Brest*: un set rigorosamente gay.

Steno si avvicinò ai ragazzi che fumavano di fronte al Milk, appoggiati alla vetrina su cui campeggiava la bandiera arcobaleno. Erano solo le sette di sera, ma già parlavano concitati, segno che ne avevano bevuta già qualcuna. Steno chiese da accendere a un ragazzo basso e tarchiato, con due basette che parevano spazzole e la giacca di pelle bordeaux. Fece qualche tiro, buttò la sigaretta ed entrò nel locale. Uno stanzone rettangolare. Il banco d'acciaio occupava quasi tutta la parete di fondo, quella opposta all'ingresso e alle finestre. Alle pareti erano appese fotografie di film francesi in bianco e nero e della Dolce Vita romana, disegni di strani animali esotici presi da un vecchio bestiario, e immagini di noti attivisti per diritti degli omosessuali. Da Harvey Milk, a cui era intitolato il locale, al cantante irlandese Hozier. Ai tavolini, che riempivano la stanza, non erano sedute più di dieci persone in tutto. La maggior parte erano vuoti. Evidentemente, la neve aveva scoraggiato molti dall'uscire di casa. Lo stereo suonava un vecchio disco soul. Nell'angolo più lontano dal bancone del bar, di fianco alla consolle del dj vuota, era stato sistemato un tavolo ricoperto di laminato azzurro, simile a una cattedra. Sulla facciata frontale della cattedra era appeso un cartello, anche quello stampato con i colori dell'arcobaleno, con appuntato il fiocco rosso della lotta contro l'Aids: «Unità mobile di prevenzione», si leggeva. Dietro al tavolo c'erano due uomini. O meglio, due ragazzi, secondo i criteri attuali di classificazione dell'età. Potevano avere entrambi circa trentacinque anni, erano sorridenti e composti. Esattamente il tipo di facce che vorresti trovarti davanti quando hai bisogno di informazioni su sesso, malattie e cose simili.

Steno si presentò, spiegò di essere un giornalista e che stava raccogliendo informazioni sulle serate di cruising a Milano. I due gli dissero che, per quanto potevano, lo avrebbero aiutato. Steno cominciò a fare domande generali, stringendo poi sempre di più il campo a quello che davvero gli interessava.

«So che nella notte fra lunedì e martedì nella buca di fronte alla Triennale c'è stata una brutta rissa», disse Steno.

«Non è stata una rissa. È stata un'aggressione. Un'aggressione omofoba. E non è certo la prima», rispose pronto il più basso dei due. Aveva i capelli corti, lineamenti delicati, addosso un maglione di lana grezza con decorazioni in bianco e grigio, da pastore andino.

«Fra ieri e oggi l'abbiamo sentita raccontare in tutte le salse. Due ragazzi giovani si erano appartati e i soliti figli di puttana sono saltati fuori e gli hanno dato un sacco di botte. Ecco tutto», disse l'altro, con un forte accento tedesco. Era alto quasi un metro e novanta, aveva gli occhi azzurri di una tonalità tanto accesa da sembrare lenti a contatto colorate. I capelli erano biondissimi, non era albino, ma poco ci mancava. Si muoveva armonioso, e imponente. Era così magro che la maglietta a maniche lunghe ripeteva il disegno delle ossa sporgenti. Certo non era freddoloso.

«Sono stati gli Spazzini?» chiese Steno.

«Che teste di cazzo», rispose il ragazzo con il maglione da pastore.

«Penso siano loro, la descrizione è sempre quella», aggiunse il tedesco, che disse di chiamarsi Allen. «Io sono Emiliano», e il pastore andino tese la mano. Steno il suo nome lo aveva già detto all'inizio della conversazione, ma decise di ripeterlo, che non si sbaglia mai.

Allen ed Emiliano spiegarono a Steno cose che già sapeva. Cosa era il cruising, come funzionavano gli appuntamenti in chat, quali erano i luoghi più frequentati. E ancora: le risse che scoppiavano per i motivi più stupidi, le aggressioni e il fatto che raramente le vittime denunciavano.

«Con la nostra Unità mobile, passiamo le notti nei luoghi di incontro a regalare profilattici e a rammentare ai ragazzi quello che rischiano ad andare con sconosciuti», disse Emiliano, che coerentemente con il nome aveva un bell'accento bolognese. «La situazione è sempre stata difficile di notte a Milano. Ultimamente però è davvero dura.»

«Sempre per via degli Spazzini?» domandò Steno.

«Sono dei cani. *Scheise.* Terrorizzano le persone. Picchiano per divertimento. Picchiano forte, lasciano segni, fanno male», disse Allen.

«Avete idea di chi possano essere?» chiese Steno.

«No, ma ovviamente mi piacerebbe saperlo», disse Emiliano.

«A me piacerebbe più che altro che la polizia facesse il suo lavoro e li prendesse», disse Allen. «Ormai sono in giro da un po'. E non sono come gli altri gruppi di omofobi. Non sono i soliti ragazzini che dopo una serata in giro a bere vedono due che scopano in un parcheggio e decidono di picchiarli. Gli Spazzini hanno un piano, un metodo, un'organizzazione. Sono bravi a fare quello che fanno. E se nessuno li ferma, è facile che presto qualcuno li imiterà.»

Ci sono concetti a cui è difficile girare intorno e Steno andò dritto al punto.

«Sapete che nella buca l'altra sera è morto un ragazzo?» domandò.

Allen spalancò gli occhi, poi li chiuse a fessura. Serrò la mascella e strinse i pungi.

«Sapevamo che un ragazzo era stato ferito e che era stato portato via», disse Emiliano, stupito da quello che Steno gli aveva appena detto.

«C'è una cosa che non mi torna. Quando gli Spazzini hanno portato via il ferito, perché nessuno dei ragazzi che erano nella buca gli ha impedito di farlo?» disse Steno.

«Forse per paura. Oppure perché come al solito avranno aggredito una coppia isolata, lontana da tutti», disse Allen.

«E che fine ha fatto l'altro ragazzo?» chiese Steno.

«Quale altro ragazzo?» domandò Emiliano.

«Quello che era con Kellan.»

«Kellan è il nome del morto?» disse Allen.

«Sì, si chiamava Kellan. Era americano. È morto in ospedale. Aveva diciannove anni. Vi pregherei di non parlarne con nessuno. Sono due giorni che so dell'omicidio, senza scriverne. Vorrei evitare che uscisse su qualche giornale prima di venerdì.»

«Non abbiamo idea di chi fosse l'altro ragazzo aggredito dagli Spazzini. Sappiamo solo che sono arrivati e hanno picchiato due ragazzi che in quel momento erano insieme. Non sapevamo che uno dei due fosse questo Kellan. Forse a questo punto la polizia ne sa più di noi», disse Emiliano.

In quel momento, si avvicinò al banchetto una coppia di ragazzini. Sedici anni al massimo. Erano goffi e visibilmente emozionati, si tenevano per mano.

«Nella nostra scuola ci sono tanti ragazzi gay, come noi. Ci piacerebbe renderci utili.»

«Grazie ragazzi, siamo qui apposta», disse Allen.

Emiliano chiese sottovoce se Steno poteva aspettare all'ingresso, mentre lui e Allen parlavano con i due studenti. Tempo mezz'ora, lui e Allen sarebbero tornati a casa e magari avrebbero potuto mangiare insieme.

Alle dieci e mezza lo attendeva il banco del bar dell'Albergo Villa Garibaldi. «Ho poco tempo, ma volentieri.»

Emiliano e Allen raggiunsero Steno al banco del Milk, salirono su un furgone Iveco blu, che aveva visto tempi migliori.

Era ammaccato sul davanti, il portellone laterale scorreva a fatica e il parafanghi posteriore era tenuto insieme con diversi giri di fil di ferro. Il filo, così come le ammaccature, erano arrugginiti, segno che il furgone non vedeva un carrozziere da parecchio. Lo avevano comprato da un anno da un venditore di fiori cingalese, ci andavano in vacanza, ci avevano fatto un paio di traslochi e la notte lo usavano come ufficio per l'Unità mobile.

Emiliano guidava, Allen guardava fuori dal finestrino. Si fermarono di fronte a un palazzo né bello né brutto in via Gluck, di quelli costruiti negli anni Cinquanta che avevano fatto incazzare Adriano Celentano da giovane. Posteggiarono e salirono fino al terzo piano a piedi, visto che non c'era ascensore. La casa era grande e ordinata, arredata poco e bene. Steno fece i complimenti a Emiliano. «Ci pensa Allen all'arredamento. Di lavoro fa il designer per un'azienda di lampade. Io fatico a distinguere un divano da un comodino. Me la cavo molto meglio in cucina. Sono cuoco e mi sto specializzando in pasticceria.» Steno si sentì fortunato. Finire ospite a cena da un cuoco è sempre una bella notizia. Pensando a questo, si accorse di avere fame.

Il tavolo da pranzo era una lastra di vetro spesso, montata su cavalletti. La parete di fondo era completamente occupata da una grande foto in bianco e nero di Gandhi. Non una delle solite foto del Mahatma sorridente. Nello sguardo di Gandhi si leggeva una forte nota di tristezza. Sotto al faccione del leader indiano c'era una scritta in tedesco. Steno immaginò dovesse trattarsi di una qualche massima sulla pace nel mondo.

Su un tavolino più basso, sistemato fra un paio di pouf e una poltroncina, c'era un grosso libro cartonato.

In copertina, una serie di fotografie di personaggi famosi: il tennista Rafael Nadal, Leonardo da Vinci, Paul Verlaine, Julia Roberts. Il titolo era coperto da un Post-it giallo. C'era scritto a penna «Buon compleanno amore. Allen». Emiliano si accorse che Steno stava guardando il libro e si sentì in dovere di precisare. «Ieri era il mio compleanno.»

«Auguri», gli disse Steno. Se c'era ancora qualche dubbio, ora era evidente che quei due stavano insieme.

La cena che aveva preparato Emiliano era strepitosa. Steno ringraziò che non fosse anche lui un designer come Allen, ma si fosse dedicato alla cucina. Il problema di fidanzarsi tra colleghi è quello: non ci si completa mai davvero.

Spaghetti al pomodoro, mozzarella di bufala, verdure grigliate. Poi torta sbrisolona e zabajone, che né Emiliano né Allen toccarono e di cui Steno prese invece un bis generoso. E solo alla seconda porzione di dolce si accorse di avere fotografato con il cellulare ogni portata che arrivava in tavola, cosa che non faceva mai. Quei piatti, per quanto semplici, sembravano pronti per un libro di cucina.

Fino all'ultimo boccone di sbrisolona, Steno non pensò al motivo per cui si trovava a casa di Allen ed Emiliano. Poi, quando si accorse che si stava facendo tardi, tirò fuori l'argomento per cui era andato in via Sammartini.

«Ti stavamo dicendo che lunedì sera noi siamo andati via dalla buca presto», spiegò Emiliano. «Forse verso le due, abbiamo preso il banchetto e ce ne siamo andati. A quanto abbiamo capito, gli Spazzini sono arrivati parecchio più tardi. C'è chi dice che abbiano parcheggiato sopra alla buca, dalla parte di viale Alemagna. Sembra fossero in tre o quattro. Sono scesi fra gli alberi, hanno tirato fuori quei cazzo di manganelli telescopici e si sono accaniti sui due ragazzi giovani.»

«L'altro ragazzo aggredito sapete che fine ha fatto?»

«Te l'ho detto prima, non ne ho idea. *Scheise.* Non so nemmeno se sia stato picchiato anche lui o se sia riuscito a fuggire senza farsi troppi problemi. Quasi sempre nella buca si fa sesso con sconosciuti, e quando qualcosa va storto ognuno pensa a salvarsi la pelle e la reputazione», disse Allen.

«È anche per questo che io e Allen andiamo a parlare con i ragazzi nei luoghi di appuntamento. Fino a quando non si decideranno a denunciare le aggressioni sarà un massacro.»

«Siete sicuri che siano stati gli stessi Spazzini a portare il ferito in ospedale dopo l'aggressione?» chiese Steno.

«A noi hanno parlato di tre tizi incappucciati, forse quattro», disse Allen, «e non c'è tanta gente che gira incappucciata per la buca, oltre agli Spazzini. Effettivamente portare in ospedale una persona dopo averla aggredita è pericoloso, c'è il rischio di farsi beccare. Ma magari si sono accorti di avere fatto un casino e hanno cercato di evitarsi l'ergastolo.»

«Penso anch'io», rispose Steno. E realizzò che quella versione della storia andava d'accordo con quella che gli aveva raccontato il torinese a cui avevano fregato la Lada Niva passo lungo, poi usata come ambulanza.

«Voi li avete mai visti in azione?» domandò Steno.

«Gli Spazzini dici?» chiese Allen.

Steno annuì.

«Una volta, a Pagano, qualche settimana fa», raccontò Emiliano. «Li ho visti mentre scappavano dopo avere manganellato un egiziano che non aveva nemmeno vent'anni.

Sono corsi via lungo la circonvallazione. Erano vestiti di nero, con il cappuccio in testa e il volto coperto. Agivano coordinati, come una squadra sportiva.»

«I campioni regionali nel campionato dei picchiatori di froci», disse Allen. Poi aggiunse: «Figli di puttana di merda».

«È tipico degli stranieri», spiegò Emiliano, «dire più parolacce del necessario. Lo fanno per dimostrare che hanno preso confidenza con la lingua. Ma va a finire che esagerano.»

«Perché ti metti sul pulpito? Gli Spazzini se lo meritano», disse Allen.

«Questo è un altro discorso», replicò Emiliano.

Steno pensò che anche Sabine aveva una inclinazione per il turpiloquio, e che era nera, nata in Eritrea, apparentemente forestiera. Ma era milanese, non straniera. La teoria di Emiliano, quindi, non era confermata né smentita.

Allen aprì il frigorifero e tirò fuori una ciotola in cui Emiliano aveva messo un avanzo di mozzarella di bufala. Ci versò sopra dell'olio. «È tedesco», disse Emiliano per giustificarlo.

«A Bellagio, dove sono nato e cresciuto io, i turisti tedeschi bevono il cappuccino a metà pomeriggio», disse Steno.

«Fanno bene a farglielo pagare sei euro», disse Emiliano.

«In certi bar, vicino all'imbarco dei traghetti, anche otto», disse Steno.

«A volte ce la caviamo con tre euro», intervenne Allen.

«A Bellagio?» chiese Steno.

«Dico in generale, ai tavolini dei bar per turisti in Italia», disse Allen.

«Non siamo mai stati a Bellagio. Almeno, non insieme. Ad Allen il lago non piace. Peccato», sottolineò Emiliano.

«A me il lago fa pizzicare le palle. *Scheise*», disse Allen.

Steno lo sbirciò interrogativo.

«È tutto fermo, morto, immobile. Mi viene voglia di alzarmi, correre, urlare, scappare via.»

«Invece la periferia di Düsseldorf, dove mi costringi ad andare tutti gli anni, sembra Copacabana nei giorni di carnevale», lo canzonò Emiliano.

«La verità è che non mi piace Bellagio perché per un cappuccino, mi tocca sborsare un sacco di soldi. E poi c'è un'atmosfera troppo elegante, non posso dire tutti i cazzo e i vaffanculo che voglio», disse Allen.

Si era fatto tardi, Steno aveva appena il tempo di tornare a piedi di fronte al Milk, prendere la Maserati, tornare in albergo, lasciare la macchina ad Alberto, salire in stanza, fare un bagno veloce, vestirsi come il signor Barzini e prepararsi qualcosa da bere prima di cominciare a servire cocktail agli altri.

Steno si stava per alzare ed Emiliano si affrettò a dargli il suo numero di cellulare: «Se ti serve qualsiasi cosa per il tuo articolo, chiamaci».

«Menzionerò il progetto della vostra Unità mobile, ma, visto che si parla di un omicidio, non farò i vostri nomi, almeno che non siate voi a chiedermelo», precisò Steno.

Senza accorgersene, Steno cominciò a fischiettare *Tutta mia la città*, inno ufficiale degli uomini soli. Sentì vibrare il cellulare. Sperò che a chiamarlo fosse Sabine. Era, invece, il signor Barzini.

«Steno tutto bene?»

«Sì signor Barzini, sto arrivando. Fra poco sono dietro al bancone del bar.»

«Fai con calma. Per me non c'è nessun problema» e c'era da scommettere che fosse così: il signor Barzini non era il tipo che sentiva il rovello dell'avere o non avere un problema. La telefonata rientrava nell'ordine delle cose, l'ansia la teneva a distanza.

Prima di mettere il telefono in tasca, lesse un messaggio di Scimmia: «Abbiamo parlato con gli Armstrong. Quello che dice il torinese è confermato. Kellan aveva fatto ricerche online sugli incontri gay alla buca. Mi sa che ci avevamo visto giusto. Stiamo andando lì a spalare un po' di neve».

A quel punto, e solo allora, Steno chiamò Sabine.

«Ciao Sabine.»

«Ciao.»

«Questa sera devi fotografare borsette?»

«No ma sono incasinata. Mi sto stirando i capelli.»

«Peccato, non somiglierai più a Kathleen Cleaver.»

«Chi cazzo è Kathleen Cleaver?»

«Pensi di metterci tanto a stirarti i capelli?»

«Di sicuro non poco.»

Il tono di Sabine era impaziente. Forse era curiosa di capire lo scopo della telefonata. Oppure voleva solo chiudere la conversazione e continuare a darci dentro con la piastra, fino a quando l'ultimo riccio non fosse stato spianato. In ogni caso, Steno decise di non perdere altro tempo e venire al dunque.

«Ci sarebbero da fare un po' di foto. La polizia sta lavorando alla buca dove siamo stati insieme ieri sera. Forse ci abbiamo visto giusto, sembra che Kellan sia stato ucciso lì. Si tratta di portare il teleobiettivo, nascondersi da qualche parte e scattare senza farsi beccare. Io posso raggiungerti per mezzanotte e mezza, non prima. Attacco fra poco il turno al bar. Ma sarebbe meglio che tu ci andassi subito, non so quanto ci metteranno.»

«Si può fare. Ti chiamo dopo», disse Sabine.

IX

La tavola era apparecchiata come l'aveva lasciata la donna di servizio. Con le posate d'acciaio, i bicchieri senza stelo e i tovaglioli di lino. Carlotta Armstrong aveva «liberato» la domestica – che andasse pure, non c'era problema, a cucinare avrebbe pensato lei. Non lo faceva spesso, ma le piaceva. O meglio, un tempo le era piaciuto cucinare per suo marito, quando non era ancora suo marito, o quando lo era da poco. Quando lei, Carlotta Benedini, non era ancora la signora Armstrong, ma solo una studentessa italiana a Berkeley, innamorata di un uomo biondo e gentile, di dieci anni più grande, che aveva ripreso a frequentare i corsi all'università dopo aver servito l'esercito del suo Paese. Un uomo dolce e quasi timido, ma forte, che un sabato ogni mese vestiva la divisa, la stessa che un tempo aveva portato suo padre, e con quella indosso guidava fino a Los Angeles, la sua città, dove la madre lo aspettava per pranzo.

Nel silenzio desolato della grande cucina attrezzata, che poi era lo stesso silenzio immobile di tutta la grandissima casa, Carlotta si muoveva lenta. Lenta, tentava gesti a cui non era più abituata, visto che al posto suo li faceva la domestica, quella donna piccola, sorridente e dalla carnagione olivastra con cui passava tutte le giornate. Da quando, forse per pigrizia oltre che per senso di accudimento, aveva deciso che avrebbe fatto la moglie, la mamma e nient'altro, interrompendo il dottorato in università, per cui aveva tanto studiato e lottato.

Carlotta si fermò un attimo a guardare la tavola apparecchiata. Era semplice e ordinata, come lo era stato tutto nella sua vita, per tanti anni. Si accorse che mancava la posata di servizio per servire il passato di verdura. Alla zuppiera di ceramica si sarebbe dovuto abbinare quella con il manico curvo e lungo, ma non sapeva dove fosse. Aprì tutti i cassetti per due volte, e per due volte li chiuse, sempre più nervosamente. Aprì tutte le ante degli armadietti, come dovesse scoprire qualcosa, come se cercasse qualcosa senza trovarla. Apriva e chiudeva, apriva e chiudeva finché non le si pararono davanti le tazze della prima colazione. Quella di Kellan era in prima fila. La tazza della Coppa America del 2014. L'avevano comprata insieme in un negozio di souvenir al Pier 39, il molo più famoso di San Francisco. Dove lei e Liam si erano conosciuti. Guardando quella tazza, con sopra la bandiera americana e la sagoma di una vela, Carlotta pensò che era stata l'ultima volta che aveva fatto una vacanza con suo figlio. Quanto tempo era passato da quell'ultima vacanza insieme? E poi cos'era successo? Perché, dopo quella settimana a San Francisco, di vacanze insieme non ne avevano più fatte? Cos'aveva fatto di così importante negli ultimi anni lei, anziché stare col proprio figlio?

Carlotta rimase immobile di fronte all'anta aperta. Cercò di ricordare cosa ci fosse in ogni armadietto della cucina. Ricordava solo che i piatti stavano in basso. Nient'altro. La verità è che lei, Carlotta Armstrong, non aveva mai saputo cosa c'era dietro quelle ante chiuse. E neanche suo marito lo sapeva. Perché avrebbe dovuto, del resto? Quelle erano le cose di cui si occupava la padrona di casa, dunque, per ovvio passaggio di consegne, la donna di servizio. Lui in casa non c'era. Anche quando c'era, non la vedeva, preso com'era a pensare a visite ufficiali, cerimonie, giochi di potere in Italia e negli Stati Uniti. Carlotta Armstrong prese la tazza con la bandiera americana, la chiuse fra le mani, e infine la lasciò cadere nel cesto della spazzatura. E la tazza cadde nel sacchetto ancora vuoto del vetro, senza rompersi. La vide lì solitaria, un reperto, un rifiuto che aveva bisogno di sparire. Il coperchio del cesto calò quasi con dolcezza. Solo allora uscì dalla cucina, attraversò la sala da pranzo deserta e proseguì verso il salotto.

Liam la vide entrare come venisse da un mondo di ombre, ombra lei stessa. Sua moglie, l'unica donna con cui fosse stato negli ultimi trent'anni, era magra come non l'aveva mai vista. Sembrava che la vestaglia bianca si tenesse su da sola e che la testa, piccola e fragile, galleggiasse nell'aria sopra la linea delle spalle. Liam notò che Carlotta era a piedi nudi ritta di fianco alla porta, un braccio nascosto dallo stipite. Liam posò sul tavolino il tablet che usava per leggere i giornali.

«Vorrei preparare una zuppa. Ho trovato la zuppiera, ma non so dove sia il mestolo, quello bello e grande che ci hanno regalato», gli disse.

Armstrong mosse le labbra, come per dire qualcosa. Carlotta lo fermò. Si portò un dito alla lebbra, in segno di fare silenzio. Ssshhh.

«Non dire niente Liam», scandì quasi sottovoce. «Nemmeno tu sai dov'è il mestolo. E non sai nemmeno dov'è la zuppiera. Non sai dove teniamo lo spago, né le chiavi dell'armadio delle scope in terrazzo. Non sai cosa sono le pastiglie che prendo ogni mattina. Le vedi, sono lì di fianco al mio lavandino, ma non le guardi e non sai cosa sono. Forse non le hai notate. E non hai notato nemmeno che il divano su cui sei seduto è stato lavato. L'ho fatto lavare dalla domestica. La fodera ha impiegato un giorno intero ad asciugare, ma tu non lo hai notato. Tu non noti mai niente.»

Carlotta si avvicinò a suo marito. Stette in piedi, di fronte a lui che era seduto. Con una mano esile, fredda, prese le dita forti di Liam.

«Vieni con me, seguimi», gli disse. Lui si alzò.

Senza parlare, Carlotta e Liam Armstrong attraversarono il lungo corridoio, superarono la porta del terrazzo ed entrarono nella stanza di Kellan. Erano passati già due giorni. In quella stanza aveva messo le mani per primo Liam, per cercare il computer e il cellulare da dare ad Han. Poi c'era stato Han, che aveva parlato con Giada. E la polizia, che con formale garbo e normale curiosità aveva aperto cassetti e ante. Infine la domestica, che con pena aveva rimesso le cose al loro posto. Non aveva fatto un vero ordine, come invece avrebbe potuto, da brava domestica che era. Si era limitata a rimettere le cose come le aveva lasciate Kellan nel momento in cui era uscito per l'ultima volta da quella stanza. Aveva messo in ordine ciò che il ragazzo aveva lasciato in ordine, e in disordine quello che era in disordine. A nessun diciannovenne piace che si frughi tra le sue cose, Kellan non faceva eccezione e la domestica lo sapeva. Anche Carlotta lo sapeva, e per questo non entrava quasi mai in camera del figlio. Di sicuro non ci era più entrata da quando Kellan era morto. Lo faceva ora per la prima volta, con i piedi nudi e addosso una vestaglia bianca che sembrava vuota, trascinando il marito con una leggera presa della mano.

E lui, leggero, si lasciava trascinare. Carlotta prese una delle maschere da snowboard che Kellan aveva lasciato sul tavolo della stanza prima di uscirne per l'ultima volta.

«Secondo te», chiese al marito, «qual è il posto di questa maschera? Dov'è il cassetto in cui Kellan teneva le maschere e le altre cose da sci? Dov'è? Io non lo so. Ma vorrei saperlo.»

Parlando, Carlotta alzò di un poco il tono della voce. Liam se ne accorse, cercò di stringere la scarna mano della moglie. Ma lei la ritrasse, e indicò per terra.

«E quelle calze di spugna lì sul pavimento? Guardale. Io non le ho mai viste prima. Non le ho comprate, non le ho lavate, non le ho stirate e non le ho messe via. Da quanto tempo le aveva? Da dove arrivano? E qual è il loro posto? Dove vanno le calze di spugna? Dove le metteva la domestica le calze come quelle?» Ora Carlotta aveva gli occhi rossi, incavati, senza lacrime.

«Basta, ti prego», le disse Liam secco, quasi iroso. Ed evidentemente era quello il segnale che Carlotta aspettava per lasciarsi andare. Le lacrime cominciarono a scenderle sulle guance asciutte, troppo asciutte e bianche, spettrali. Si lasciò andare e usò la vestaglia bianca per fermarle. Si inginocchiò sulla moquette blu di quella stanza sconosciuta, disegnata da un architetto, riordinata dalla donna di servizio, abitata fino a due giorni prima da Kellan Armstrong, che prima di uscire di casa aveva urlato «Ciao mamma, bacio», ma quel bacio non glielo aveva dato. Lo aveva solo detto, e non è la stessa cosa. Ora Carlotta avrebbe dato qualsiasi cosa perché quel bacio Kellan glielo avesse dato davvero, non solo a parole. Perché lei non se lo ricordava l'ultimo bacio che le aveva dato il suo unico figlio. Non se lo ricordava.

«Liam, voglio sapere come è morto. Voglio sapere tutto. Se Kellan era gay, forse si vedeva con un ragazzo quando non era con Giada», disse Carlotta, ora più calma, più razionale, come era sempre stata. «Forse frequentava quei luoghi di...» Carlotta esitò un attimo, «...di incontro perché non si sentiva a posto, aveva paura di parlare con noi. Qualunque sia la verità io la voglio sapere tutta. Di cosa hai paura? Perché hai deciso che debba essere Han a indagare? Dobbiamo dirgli di consegnare anche il cellulare di Kellan alla polizia. Magari nel telefono ci sono altre prove. Fa niente se viene fuori quello che già sta venendo fuori. Io devo sapere.»

Liam, che fino a quel momento aveva ascoltato la moglie con compassione, si fece rigido, come in fondo era sempre, anche quando provava a mostrarsi diverso.

«Han è più bravo e più veloce di tutte le polizie del mondo», disse Liam, «ci sta lavorando e mi fido di lui. Mi ha scritto poco fa. Dice che domani sapremo cosa c'è nel telefono di Kellan.»

Liam si avvicinò alla moglie ancora inginocchiata sulla moquette, prima prudente, come se lei fosse un qualche animale selvatico che di colpo potesse spaventarsi e scappare nel bosco. Poi, quando capì che non sarebbe scappata, la aiutò ad alzarsi e la abbracciò in modo deciso, come un uomo abbraccia una donna.

X

Vista dal ponte della ferrovia, dove si trovava Sabine, la scena aveva qualcosa di fantascientifico. La luce dei riflettori illuminava la neve, che nell'oscurità della buca sembrava ancora più bianca di quello che era. Un bianco esagerato, come di ferro incandescente. In mezzo a tutta quella luce, si muovevano piccoli uomini vestiti di nero o di bianco. Quelli neri stavano a distanza, quelli bianchi si facevano sotto, al centro della palla di luce. Agli occhi di Sabine, erano tutti muti. Non perché lo fossero davvero, né perché stessero zitti. Anzi, il gesticolare suggeriva che parlavano in modo concitato. Semplicemente, era troppo lontana per sentire cosa si dicevano. Gli alberi e la neve che proteggevano la buca trattenevano anche i suoni. A parte quella zolla di luce incandescente, tutto intorno era buio, nero, indistinguibile. Gli alberi, i cespugli, le ombre.

Se a occhio nudo quello che poteva vedere Sabine erano luce, buio e sagome umane, attraverso il teleobiettivo della sua macchina fotografica, la scena appariva molto più chiara. Gli uomini scuri erano in divisa da poliziotti, o in borghese. Quelli bianchi vestivano le tute anticontaminazione utilizzate da tutte le polizie scientifiche del mondo, compresa quella di Milano. Ai piedi però non portavano sovrascarpe asettiche, ma scarponi. In mano tenevano grosse pale. Lo scopo era togliere di mezzo un bel po' della neve caduta negli ultimi due giorni e vedere cosa ci fosse sotto. Sabine scattava fotografie, catturando immagini di braccia, pale, nastri di plastica bianchi e rossi, ricetrasmittenti agganciate ai giubbotti, valigette di alluminio appoggiate sulla neve o su assi di legno verniciate di giallo e usate come ripiani. Quello che invece le sfuggiva, non avendo con sé un microfono direzionale abbastanza potente, erano le parole che gli uomini si scambiavano mentre spalavano.

Nonostante i gradi e l'anzianità avrebbero preteso il contrario, a dare ordini nella buca era l'agente scelto Raffaele Cinà, che a Bellagio tutti chiamavano Scimmia, ma che in Questura a Milano era semplicemente Cinà. Il suo superiore, Filippo Minniti, gli faceva da spalla e lo lasciava fare. Sapeva che era Cinà ad avere in mano il pallino dell'indagine. E lui, Minniti, era uno di quei rari e preziosi capi che hanno più a cuore il risultato del lavoro che il capriccio di comandare. Minniti era il tipo di uomo che di solito a comandare non ci arriva mai, soprattutto nelle organizzazioni antiche e burocratizzate come la polizia di Stato. Ma qualcosa aveva disturbato il corso prevedibile delle cose, e Minniti si era ritrovato dov'era, con grande beneficio per l'indagine.

«Scavate di là, verso la salita», disse Cinà agli uomini in tuta, «l'uomo a cui hanno fregato il fuoristrada, il torinese, ha detto che il corpo del ragazzo è stato trascinato da quella parte, verso il ponte.»

Gli uomini in tuta bianca seguirono l'indicazione, lasciarono il centro della buca e cominciarono a vangare un po' più vicino agli alberi, dove il sentiero cominciava a salire verso la strada. Due agenti, di quelli vestiti di scuro, orientarono i fasci di luce in modo da illuminare la nuova area, e la luce rimbalzò sul bianco, sulla neve che non aveva smesso di cadere. Nelle ultime quarantott'ore ne era caduta parecchia. Quello che i due agenti vestiti di scuro non potevano sapere è che orientando le luci avevano offerto un'eccezionale inquadratura a Sabine, nascosta dietro al parapetto del ponte, sei o sette metri più su.

«Bravi, così. Se abbiamo un po' di fortuna là sotto troviamo quello che cerchiamo», disse Scimmia.

«La fortuna non esiste», disse una voce femminile, dietro alla sua spalla. Una voce roca, plasmata dagli anni e dalle sigarette. La voce del sostituto procuratore Maria Cristina Tajani.

La pm più temuta dai frequentatori della macchinetta del caffè della Procura aveva ai piedi un paio di stivali da pioggia rossi, adatti più a una bambina che a una donna di quasi settant'anni. Sopra agli stivali portava una pelliccia pezzata bianca e nera, un po' spelacchiata. Sembrava fatta di pelo di iena, e forse lo era veramente. Scimmia notò che la Tajani stava fumando e che in mano teneva una sorta di busta posacenere.

La Tajani guardò Scimmia e, come spesso le succedeva, interpretò correttamente i suoi pensieri. «Se pensi che io usi questa bustina per non contaminare il luogo del delitto, o cazzate simili, ti sbagli», gli disse. «La uso sempre, quando sono fuori casa o dal mio ufficio. Non mi piace sporcare in giro. Anzi odio chi sporca in giro, cani compresi.»

Scimmia prese coraggio, tolse il guanto destro e tese la mano in direzione della Tajani, senza avvicinarsi troppo: «Agente scelto Raffaele Cinà», disse.

La Tajani mise la sigaretta in bocca, si guardò bene dal

togliere il guanto di pelle nera, e strinse la mano a Scimmia: «Pubblico ministero sceltissimo Maria Cristina Tajani», disse. «Mi ha sempre fatto ridere la qualifica di agente scelto, mi ricorda la fesa di vitello al supermercato.»

Sbrigate così le presentazioni, la Tajani si complimentò con Minniti e con Scimmia. Disse loro che aveva letto il verbale del torinese a cui era stata rubata la Lada Niva passo lungo. E che aveva apprezzato la velocità con cui era stata stesa la relazione sul contenuto del computer di Kellan Armstrong. A questo proposito, aggiunse: «Resta da capire come mai gli Armstrong ci abbiano messo due giorni a darci il computer del figlio. Tu che idea ti sei fatto Minniti?»

Minniti alzò le spalle.

«E tu, Cinà?» domandò la Tajani.

«Nessuna idea», rispose Scimmia.

«Bravo, così mi piaci. Mai fare ipotesi a cazzo. O una cosa la sai o non la sai. E la verità è che noi non sappiamo perché non ce lo abbiano dato subito», disse la Tajani.

«Magari, davvero il computer è rimasto in camera di Kellan fino a quando non ce lo hanno consegnato», disse Minniti.

«Magari», disse la Tajani.

«I nostri che hanno perquisito la camera dicono che era davvero in disordine», rincarò Minniti.

La Tajani abbassò lo sguardo. A Minniti parve di vederla sputare nella neve, ma poteva trattarsi anche di un starnuto.

Per quanto alacremente gli uomini in tuta bianca lavorassero di pala, quello che saltava fuori sotto la neve era sempre e solo altra neve. Proprio mentre gli uomini spalavano, cominciarono a cadere dal cielo altri fiocchi, che illuminati dai proiettori parevano dotati di vita propria.

«Nevica», disse la Tajani, passandosi il dorso della mano guantata sulle labbra.

«Forse sono solo fiocchi che cadono dai rami dei pini, per effetto del vento», disse Scimmia.

«Te l'ho appena detto. Niente ipotesi a cazzo», rispose la Tajani, dopo avere dato un'occhiata veloce alle chiome degli alberi sopra alle loro teste. A quel punto, accese un'altra sigaretta, che avrebbe poi infilato nella bustina ignifuga dopo avere sporcato il filtro di rossetto.

«Sangue», disse finalmente uno dei poliziotti in tuta bianca, rivolto al gruppetto degli uomini schierati fuori dalla zona di luce. La Tajani si avvicinò per prima. «A me pare un po' troppo marroncina per essere una macchia di sangue», disse, guardando le striature sulla neve.

«È normale, è lì sotto da due giorni», le rispose l'uomo in tuta. Poi con cura spostò altra neve, usando solo la punta della pala. Non era una macchia, ma una vera e propria scia di sangue, che in alcuni punti si faceva più spessa, creando chiazze estese di colore più intenso.

«Qui è più rosso», disse l'uomo soddisfatto.

La Tajani sporse in avanti il mento, per vedere meglio. «Effettivamente è quasi rosso. Potrebbe essere granita alla fragola, ma di quella biologica senza colorante», disse la pm.

L'uomo in tuta bianca continuò a spalare, seguendo la scia. Un collega, vestito alla stessa maniera, cominciò a darsi da fare a raccogliere campioni di sangue e neve. Usava una specie di cucchiaino di plastica chiara con un lungo manico. Riempiva bustine trasparenti, che una volta piene finivano in una custodia rigida che portava a tracolla, simile a una borsa termica da spiaggia.

L'uomo con la pala seguiva la scia rossa con la passione di un cercatore d'oro. Altri poliziotti gli facevano luce a mano a mano che, spalando, si spostava verso il bosco. A un certo punto, poco prima degli alberi, disse: «Reperto». Il collega con la borsa termica e le bustine lo raggiunse. Il reperto era uno straccio nero congelato. L'uomo con la borsa termica a tracolla lo maneggiò con una pinza. Prima lo stese sulla neve, per valutarne contorni e dimensioni. Poi lo voltò.

«Sembra un berretto», disse l'uomo con la pinza.

La Tajani si avvicinò quanto poteva, sempre stando attenta a non ostacolare i poliziotti. Scimmia e Minniti la seguirono.

«Qualunque cosa sia, è bucata», disse la pm.

«Non sono buchi, sono aperture fatte apposta. Servono per gli occhi. È un passamontagna», disse Scimmia.

«Hai ragione», concesse la Tajani, mentre l'uomo con la pinza faceva sparire il suo reperto in una bustina.

«Qua c'è un lago di granita biologica alla fragola», disse l'uomo con la pala. La Tajani sorrise.

Tutti si voltarono a guardare. Spalando, il poliziotto aveva scoperto una grande pozzanghera di sangue. Evidentemente, era da lì che cominciava la scia che avevano seguito a ritroso. «Altro che biologica. Questa sì che sembra granita come si deve. Bella succosa, con lo sciroppo di zucchero, il colorante e tutto il resto», disse la Tajani, che evidentemente non era una donna impressionabile e amava gli sciroppi alla frutta. Intanto il fotografo della polizia, anche lui in tuta bianca, fotografava. E lo stesso faceva Sabine, a decine di metri di distanza, da posizione rialzata, con il suo teleobiettivo.

In mezzo alla poltiglia di sangue e neve, spuntava una grossa pietra acuminata. L'uomo con la pala provò a scavare sui quattro lati, per liberarla. Ma non era un semplice sasso. Era la sommità aguzza di una pietra molto grossa, una specie di scoglio, affondato nella terra e nascosto dalla neve. «Ecco cosa ha ucciso Kellan Armstrong. Deve avere picchiato la testa contro questa pietra. Voglio vedere come cazzo la porti in Questura», disse la Tajani all'uomo con la pinza e le bustine.

«Non penso che qualcuno gli abbia gettato addosso un masso da una tonnellata. Kellan Armstrong deve essere caduto e deve avere picchiato la testa», disse Minniti.

«E le ferite in faccia?» chiese la Tajani.

«Qualcuno lo ha colpito in faccia, lui è caduto e ha picchiato la testa», disse Minniti.

«Le ferite in faccia sono compatibili con quelle di un manganello telescopico?» domandò Scimmia alla Tajani.

«Il medico non lo esclude», rispose prima Minniti.

«Quelli non escludono mai un cazzo», disse la Tajani.

«Sembra che gli Spazzini, quelli che pestano i gay, usino manganelli telescopici», disse Scimmia.

«Sì, l'ho letto il verbale del torinese. Direi che, salvo sorprese, abbiamo finalmente qualcosa di serio su cui lavorare. Controllate tutti i telefoni che si sono agganciati alle celle telefoniche di questa zona nella notte fra lunedì e martedì», disse la Tajani.

Scimmia e Minniti le assicurarono che lo avrebbero fatto. La verità è che in Questura stavano già lavorando sui telefoni da ore. E c'era un problema: alle celle vicine alla buca, nella notte della morte di Kellan, erano agganciati i cellulari di tutti i ragazzi che erano andati a ballare all'Old Fashion e al Just Cavalli. Questo significava che – tolte le ragazze, che comunque non potevano essere escluse dai sospettati – nel momento in cui Kellan Armstrong veniva ucciso, nel raggio di cinquecento metri c'erano almeno seicento giovani uomini, in maggioranza atletici, tutti più o meno corrispondenti all'identikit degli Spazzini.

XI

Steno aveva appoggiato il cellulare sul ripiano alle spalle del bancone del bar, di fianco ai frullatori. Ogni volta che ci passava davanti, per spillare una birra o per riempire di ghiaccio il secchiello, guardava velocemente lo schermo, nella speranza che Sabine lo aggiornasse su come stavano andando le cose alla buca. Ma era passata la mezzanotte, di boccali ne aveva riempiti tanti e nel secchiello aveva rovesciato molto ghiaccio. Messaggi da Sabine non ne erano arrivati.

La sala del bar dell'Albergo Villa Garibaldi aveva, e ha ancora, una forma irregolare. Gli otto tavolini bassi sono sistemati fra panchette imbottite e poltrone. I bow window, affacciati sul cortile, sono quasi sempre coperti da pesanti tende di velluto liscio bordeaux. Il bancone in acciaio occupa per intero il lato più lungo della stanza. Come in tutti i vecchi bar, l'architetto aveva avuto in cima ai suoi pensieri la dinamicità delle forme piuttosto che la comodità del barista. Così a Steno, o al signor Barzini quando era lui di turno, toccava muoversi in uno spazio stretto, fra i lavandini di fronte e le macchine lucenti alle spalle: la lavatazze, la macchina del caffè, i due frigo bassi dei succhi di frutta e la macchina del ghiaccio.

Vedendolo così, incastrato dietro il banco con addosso

gilet e papillon, la signora della stanza 211 impiegò qualche secondo a riconoscere Steno.

«Fermi tutti. Tu non sei il ragazzo che la mattina fa colazione al tavolo di fianco al mio?»

«Sono io signora.»

«Ti hanno assunto?»

«Io vivo in questo hotel. La sera do una mano qui al bar per pagarmi la camera.»

La signora, una vecchia ferrarese con i capelli grigi e ordinati e un austero maglione beige, lo guardò con ammirazione. Poi si concentrò sulla lista dei cocktail, stampata su una lastra d'ottone bordata di cuoio, posata su un angolo del bancone. Una lista corta, come si conviene a un buon bar.

«Lo sai fare il Blenton Martini?» domandò la signora della 211.

«Diciamo che non è nella lista.»

«Non ti ho chiesto se è nella lista.»

«A suo rischio e pericolo», rispose Steno.

La signora prese in considerazione l'eventualità di cambiare ordinazione. «Facciamo così. Se non mi piace, lo butti nel lavandino. Te lo pago lo stesso. E poi mi fai un doppio whisky.»

Era evidente che la signora della 211 non stava facendo la dieta della tisana al finocchio. «Affare fatto», le disse. E si mise al lavoro. Riempì una coppa da cocktail di ghiaccio, e la posò sul bancone in modo che si raffreddasse. Poi prese un grosso mixing-glass, mise dei cubetti di ghiaccio anche in quello, lo agitò onde colare l'acqua sciolta e la fece poi gocciolare nel lavabo, asciugando così i gelidi cubi trasparenti. Con il misurino d'acciaio da 25 millilitri, versò il vermouth secco nel mixing-glass. Prese il misurino da 40, lo riempì fino quasi all'orlo di gin Tanqueray e lo versò nel mixing-glass. Il Blenton Martini, secondo la preparazione classica, prevede che i millilitri di gin siano 38. Il signor Barzini era stato chiaro: «Trentasette millilitri di gin nel Blenton Martini sono decisamente pochi, e il cocktail risulterà dolciastro al punto da essere imbevibile. Con 39 millilitri sarà troppo secco e inadatto alle signore». Steno versò i 38 millilitri di gin nel mixing-glass. Aggiunse uno spruzzo di angostura bitter. Con il cucchiaio a gambo lungo, mescolò il ghiaccio, facendo tintinnare i cubetti sulle pareti di vetro. Dieci giri, non di più, per evitare che si sciogliesse. Buttò nel lavabo i cubi che riempivano la coppa da cocktail. E frenando con una paletta piatta il ghiaccio nel mixing-glass, vi versò il drink.

«Né scorza di limone, né oliva», si affrettò a dire la signora della 221. Poi prese in mano il bicchiere, assaggiò, e si rivolse di nuovo a Steno. «Sai cosa dice Thomas Mario del Blenton Martini?»

«Dice che è una variazione del Martini così antica da essere nuova», rispose Steno, senza esitazione.

«Precisamente», disse soddisfatta la signora.

Steno non era un gran lettore, né di giornali né tantomeno di libri. Ma sui manuali da barman era ferrato. E la *Playboy Bartender's Guide* di Thomas Mario, con il coniglio di «Playboy» argentato in copertina, era una delle sue letture preferite. Seconda solo a *Cocktail* di Marco Cremonesi, che racconta la ricetta dello Spicy Fifty del maestro Salvatore Calabrese meglio di come la descriva lo stesso Calabrese.

«Signora, non mi dica che ha letto la *Guida ai cocktail di Playboy*», disse, per lusingarla.

«La conosco quasi a memoria. E ho letto ogni numero di "Playboy" fino a una decina di anni fa. Poi quando hanno cominciato a far sparire le donnine e a riempire le pagine di auto e orologi mi sono stufata e ho lasciato perdere. Vedere quelle belle ragazze nude, per una signora avanti negli anni come me, è una boccata di ossigeno. Mi ricorda quando avevo vent'anni, due tette che sfidavano la forza di gravità e i piedini piccoli come quelli delle Barbie. So che a vedermi adesso fai fatica a crederci, ma quando camminavo sul lungomare di Viareggio si voltavano anche i semafori. Non so cosa darei per tornare nel mio corpo di allora, ma con la testa di adesso.» La signora della 211 prese dal bancone un tovagliolino. Con gesti automatici ne piegò i lembi ad angolo, primo passo verso una barchetta di carta. «Diciamo che, se potessi vivere tutto di nuovo, con gli uomini sarei meno schizzinosa. Quello che mi interessava non era essere felice, ma avere il potere. Un uomo non potrà mai sperimentare il potere che ha una ragazza a vent'anni. Nemmeno il Papa, o il presidente degli Stati Uniti. È così da sempre e sarà così per sempre. Peccato che adesso le ragazze perdano troppo tempo a comprare vestiti e farsi aiutare dal chirurgo.»

Vibrazione del cellulare. Un occhio allo schermo. Messaggi di Sabine. Immagini. Erano sgranate, evidentemente aveva fotografato con il cellulare lo schermo di anteprima della macchina fotografica.

Nelle foto si vedevano uomini in tuta bianca al lavoro con le pale nella neve. Poi, gli stessi uomini in tuta bianca che maneggiavano una specie di straccio nero. Quindi, un gruppo di persone vestite di scuro che parlavano fra loro. Steno riconobbe immediatamente la sagoma di Scimmia. E indovinò che quella specie di pandoro maculato che gli stava a fianco doveva essere la pm Tajani.

«Brava», scrisse.

«Grazie. Non è stato difficile.»

«Siete ancora lì?»

«La polizia se ne sta andando ora. Hanno spento le luci.»

«Ha senso che io venga o è tardi?»

«Ha più senso che venga io in albergo da te», rispose Sabine.

«Ok. Stacco dal bar fra meno di mezz'ora.»

La signora della 211 lo guardò compiaciuta, forse per quall'aria sorniona che aveva assunto nel virtuale contatto con Sabine.

«Con uno come te avrei passato volentieri la serata. Ma anche allora, sul più bello, avrei rallentato. Andare la prima sera con un barista da farfalle nella pancia, no, non se ne parlava! Avrei tirato in lungo, perso tempo, avrei girato al largo, e infine sarei partita senza concludere – si diceva "concludere" se non erro. E sono questi i rimpianti. Non quello che non ho fatto sul lavoro, o come avrei potuto crescere meglio i miei figli. Ragazzi come te, me ne sono fatti scappare troppi, ed erano lì, erano pronti. Vedi, tu hai all'angolo della bocca una piega che mi avrebbe fatto impazzire, e come sai sono i dettagli che accendono una donna, che la preparano. E tu sei pieno di dettagli.»

«Grazie», disse Steno, veramente lusingato. E cercò di immaginare come doveva essere la signora della 211 a vent'anni.

«Pensavo che sarei stata giovane e bella per sempre. Ho

passato serate a discutere con uomini affascinanti, poi mi addormentavo da sola perché mi sembrava più elegante. Sai cos'è davvero elegante invece?»

Steno restò in attesa.

«Una bella scopata», disse la signora della 211. Che poi svuotò il bicchiere, pagò i dieci euro e ne lasciò venti in più sul bancone. Steno non fece nemmeno finta di considerarla una mancia eccessiva. Prese la banconota e la infilò nel barattolo con le altre.

«Buonanotte signora», disse.

«Complimenti per il Blenton Martini», rispose lei. E si allontanò verso l'ascensore, camminando veloce sui piccoli piedi da Barbie, compressi in minuscole scarpe di vernice nera.

XII

Come ogni sera, Han salutò i camerieri di sala, poi il suo aiuto cuoco, infine i lavapiatti, che erano gli ultimi a lasciare il ristorante, prima di lui. Quando fu solo, ed era ormai tardi, si sedette su quella che chiamava «la mia poltrona». Un'asse di legno quadrata, posata su un fusto di birra vuoto, di fianco al magazzino. Prese una busta di tabacco Manila, un pacchetto di cartine e rollò una sigaretta. Era un gesto che faceva quando era sicuro di essere solo. Come tutti quelli che fumano poco, e che riescono quindi a godere del sapore del tabacco, alla prima boccata provò una sensazione forte, esagerata, simile al gusto che dà un sigaro. Poi, dal secondo tiro in poi, tutto andò al suo posto, come se la sigaretta fosse stata accordata dopo un'iniziale stonatura. Han fumò lentamente, all'ombra, in un angolo della cucina, senza muovere altro che la mano, per portare il filtro alla bocca, e i muscoli del viso, necessari ad aspirare e farla bruciare pian piano. Quando ebbe finito la sigaretta, raggiunse lo spogliatoio, aprì il suo armadietto, afferrò scarpe da neve e giaccone, si sedette su una sedia e si cambiò, sempre lentamente.

Tornò in cucina e ascoltò per un attimo il brusio dei motori: il ronzio dei frigoriferi, il macinare irregolare delle lavapiatti in funzione, il sibilo leggero e costante dell'abbattitore termico, il turbinare delle ventole dei forni in fase di raffreddamento. Un rumore che sembrava ora fastidioso e violento, che per tutta la giornata era però impercettibile, costante e nascosto dal trambusto della cucina nei momenti di attività, come il frinire dei grilli in montagna, di cui ti accorgi solo quando smette.

Han guardò l'orologio. Era da poco passata l'una. Controllò che tutte le porte interne fossero chiuse, prese le chiavi e si avvicinò alla porticina d'acciaio sul retro. La aprì, e si trovò nel buio e nel gelo di via Ugo Foscolo. Dal cielo la neve non cadeva più come qualche ora prima. Ora fioccava rada e svogliata.

Han chiuse la porta, sprofondò le mani nelle tasche del giaccone, incassò la testa fra le spalle e cominciò a camminare verso piazza Duomo. Dopo un paio di passi, percepì dietro di sé il fruscio di un movimento rapido. Poi sentì un sibilo e istintivamente si scansò di lato. La testa di piombo del manganello telescopico lo mancò e proseguì la sua corsa nel vuoto, arrestandosi sulla cassa di una centralina elettrica. Han si voltò, piegando le ginocchia e alzando i pugni a protezione della testa, in guardia stretta. Vide di fronte a sé la sagoma di un uomo, nera sul fondo scuro. Una sagoma alta, ampia, da bestione. Quando si accorse che l'uomo aveva allargato un braccio per colpire di nuovo, gli si gettò addosso, come per placcarlo.

Se qualcuno cerca di colpirti con un bastone o con un tubo di ferro, è inutile provare a ripararsi con gli avambracci. Il ferro spezza le ossa. E dopo un paio di colpi, anche se li hai parati come si deve, non hai più ossa integre da mettere a protezione della testa. Quando qualcuno ti viene incontro con un'asta di metallo devi quindi andargli addosso, per ridurre la distanza e la forza del suo colpo. Devi sfruttare il momento in cui carica, e picchiare tu per primo. Devi picchiare subito, e forte. Questo insegnava Han alle reclute quattordicenni al campo militare sotterraneo di Cu Chi, reticolo di grotte alla periferia meridionale di Saigon occupata. E lo insegnava perché sapeva che era la cosa giusta da fare. Picchiare per primo, subito e forte. Così, quando la sagoma nera allargò il braccio per caricare la frustata del manganello telescopico, Han gli saltò addosso. Mandò avanti il gomito e la spalla destra, per colpirlo nello stomaco. L'uomo cadde a terra e Han gli fu sopra. Lo colpì con due rapidi pugni in faccia. Solo allora si accorse che l'uomo aveva in testa un passamontagna nero.

Entrambi i pugni andarono a segno. E gliene diede un altro paio, che non si sa mai. Era ancora a cavalcioni del suo aggressore, ora sdraiato e spento come un orso a batterie senza batterie, quando vide l'altro uomo. Era più basso e tozzo, si teneva a distanza. Ma aveva anche lui in mano un manganello, e nell'altra quello che poteva essere uno spray urticante. Barcollava e sembrava più spaventato che minaccioso. Questo almeno diceva il linguaggio del corpo. E lo confermavano gli occhi, cerchiati dalle aperture chiare nel nero del passamontagna, e illuminati dalla luce di un lampione lontano. Han balzò in piedi, l'uomo tarchiato indietreggiò. Il bestione per terra mugugnò qualcosa, Han si girò e gli diede un calcio di punta sul fegato, doloroso abbastanza da tenerlo buono per un bel po'. A quel punto, con calma, si chinò e raccolse il manganello telescopico con cui il bestione aveva cercato di colpirlo.

«Adesso siamo pari», disse Han al tarchiato, tenendo salda l'impugnatura del manganello. Il tarchiato, da parte sua, non faceva altro che camminare all'indietro, come davanti a un animale feroce. E Han faceva esattamente quello: gli avanzava contro lentamente, come un animale feroce.

Han cambiò ritmo, fece tre passi avanti veloci. Il tarchiato alzò la gamba destra, nell'istintiva speranza di proteggersi, in una posizione che ricordava i vecchi film di Bruce Lee. Han con un rapido colpo di polso verificò che il manganello telescopico fosse completamente steso. Portò la mano destra dietro alla spalla sinistra, come per caricare un rovescio a tennis. Poi lasciò andare il colpo, ampio, elegante, liberatorio, da Roger Federer a ventiquattro anni. Quando la testa di piombo colpì il ginocchio del tarchiato, il rumore fu simile a quello di un'accetta sull'osso di una costata. Il tarchiato lasciò cadere il manganello e quella che sembrava una bomboletta di spray urticante. Poi crollò per terra, tenendosi con le due mani il ginocchio. Han gli si avvicinò.

«Perché non mi hai spruzzato in faccia il peperoncino?» lo interrogò.

Il tarchiato emetteva un mugolio leggero, da cucciolo. Han gli diede un colpo secco con la punta del piede alle costole. Il tarchiato gemette molto più di quanto Han si sarebbe aspettato che avrebbe fatto.

«Allora, perché non hai usato lo spray?» lo sollecitò Han.

«Non lo so, non lo so», rispose il tarchiato. Bastarono quelle tre parole, ripetute due volte, perché Han riconoscesse la voce. L'aveva sentita poche ore prima, chiuso nella sua Toyota Yaris, sotto casa della ragazza bionda che dava la festa.

«Ora tu e il tuo amico mi seguite in cucina», disse Han.

«Non so se riesco a camminare», rispose il tarchiato.

«Io dico che se ti impegni ci riesci», concluse Han.

Il tarchiato, tutto sommato, se la cavò bene. Saltellando sulla gamba sana raggiunse la porta della cucina. Si appoggiò alla cassetta elettrica appena fuori dall'ingresso. E senza fare storie attese che Han aprisse. Quanto al bestione, la cosa era un po' più complicata, visto che era sdraiato in terra e non si muoveva più dei sacchi neri dell'immondizia che gli stavano a fianco.

«Ora io apro. Tu trascini dentro il tuo amico», disse Han al tarchiato, che si ostinava a tenere in testa il passamontagna. Era ridicolo e penoso, basso e tozzo, zoppicante e con quel passamontagna in testa. Ma ad Han non faceva né ridere né pena. Voleva solo che si sbrigasse a trascinare il bestione in cucina prima che in via Foscolo potesse passare qualcuno. Le probabilità erano davvero minime, ma non si sa mai.

Il tarchiato aveva la netta sensazione che, se non avesse trascinato il compare, gli sarebbe arrivata una seconda razione di manganellate. E non sbagliava.

Provò a prendere l'amico per le gambe, però cadde. Ma in quella posizione gli fu agevole afferrare le caviglie del bestione. Strisciando sulla schiena, e facendo forza sul piede sano, riuscì a far slittare il corpo dell'amico sulla neve. Arrivati alla porta, il bestione si animò sciogliendosi in una specie di muggito. Con un paio di gentili pedate, Han li aiutò a entrare nei locali delle cucine del ristorante Hanoi.

Han fece sdraiare entrambi i ragazzi sul pavimento d'acciaio della dispensa fredda. Non era una vera e propria cella frigorifera, ma la temperatura non superava mai i cinque gradi. L'acciaio acuiva – quasi fosse stato una lastra di ghiaccio, lucido e sporco – la sensazione del freddo. E, soprattutto, era il posto più silenzioso del ristorante. «Togliete i passamontagna e spogliatevi», ordinò. Senza spiccicare parola, il tarchiato si tolse la camicia. «I pantaloni», continuò Han, e intanto metteva lui stesso Willy in mutande tenendo l'altro sotto controllo. «Si sta bene in spiaggia?» chiese Han mentre vedeva Willy vibrare al contatto della schiena nuda contro l'acciaio.

«Non ce la faccio», gridò il tarchiato.

«Ti aiuto io», lo rassicurò Han.

Ora erano lì, seminudi, stesi a pancia in su, sulla lastra d'acciaio, gli occhi fissi al soffitto di metallo. Han bloccò loro le mani, usando come manette delle fascette di plastica nera. Sempre con una serie di fascette, strette alle caviglie, si assicurò che non potessero scalciare. Solo allora andò in cucina a prendere la sua poltrona. In pratica, trasferì nella dispensa il fusto di birra con sopra l'asse quadrata, e la sistemò proprio in mezzo ai due giovani sdraiati a terra. Chiuse la pesante porta ermetica e si sedette.

Quando capì che le danze stavano per cominciare, il bestione cominciò ad agitarsi.

«Stai tranquillo. Imita il tuo amico, che sta bello fermo e non fa casino», gli disse Han. Il tarchiato allora lo guardò, cercando approvazione. Ma Han non aveva niente da dargli. Né approvazione né altro. Aveva solo domande.

«Come avete ucciso Kellan?» chiese.

Il tarchiato, vale a dire Marco, il migliore amico di Kellan, si fece di colpo rigido. Il bestione, Willy, se ne uscì invece con un «Vaffanculo». Ed era ovviamente la risposta sbagliata.

E sbagliato fu anche il bofonchiato: «Che fai adesso? Me

lo ciucci?» a cui Han reagì dandogli un calcio più forte dei precedenti.

«Ragazzi, fino a domani mattina alle undici qui non arriva nessuno, quindi ho tutto il tempo che voglio. Siamo in una stanza con porte stagne, in un palazzo che fino all'apertura degli uffici resta deserto. Raccontatemi come sono andate le cose. Non costringetemi a fare quello che non ho voglia di fare», disse Han calmo, seduto in poltrona.

«Io non ti dico un cazzo di niente. Piuttosto ammazzami», disse Willy. Han stava per assestargli nei coglioni una pedata da farlo rimbalzare ma poi pensò che non era lui a parlare, ma la cocaina, in presa diretta.

«E tu invece cos'hai da dirmi?» chiese a Marco.

Marco cominciò a piangere, isterico. Una lagna, il cigolio di un cardine male oliato. «In modo diverso, ma tutti e due state andando malissimo», disse il cuoco vietnamita. Poi piegò le ginocchia sul petto di Willy e cominciò a premere sempre più forte. Willy cercò di divincolarsi, e allora Han spostò un ginocchio più in basso nel cavo del ventre e lo forzò con determinazione dentro la carne. Willy, senza ossigeno, si sentì cedere, visitato da spasmi e conati di vomito. «Lasciami andare», diceva con un filo di voce. Con metodo e precisione Han aumentava la pressione delle ginocchia – il ginocchio sul petto e quello sul mento.

E mentre Willy boccheggiava senza recitare altro che la sua preghiera – le mani viola, le fascette di plastica incise nei polsi, l'immobilità nel gelo patita come una tortura – a Marco venne la voglia di parlare.

«È vero, eravamo con lui, con Kellan. Ma non lo abbiamo ucciso noi», disse Marco, il tarchiato.

«Con lui dove?» domandò Han, premendo il ginocchio dentro le viscere di Willy, che si contorceva sempre più debolmente, emettendo un rantolo contenuto, soffocato.

«Eravamo alla buca del Sempione, vicino alla Triennale, dove stanno i froci», e sbirciava l'amico senza fiato. «Non ucciderlo. Lascialo stare.»

Con estrema lentezza, Han guadagnò la posizione eretta. Willy emise un mormorio senza contenuto, un lamento sempre più flebile. Entrambi tremavano, battevano i denti, parevano pesci congelati sul banco di una pescheria.

«Ti prego, per favore, ti prego», si arrese Marco. Aveva ceduto. Aveva la faccia terrorizzata, stravolta dal dolore al ginocchio e dal freddo. Willy invece era pallido, rigido, aveva le labbra blu cianotiche, gli occhi rossi ridotti a fessure. Teneva il capo leggermente voltato da un lato e la bocca aperta. Sulla guancia gli colavano acqua e saliva fino all'orecchio, che sfiorava l'acciaio del pavimento.

«Lunedì sera siamo andati alla buca per dare una lezione ai froci. Volevamo spaventarli. Volevamo solo spaventarli! Perché a te sembra giusto che si vada in giro a metterselo in culo in un parco pubblico, all'aria aperta?» disse Marco.

«Kellan era con voi?» domandò Han.

«Sì era con noi», disse Marco. Poi si fermò un istante, come per cercare lo sguardo di Willy. Ma Willy non era in gran forma, era troppo preso a sbavarsi addosso.

«Racconta», disse Han a Marco.

«Lo facevamo da qualche mese. Andavamo nelle chat di froci.»

«Dillo meglio!» lo interruppe Han.

«Andavamo nelle chat di gay. Quelle che usano per darsi

appuntamento. Poi arrivavamo lì, sempre di notte. Tutto qui. Kellan all'inizio non ci voleva venire, ma noi lo prendevamo per il culo, gli dicevamo che non aveva le palle. Così le ultime volte è venuto anche lui. C'era anche lunedì.»

«Alla buca del Sempione?»

«Esatto, alla buca. Io e Willy lo abbiamo mandato avanti. Avevamo puntato due ragazzi che erano fra gli alberi a menarsi l'uccello. Kellan è andato lì con il manganello, il passamontagna e tutto il resto. Solo che quando è arrivato, i due ragazzi sono riusciti a scappare. E dai cespugli è saltato fuori uno. Uno che ha colpito Kellan con un pugno.»

Willy non aveva davvero un bell'aspetto. Tremava, la mandibola si muoveva a scatti e sembrava non controllare più le braccia. Le teneva piegate, vicine al volto, con le dita di entrambe le mani aperte a ombrello, come se avesse preso una scossa.

«Lo hai visto in faccia?» domandò Han.

«Chi, l'uomo che ha buttato a terra Kellan?»

Han annuì.

«No. Io e Willy eravamo lontani, siamo rimasti sopra il ponte. Nella buca è sceso solo Kellan. Comunque il tizio era vestito tutto di scuro. Aveva addosso una specie di mantella scura. Forse di quelle da pioggia. Non ti saprei dire.»

«Tu e Willy cosa avete fatto?»

«Siamo scappati.»

Han avrebbe voluto assestargli l'ennesimo calcio. Ma sarebbe stato un peccato interromperlo.

«Siete scappati? Eravate in tre, tutti armati di manganelli. A colpire Kellan era stato un solo uomo, che se ho capito bene era a mani nude, giusto?»

Marco socchiuse gli occhi. Forse per una fitta al ginocchio, o forse per la vergogna. O per le due cose insieme.

«Il fatto è che noi ne abbiamo visto solo uno, quello con la mantella. Ma lì sotto nella buca si imboscano in tanti. Dopo che quel tizio ha colpito Kellan, ho avuto paura che arrivassero altri. Ero terrorizzato, e penso anche Willy. Già mi immaginavo la scena di tutti questi culattoni che ci vedono e urlano "Eccoli, eccoli", "Ecco gli Spazzini". Io e Willy eravamo fatti. Eravamo sconvolti. Non ci aspettavamo che qualcuno reagisse.»

«Gli Spazzini siete voi? Vi fate chiamare così?»

Marco esitò un attimo, fissando il soffitto d'acciaio.

«Sì siamo noi. Ci facciamo chiamare Spazzini. Vuoi sapere com'è cominciata? È cominciata per caso, una sera all'uscita dallo stadio. Dopo una partita dell'Inter, siamo andati al chiringuito di San Siro per berne un paio. L'Inter aveva perso, eravamo incazzati e avevamo pippato parecchio. Abbiamo visto dei froci che facevano festa, proprio lì al baracchino. Due si sono allontanati insieme, fino al parcheggio. Noi li abbiamo seguiti e abbiamo visto che avevano cominciato a slinguare. Il parcheggio era mezzo vuoto. Abbiamo aspettato che uscissero dalla macchina e li abbiamo minacciati. Non avevamo passamontagna né niente. Ci siamo coperti naso e bocca con le sciarpe dell'Inter per non farci riconoscere. Kellan quella sera non era con noi. Non era nemmeno a Milano, era andato a sciare non so dove. Poi abbiamo cominciato a fare sul serio. Abbiamo comprato i manganelli e gli spray al peperoncino. Abbiamo iniziato a frequentare le chat online, a fare gli appostamenti, a lasciare a casa i cellulari per non essere rintracciati.»

Han notò che Willy respirava corto. La pelle era sempre più bianca, il tremolio alle mani sempre più meccanico.

«Tu aspettami qui», disse Han come proforma, poi liberò Willy, lo afferrò per i piedi e lo trascinò fino alla dispensa calda. Gli fece mangiare alcune cucchiaiate di zucchero, gli diede da bere un sorso d'acqua. Lo ammanettò di nuovo con le fascette, agganciandogli i polsi a un calorifero, e gli buttò addosso delle tovaglie, a mo' di coperta. A quel punto lo lasciò lì e tornò da Marco, nella stanza del freddo.

«Come sta Willy?» domandò Marco.

«Ha un calo di zuccheri. Mi sa che non aveva mangiato abbastanza stasera», disse Han, senza ironia, come se Willy fosse stato male per i fatti suoi e lui lo avesse semplicemente soccorso.

«La coca fa passar la fame. Poi alla festa abbiamo bevuto parecchio», disse Marco. La mandibola gli tremava, faticava a scandire le parole.

«Chi ha portato in ospedale Kellan?» lo aiutò Han.

«Non ne ho idea. Io e Willy eravamo già scappati in macchina. Lo abbiamo lasciato lì, nella buca.»

Han tirò fuori da una tasca le cartine e la busta di Manila. Prese un pizzico di tabacco e si fece una sigaretta.

«Lo avete lasciato lì», ripeté Han lentamente. E non era una domanda.

«Lo so», disse Marco, guardando da qualche parte sul soffitto. Non aggiunse altro.

Han prese a camminare per la stanza.

«Perché avete deciso di venire qui al ristorante a farmi il culo?» chiese.

«Per farti il culo», disse Marco.

«Questo lo avevo capito.»

«È stata un'idea di Willy. Ha detto che dovevamo darti una lezione. Così ti abbiamo seguito.»

«Volevate farmi fuori?»

La discussione si stava facendo scivolosa. Marco lo capì.

«No, no, no», si affrettò a dire. «Volevamo darti una lezione, te l'ho spiegato. Willy ha detto che dovevamo farti passare la voglia di fare domande. Tutto qui.» E intanto Han lo scioglieva dai legacci. Si rivoltò su un fianco e con cautela si alzò in piedi. «Invece è andata che ci hai gonfiato tu di domande.»

Proprio così, pensò Han, girando fra le mani la sigaretta spenta. Si squadrarono in silenzio. «Devo sbrinare le palle», se ne uscì Marco passandosi la mano viola sul pacco.

Han non fumava mai più di una sigaretta a sera. Né aveva mai fumato nella dispensa fredda. Ma decise di fare uno strappo a entrambe le regole. Prese l'accendino dalla tasca e accese.

«Fammi fumare», pregò Marco.

«No», rispose Han.

GIORNO TRE

I

Sabine fu destata da un rumore, leggero ma ripetuto, abbastanza netto da sovrastare i pensieri confusi del sonno che se ne va. All'inizio si convinse che era pioggia, che batteva su una lamiera o sulle tapparelle abbassate. Il ticchettio era sincopato e irregolare e poi faceva troppo freddo. E la neve non fa rumore. Solo a quel punto del ragionamento, Sabine capì di essere davvero sveglia. Aprì gli occhi e vide Steno seduto alla scrivania in fondo alla stanza, nella penombra, di fronte al computer portatile aperto. Il ticchettio era originato dal battere delle dita sulla tastiera. Evidentemente, Steno stava scrivendo.

«Buongiorno», disse Sabine e si stiracchiò contro la spalliera del letto.

«È tanto che scrivi?»

«Un po'. Mi sono svegliato presto. Anzi prestissimo, rispetto al mio solito. Ora sono quasi le dieci.»

Sabine avrebbe voluto ordinare la colazione in camera.

«Dai, mi preparo e scendo a fare colazione», gli disse.

«Ok. Se non è finita, c'è una torta di mele buonissima. Devi sbrigarti, che alle dieci in punto il signor Barzini fa sbaraccare tutto.»

«Vado subito», disse Sabine, scendendo dal letto con

un balzo, terrorizzata dall'idea che la torta di mele potesse finire. O che, peggio ancora, il signor Barzini avesse già fatto sparecchiare i tavoli della colazione.

«Prima di scendere, dimmi una cosa», chiese Steno.

«Spara», rispose Sabine, infilandosi le calze.

«Secondo te si può definire Kellan Armstrong un milanese d'adozione?»

«No», rispose secca Sabine.

«Perché?»

«Perché nessuno è milanese d'adozione.»

«Be' dai, uno che è nato in California ma ha fatto le scuole a Milano, è milanese.»

«Allora scrivi che è milanese. Oppure che è un nuovo milanese, o qualcosa del genere. Questa cosa dei milanesi d'adozione non l'ho mai sopportata. L'adozione è un atto di volontà. Io mi chiamo Sabine Castoldi. Sono una Castoldi d'adozione. Sai perché? Perché mia madre e mio padre, che di cognome fanno appunto Castoldi, volevano adottare un bambino, sono andati in Eritrea, hanno fatto richiesta all'orfanotrofio di Asmara, hanno aspettato un anno, mi sono venuti a prendere, hanno sbrigato tutte le pratiche in Italia e hanno spiegato ai miei fratelli che presto sarebbe arrivata una sorellina, che non aveva gli occhi azzurri come loro. Capito? I Castoldi mi hanno adottata, ci si sono messi d'impegno, quindi io sono una Castoldi d'adozione. Milano invece non ha fatto un bel niente per portarsi a casa Kellan Armstrong, né suo padre, né te che sei di Como, né tutti quelli che si definiscono milanesi d'adozione. La storia è diversa: la città era qui, stava bene con se stessa e voi siete arrivati perché ci volevate venire, punto. Siete i benvenuti, per carità. E se uno si sente milanese, per me è milanese. È il bello di questa metropoli. Per essere considerato fiorentino, servono una dozzina di generazioni di avi. Lo stesso vale per Venezia o Palermo. Milano è diversa, non richiede il pedigree ai suoi abitanti.»

Steno si sarebbe accontentato di una risposta più breve. Ma doveva ammettere che Sabine era convincente. Per una volta, evitò persino di ricordarle che lui era di Bellagio, non di Como. Si limitò a risponderle «Ok», poi digitò «Kellan, che ha studiato a Milano» dove prima aveva scritto «Kellan, milanese d'adozione».

Il ritratto della vittima era il pezzo più difficile fra quelli che doveva scrivere, visto che del ragazzo non sapeva praticamente nulla, se non il poco che aveva ricavato dalle carte della Questura, dai social network, e da un paio di frasi della pm Tajani. Il risultato è che aveva molte informazioni su lui da morto – la descrizione delle ferite, l'ora del decesso e tutto il resto – ma quasi nessuna sul ragazzo da vivo. In compenso, in meno di due ore aveva già chiuso il pezzo su Liam Armstrong, il cui curriculum era pubblicato in rete. E anche l'approfondimento su come e dove si incontravano i gay in cerca di avventura. Finito il ritratto di Kellan, avrebbe messo di nuovo mano al servizio su come fosse possibile che la polizia non avesse dato comunicazione per tre giorni della morte del ragazzo. Lo aveva chiuso, ma voleva evitare di scrivere fesserie.

«A che punto sei?» domandò Sabine.

«Sto facendo un ritratto di Kellan. Mi mancano solo il pezzo di apertura, in cui racconto la dinamica dell'omicidio, e il timing. Per quelli voglio prima risentire il mio amico poliziotto.»

«Scimmia?» chiese Sabine.

«Esatto, Raffaele Cinà detto Scimmia, il mio migliore amico.»

«Ieri notte, mentre fotografavo giù alla buca, l'ho spiato un bel po' attraverso il teleobiettivo. Non è male. Certo, non è esattamente un bel ragazzo, però si muove bene, sembra sicuro di sé. Diciamo che me lo farei.» Steno guardò Sabine, che dopo essersi messa le calze e una canottiera era tornata a letto, vinta dalla pigrizia. Stava lì, appoggiata con sublime leggerezza alle lenzuola bianche e profumate. Aveva i capelli per metà lisci e per metà ancora ricci. La sera prima non aveva finito di stirarli con la piastra. Qualunque ragazza al mondo conciata così sarebbe sembrata una deficiente. Sabine era invece elegante. Sembrava pronta per posare per il calendario Pirelli.

Steno la guardò bene. Poi si immaginò che nel letto con lei ci fosse Scimmia, visto che lei aveva appena detto che se lo sarebbe fatto volentieri. Immaginò Sabine, creatura filiforme, fra le braccia curve e pelose del suo migliore amico. Ancor prima che gelosia, provò un senso di repulsione. Eppure Steno doveva ammettere che Scimmia aveva successo con le ragazze, da sempre. Un ascendente che diventava attrazione fatale quando le ragazze erano olandesi, svedesi e nordiche in generale. In campeggio la tenda di Scimmia finiva sempre per ospitare una o più bionde, a rotazione. Ma Sabine non era bionda per niente, e comunque a Steno la cosa non andava giù.

«Prova a farti Scimmia e giuro che ti butto via la piastra per i capelli», le disse.

Lei si toccò la testa, dal lato ancora riccio.

«Cazzo è vero, che palle. Devo ancora piastrarmi», disse. Poi si alzò dal letto, si infilò in un vestitino di lana beige, strinse in vita una grossa cintura di pelle marrone e mise in testa una fascia nera per nascondere i capelli mezzi lisci e mezzi no.

«Vado a vedere se c'è ancora torta, anche se non ci spero», disse Sabine, camminando verso la porta.

Dopo che Sabine fu uscita dalla stanza, Steno scrisse un messaggio a Scimmia. «Posso chiamarti?»

«Non ora. Sono in Procura. Entro fra poco dalla Tajani. Abbiamo un vero testimone finalmente. A dopo.»

II

Il ragazzo aveva addosso un maglione di lana color crema, con collo e maniche bordati di blu. Erano blu anche i pantaloni, troppo leggeri per la stagione e perfettamente stirati, come anche la camicia azzurra. Sembrava la divisa invernale di un qualche college, pensò la dottoressa Tajani. Anzi, non era solo un fatto di abbigliamento. Il ragazzo sembrava uno studente inglese fatto e finito. Alto, magro, biondo. Glabro o perfettamente rasato, era difficile dirlo. Un paio di occhiali in tartaruga incorniciavano occhi azzurri, mobili e vivacissimi. Tutto in lui era chiaro e luminoso, a partire dal sorriso. Anche se era lì per raccontare un'aggressione subìta, e i fatti cruenti che ne erano seguiti, sembrava a suo agio. Come se fino a quel momento non avesse fatto altro che essere sentito da pubblici ministeri in inchieste per omicidio volontario. Ovviamente questo irritava non poco la Tajani. Nella sua visione del mondo, i testimoni dovevano comportarsi da testimoni, almeno durante le indagini. Dovevano mostrarsi contriti, deferenti e almeno un po' spaventati.

«Ripeta alla dottoressa quello che ha già detto a noi», disse il sovrintendente capo Minniti al giovane che gli stava seduto di fianco.

«Anzitutto, si presenti. Io sono Maria Cristina Tajani, il

pubblico ministero titolare del fascicolo sulla vicenda per cui lei oggi è qui», disse la Tajani fissando quel ragazzo luminoso e celestiale. Lei, per contro, aveva addosso una giacca rossa e nera, con ampi risvolti a punta che la facevano sembrare una diavolessa. Anche il trucco, scuro e più carico del solito, le conferiva un aspetto mefistofelico.

«Mi chiamo Filippo Araldi Di Giacosa, ho ventiquattro anni, sono milanese e sto facendo un dottorato in storia del Rinascimento a Coventry, in Gran Bretagna.»

«Università di Warwick?» domandò la Tajani.

«Esatto, Warwick», disse Filippo Araldi Di Giacosa, stupito che la Tajani sapesse che Warwick si trova a Coventry.

«Fuochino. Avrei detto Cambridge», replicò la Tajani.

Il giovane angelo sorrise. La Tajani cercò di ricambiare, ma non le riuscì. Il bambolotto non le piaceva, era evidente. Decise allora di giocare a carte scoperte.

«Bello, bravo, studioso, educato. La verità è che i secchioni come lei non mi sono mai piaciuti», gli disse.

«Anche a me. Sono stato anche bocciato alla maturità», rispose Filippo Araldi Di Giacosa. E fu come se il sorriso, da ampio che era, si fosse fatto sconfinato. La Tajani, spiazzata dalla risposta, decise di farla finita con quella manfrina.

«Senta, Filippo Araldi Di Giacosa, faccia come le ha detto l'ispettore. Mi ripeta quello che ha già raccontato alla polizia. Cercherò di interromperla il meno possibile. Lei, Cinà, vada a prendere caffè per tutti. Sempre che alla macchinetta non ci siano troppi fannulloni in coda. Ecco, tenga. Per pagare usi pure la mia chiavetta.» Scimmia uscì dalla stanza della Tajani, con in mano la chiavetta di plastica blu.

Minniti guardò lo studente di Warwick negli occhi e

con la testa gli fece segno che poteva parlare. A differenza che alla Tajani, a Minniti quel giovane piaceva. Era tanto diverso dai ragazzi che incontrava ogni giorno in Questura, che aveva l'impressione di avere a che fare con una qualche forma di alieno evoluto, sceso sulla Terra per aiutare la polizia a risolvere il caso Kellan Armstrong. La Tajani si era accorta di come Minniti coccolava lo studente di Warwick, e per questo lei si permetteva di trattarlo in modo brusco.

«Io come le dicevo vivo a Coventry, vicino a Birmingham, nel centro dell'Inghilterra e studio all'Università di Warwick», cominciò a raccontare lo studente. «Costantino, il mio ragazzo, abita a Valencia in Spagna. È di due anni più giovane di me, sta facendo l'Erasmus. Lui non è secchione, fa finta di studiare Economia. Peraltro, non è vero che mi hanno bocciato alla maturità, ho preso cento e lode. Comunque. Visto che io e Costantino siamo tutti e due milanesi, e ora viviamo lontani, una volta al mese ci vediamo qui a Milano. Stiamo un po' insieme e abbiamo anche il tempo per fare visita alle nostre famiglie. Lui di solito si ferma solo per il fine settimana, io un po' di più. Questa volta, entrambi abbiamo deciso di passare in città l'intera settimana.» La Tajani sembrava interessata come di fronte a una recita scolastica in cui non si conosce nessuno dei bambini. Lo studente di Warwick colse l'insofferenza e decise di accelerare nel racconto.

«Ora le spiego quello che è successo lunedì notte giù nella buca. Sto per arrivarci. Io ero a Milano già dall'ora di pranzo. Costantino, che come le dicevo è il mio ragazzo, è arrivato in aereo a Linate alle sette di sera. Sono andato a prenderlo in aeroporto con la macchina di mio padre, siamo andati a cena all'Arco della Pace, abbiamo bevuto qualcosa in un locale lì vicino fino alla chiusura poi siamo andati all'Old Fashion, che è una discoteca che c'è di fianco alla Triennale. A me non piace ballare, ma a Costantino sì, quindi ho deciso di fargli una sorpresa. E del resto come ballerino anche io non me la cavo male.»

«Ovvio», disse la Tajani.

«Già. Comunque. Arrivati vicini all'Old Fashion, dopo avere parcheggiato, abbiamo notato che c'era un gruppo di uomini che ci fissavano. Stavano sul marciapiedi vicino al ponte della ferrovia di Cadorna, proprio sopra alla buca. Premetto che io di questa buca non avevo mai sentito parlare prima. Fatto sta che questi uomini non ci toglievano gli occhi di dosso. Io e Costantino abbiamo subito capito che ci guardavano per via del fatto che ci tenevamo per mano. E abbiamo anche capito che non erano sguardi minacciosi, anzi. Uno degli uomini ci ha abbordati, dicendo che quello non era un posto per coppiette come noi. Era la classica checca che si incontra in giro la sera, che in discoteca sta simpatica a tutti tranne che agli altri gay. Era un tizio di almeno cinquant'anni, aveva il volto tirato dal lifting e le sopracciglia disegnate. Ci disse anche che se avessimo fatto due passi lì sotto, carini come eravamo, ci saremmo sicuramente divertiti. Noi non avevamo nessuna intenzione di divertirci nel senso che intendeva lui. Io e Costantino siamo una coppia e stiamo bene così. Però eravamo curiosi di vedere cosa succedeva fra gli alberi. Allora abbiamo deciso di scendere a dare un'occhiata, prima di entrare in discoteca.»

«Che ore erano?» domandò la Tajani.

Il ragazzo ci pensò per qualche secondo.

«Era molto tardi. Direi almeno le due e mezza o le tre.

Ma posso sbagliarmi anche di parecchio. Comunque, io e Costantino ci siamo diretti giù per il sentierino. Abbiamo visto un po' di movimento fra gli alberi, e abbiamo capito di cosa parlava quel cinquantenne. Si capiva che lì sotto la gente si cercava, si univa, si lasciava. In quel momento ci siamo sentiti fortunati a stare insieme. Ci siamo appoggiati a un albero e abbiamo cominciato semplicemente a baciarci. È stato un momento magico.»

La Tajani mal sopportava le smancerie di ogni tipo. Soprattutto quando stava indagando sull'omicidio di un diciannovenne.

«Lasci stare le lucciole e i violini. Vada avanti.»

«Ci siamo, non si preoccupi. Noi eravamo lì che ci baciavamo, quando di colpo abbiamo sentito un rumore arrivare da sopra la ferrovia. Gli uomini che poco prima erano sopra al ponte erano spariti, compreso quello con le sopracciglia disegnate. Anche i ragazzi che si muovevano fra gli alberi sembravano scappare in tutte le direzioni, come un branco di pesciolini inseguiti da un predatore. Di colpo io e Costantino abbiamo avuto la sensazione di essere finiti in trappola. Ed è esattamente quello che stava succedendo. Dalla fila degli alberi sono sbucate tre sagome scure. Erano giovani, si capiva subito anche se in testa avevano dei passamontagna neri e in mano una specie di bastoni di ferro.»

«Manganelli telescopici, dottoressa», interruppe Minniti.

«Lasci continuare», lo zittì la Tajani.

«Sembravano dei bastoni sottili, con in fondo una palla di ferro. Questi tre ci vengono contro. Uno era basso e un po' tarchiato. Ed era il più violento. Prima ci ha insultati. Ci ha detto le solite cazzate che dicono quelli a cui non piacciono i gay. Ci ha detto che facevamo schifo. Poi è stato zitto per un po', godendosi la nostra paura. A un certo punto, all'improvviso, ha colpito Costantino a una gamba con il manganello. Io l'ho abbracciato per proteggerlo, così il tarchiato ha colpito pure me. Uno, due, tre colpi forti. E le assicuro che quell'arnese fa parecchio male. Faccio ancora fatica adesso a camminare. All'improvviso anche uno degli altri due ragazzi con il passamontagna ha cominciato a menare. Era alto. Altissimo, fuori misura, tipo giocatore di basket. Mi ha colpito forte a una gamba, molto forte, e mi sono accasciato. Costantino ha cercato di ripararsi contro un albero, ma quei due hanno continuato a picchiarlo. Sembravano cani rabbiosi, non si fermavano più. Da terra io guardavo la scena, senza poter fare nulla. E quella è stata la cosa più brutta. Ero impotente, non riuscivo ad alzarmi, non riuscivo a reagire, intanto quei due picchiavano Costantino. Mi sono accorto che il terzo ragazzo invece non faceva nulla. Ma proprio nulla. Aveva anche lui il manganello in mano, ma era come impietrito. Stava lì fermo, con in testa il passamontagna, senza fare niente, mentre i suoi compagni menavano.»

Scimmia entrò nella stanza con in mano una vaschetta di plastica, di quelle che si usano agli ingressi del Palazzo di Giustizia per fare passare chiavi e cellulari nei metal detector. Sul fondo della vaschetta c'erano quattro bicchierini di plastica pieni a metà. Scimmia posò l'improvvisato vassoio sulla scrivania della Tajani. Ciascuno prese il proprio caffè. Lo studente di Warwick prima di bere ringraziò Scimmia con uno dei suoi incredibili sorrisi. Come si trovasse nella sala d'attesa di prima classe all'imbarco di un piroscafo nell'Ottocento.

«Continui pure», disse la Tajani, dopo avere bevuto il caffè in un solo lungo sorso, senza prima averlo mescolato.

«Stavo dicendo che i due, quello tarchiato e il gigante, stavano bastonando Costantino. Io ero per terra e guardavo il terzo tizio con il passamontagna. Quello che non faceva niente. Un po' perché guardare Costantino che veniva pestato era troppo doloroso. Un po' perché avevo paura che il terzo tizio mi si sarebbe scagliato contro. Invece, successe una cosa completamente diversa e del tutto inaspettata.»

Scimmia, che quella storia la aveva già sentita raccontare in Questura, sorrise. Stava per entrare in scena l'uomo senza nome che stavano cercando.

«Dagli alberi è spuntato un tizio con una mantella scura e il cappuccio in testa. Era piccoletto e a vederlo non gli avresti dato due lire. Invece con due pugni velocissimi ha steso i due che stavano picchiando Costantino. Una cosa incredibile. Due pugni veloci. Pam pam. Un paio di secondi, forse meno, e quelli erano per terra.»

«Li avrà presi al fegato, dottoressa», disse Minniti, che ne capiva un poco di boxe.

«Continui», sbottò la Tajani, che odiava fare ipotesi almeno quanto le piaceva ascoltare i fatti per come si erano davvero verificati.

«Non so dove li abbia colpiti, a dire il vero. Sul fianco, direi. Fatto sta che sono caduti entrambi nella neve. Quello tarchiato dopo un po' che si contorceva ha provato a rialzarsi, ma si è preso subito un calcio bello forte. L'altro si è allontanato su quattro zampe, come una bestia ferita, mugugnando frasi sconnesse. Mi sono dimenticato di dirle che secondo me quei due erano strafatti. Sia il tarchiato, sia quello alto, dico. Il terzo ragazzo, non saprei se fosse fatto. Stava fermo. Quando ha visto arrivare l'uomo con la mantella scura, che aveva appena steso i suoi amici, ha alzato la mano come per colpirlo con il manganello. Ma l'uomo in mantella è stato molto più veloce e gli ha mollato un pugno in faccia. Uno soltanto, ma davvero forte. La scena non la dimenticherò mai. Nel momento in cui ha preso il colpo in faccia, il ragazzo con il passamontagna si è spento. È stato come se qualcuno gli avesse tolto la spina della corrente. Si è immobilizzato, ha lasciato cadere il manganello per terra ed è crollato all'indietro, rigido come un'asse di legno. Mi ricordava quelle statue di cemento che venivano abbattute nell'ex Unione Sovietica.»

«Si chiama ko», disse Minniti.

La Tajani annuì, e fece cenno allo studente di Warwick con il maglione color crema di proseguire.

«Quando si sono accorti che il loro amico era finito a terra, gli altri due sono andati nel panico. Quello alto, che si stava contorcendo nella neve, si è alzato e ha cominciato a zoppicare. Cercava di correre via, ma era scoordinato, inciampava. Si rialzava e inciampava di nuovo. Quello tarchiato ha iniziato a urlare: "Kellan, Kellan, cazzo Kellan". Era un lamento meccanico, aveva la voce rotta, non la finiva più di gridare. "Kellan, Kellan, cazzo Kellan". Così abbiamo capito che quello che era rimasto per terra doveva chiamarsi Kellan.»

«Perspicaci», disse la Tajani.

Filippo Araldi Di Giacosa non avrebbe continuato dentro lo zigzagare delle battute. La Tajani parve placarsi.

«Era immobile, non si muoveva. Dopo un po' dietro al corpo di questo Kellan si è formata una pozza scura. Non bisognava essere dei medici per capire che era sangue. Quando ha visto la chiazza sulla neve, l'uomo con la mantella, quello che aveva dato il pugno, è crollato in ginocchio. Ha strattonato per il giubbotto Kellan, cercando di rianimarlo. Gli ha tolto il passamontagna, e in quel momento abbiamo realizzato che era davvero giovane. La cosa che mi ha più stupito è che mi somigliava tantissimo, solo un po' più giovane. Aveva gli occhi sbarrati, azzurri come i miei. Le labbra gli tremavano, e dietro alla testa continuava a uscire sangue. Il tizio con la mantella ha urlato al tarchiato di aiutarlo, di chiamare un'ambulanza. Ma il tarchiato ha raccolto nella neve il manganello ed è scappato nella direzione in cui era già andato il suo amico, quello alto. Io e Costantino abbiamo detto al tizio con la mantella che l'ambulanza potevamo chiamarla noi. Lui si è fermato un attimo, come per pensare. Poi ci ha detto che aveva cambiato idea, che non dovevamo chiamare nessuno. Che ci avrebbe pensato lui. Aveva una voce sicura. Ci ha ordinato di allontanarci.»

«Ve lo ha ordinato?» chiese la Tajani.

«Esatto», rispose lo studente di Warwick.

«E voi cosa avete fatto?»

«Ci siamo allontanati.»

«Non avete chiamato l'ambulanza?» domandò la pm.

«Non l'abbiamo chiamata. Il tizio con la mantella ci aveva appena salvati. Abbiamo fatto come ci aveva detto e basta.»

La Tajani sospirò. Questa volta fu Minniti a fare cenno al ragazzo di proseguire nel racconto.

«Io e Costantino a quel punto ci siamo allontanati da Kellan e dal tizio con la mantella. Costantino voleva proprio andarsene. Io l'ho convinto a fermarsi fra gli alberi più in alto, al livello della strada, sopra il ponte. Da lì, nascosti dal buio, abbiamo visto quello che è successo in seguito. Vicino al tizio con la mantella e a Kellan è arrivato un altro ragazzo. Non so se si conoscessero, lui e quello con la mantella. Oppure se fosse arrivato lì per caso. In ogni caso, i due si sono subito capiti. Si sono messi a parlare fra loro. Poi l'uomo con la mantella ha trascinato il corpo di Kellan su per la salita, verso la strada. A un certo punto, ha lasciato lì il corpo e ha raggiunto un brizzolato, vestito elegante, che si era avvicinato al ciglio della buca per capire cosa stesse succedendo. Aveva appena parcheggiato un grosso fuoristrada, proprio lì vicino. Aveva un accento torinese fortissimo, era terrorizzato. Non so cosa gli abbia detto l'uomo con la mantella. Fatto sta che il brizzolato gli ha dato subito le chiavi della macchina e se ne è andato. A quel punto, l'uomo con la mantella e l'altro ragazzo hanno caricato sul fuoristrada Kellan e se ne sono andati. Tutto qui.»

«Può descriverci questo ragazzo, che è arrivato dopo e ha aiutato l'uomo con la mantella?» chiese la Tajani.

«Era alto. Anche lui aveva il volto coperto, penso da una sciarpa. C'è un particolare che mi ha colpito. L'uomo con la mantella gli diceva di non parlare. Di non farsi sentire dal ferito, né da nessun altro lì sotto nella buca. Gli disse che se qualcuno avesse sentito la sua voce, poi avrebbe potuto riconoscerlo», disse lo studente di Warwick.

«E questo ragazzo stava zitto?» domandò la Tajani.

«Sì. O forse parlava molto piano. Io non sono riuscito a sentire la sua voce.»

La Tajani fissò il fondo del bicchierino di plastica, su cui era ancora depositato tutto lo zucchero. Guardò negli occhi

Scimmia. Uno sguardo che significava: il brizzolato di cui parla lo studente di Warwick è il tizio di Torino con cui hai parlato tu ieri. E la storia che racconta è esattamente la stessa. Tutto torna. Quindi tu, Raffaele Cinà, sei un bravo poliziotto. E te lo dico io, che faccio la pm da tanti anni, di poliziotti ne ho visti anche troppi e di complimenti ne faccio pochissimi. Scimmia ricambiò lo sguardo, fiero di avere ricevuto dalla Tajani quel complimento silenzioso.

«Oggi è giovedì, sono passati tre giorni dall'aggressione. Perché non è venuto a parlarci prima?» domandò la Tajani.

«Perché pensavo che quel Kellan se la fosse meritata. È uscito di casa con un bastone di ferro e un passamontagna per fare un raid punitivo», disse il ragazzo.

Sul volto della Tajani passarono considerazioni che non avevano bisogno di essere tradotte in parole. La prima è che, tutto sommato, poteva persino essere d'accordo. La seconda è che, d'accordo o meno, lei era un pubblico ministero che stava indagando su un omicidio, quindi non voleva sentire uscite come quella.

«Ne abbiamo parlato tanto con Costantino. Lui all'inizio voleva denunciare. Voleva presentarsi in Questura e raccontare tutto. Io lo frenavo, gli dicevo che a quel tizio gli stava bene. Non sapevamo che fosse morto, ma a essere sincero lo immaginavo. Solo, mi aspettavo che la notizia sarebbe uscita sui giornali e ai tg. Col passare dei giorni ho visto che invece non succedeva niente. Allora ho immaginato che forse non era morto, forse si era salvato. La verità è che ero confuso e non sapevo più cosa pensare. Intanto, non riuscivo a dormire. Mi sognavo quegli occhi azzurri, simili ai miei, che mi fissavano. Le labbra tremanti, la pozza di sangue, scura come la notte, che si allargava sulla neve. Pensavo a quei due vigliacchi, che prima ci avevano picchiati mentre ci baciavamo, poi avevano abbandonato il loro amico ferito. Allora ho detto a Costantino che avevo cambiato idea e volevo raccontare tutto alla polizia. A questo punto, però, è stato lui a frenarmi. Diceva che ci aveva pensato su, e che avevo ragione io. Nel senso, avevo ragione io all'inizio a dire che quel ragazzo era un omofobo, che aveva avuto solo quello che meritava. Ne abbiamo parlato tanto, io e Costantino. E ho deciso di presentarmi in Questura per raccontare tutto. Mi sono detto che prima o poi ci sareste arrivati lo stesso, con l'analisi dei cellulari o con chissà quale altra tecnica. Ho letto le statistiche su Internet. A Milano gli omicidi irrisolti non esistono, o quasi. Ho pensato che prima o poi sareste arrivati anche a noi, a me e Costantino. Quindi tanto valeva che la storia ve la raccontassi subito io per come è andata. Se mai ci sarà un processo contro il tizio con la mantella, quello che ha dato il pugno a Kellan, voglio testimoniare. Verrò in tribunale a dire che ci ha soltanto difesi. Che ha dato solo un pugno, e lo ha dato bene. La sfortuna ha voluto che Kellan abbia picchiato la testa per terra. Se solo fosse successo martedì notte, anziché lunedì, si sarebbe salvato la vita. Martedì, dopo la grande nevicata, ci sarebbe stato uno strato di neve più spessa, che avrebbe coperto la pietra, e si sarebbe salvato. Ma quel Kellan ha deciso di andare a picchiare i froci di lunedì, ed era la notte sbagliata.»

La Tajani guardò a lungo lo studente di Warwick. Doveva ammettere che sapeva ragionare.

«Riconoscerebbe l'uomo con la mantella, se lo vedesse?» gli chiese, senza troppa convinzione.

«Aveva il volto coperto», rispose il ragazzo.

«Nel senso che aveva una sciarpa sulla faccia?» domandò la Tajani.

«Esatto. O una sciarpa o il collo alto della felpa. Non saprei dire. E pure il suo amico che è arrivato dopo, quello che lo ha aiutato a trascinare il corpo.»

La Tajani fece una rapida smorfia di sorpresa.

«In pratica, lì sotto nella buca avevano tutti il volto coperto tranne lei e il suo ragazzo?»

«Altrimenti come facevamo a baciarci?» disse lo studente di Warwick. La Tajani sorrise.

«Comunque sì, a volto scoperto c'eravamo solo io, Costantino e il tizio brizzolato proprietario del fuoristrada. Gli altri avevano in faccia sciarpe e passamontagna. Sia i tre che ci hanno aggredito, compreso Kellan, sia i due che sono arrivati a salvarci.»

III

Carlotta Armstrong aveva deciso di arrangiarsi da sola, lasciando un giorno libero alla domestica. Era lei a fare avanti e indietro dalla cucina con tazze di caffè, zuccheriere, ciotole di ceramica con dentro biscotti e lamponi. D'altronde, Liam era stato chiaro. Non voleva gente per casa durante l'incontro con Han.

Così, mentre i due uomini parlavano a bassa voce, seduti sui divani d'angolo in salotto, Carlotta portava vassoi, apriva e chiudeva confezioni, sciacquava posate in cucina. Faceva la moglie, senza dover pensare troppo, e tanto le bastava.

Han spiegò il minimo indispensabile a Liam su come fosse riuscito a violare la protezione del telefono di Kellan. Poi tirò fuori dallo zainetto il telefono del ragazzo, lo accese e digitando sullo schermo aprì una conversazione di Kellan con i suoi amici. Tecnicamente era un gruppo, una chat. Prima di passare il telefono a Liam, lo guardò, come per metterlo in guardia. Il senso di quello sguardo era: preparati, non vedrai cose belle. Liam accettò la raccomandazione implicita e prese il telefono.

La chat si chiamava «Nettezza urbana».

I partecipanti erano Kellan e i suoi due migliori amici, Marco e Willy. Liam realizzò che le conversazioni si fermavano a lunedì, l'ultimo giorno di vita di Kellan.

MARCO: buongiorno Spazzini

KELLAN: buongiorno buongiorno

WILLY: pronti?

KELLAN: prontissimi

MARCO: stasera si pulisce la buca

WILLY: si pulisce la buca dai buchi

KELLAN: ☺

WILLY: ahahahahahahah

La conversazione si interrompeva per qualche ora, poi riprendeva.

KELLAN: ci becchiamo da me?

MARCO: ti passo a prendere in macchina poi andiamo da Willy

KELLAN: bella

KELLAN: ora?

MARCO: 22?

KELLAN: ok

WILLY: quindi da me 22.30

MARCO: esatto

MARCO: Kellan tu hai tutto?

KELLAN: passamontagna no

MARCO: porto io

MARCO: porto anche scopa per te

KELLAN: ???

MARCO: bastone

KELLAN: bastone ce l'ho

MARCO: bastone = scopa per froci

KELLAN: ahahahahaha

MARCO: il duro lavoro dello Spazzino

WILLY: qualcuno lo deve pur fare

Liam appoggiò il telefono di Kellan sul tavolino, di fianco al vassoio che Carlotta aveva portato in salotto. Né lui né Han avevano toccato nulla. Era tutto lì, ordinato, coordinato, perfetto. I due caffè, la zuccheriera, i lamponi, i biscotti.

«Ieri sera ho parlato con gli amici di Kellan, Marco e Willy. Soprattutto con Marco. Penso che lunedì notte Kellan abbia preso parte a una spedizione punitiva per andare a picchiare dei gay e che sia stato ucciso dalle stesse persone che voleva aggredire», disse Han.

Liam abbassò gli occhi sul tappeto. Seguì con lo sguardo la decorazione che correva lungo il perimetro della tela fitta, concentrato come se sulla cornice ricamata fosse in atto una corsa di cavalli.

Alzò la testa, fissò Han e cominciò a fare domande, e ancora domande. Volle sapere tutto. I luoghi, gli orari, le circostanze, le prove. Voleva sapere come era morto suo figlio, ma soprattutto capire chi fosse davvero Kellan. Han rispose. Disse tutto quello che sapeva, senza sconti e senza pudore.

Un altro, uno stupido o un bigotto, sarebbe forse stato risollevato dal sapere che il proprio figlio non era gay, ma solo un teppista, uno che ha fatto una scemenza, per quanto grave. Un padre ottuso e violento, come ce ne sono tanti, avrebbe provato sollievo e forse persino orgoglio nel sapere che suo figlio tutto sommato si era solo sfogato un po'. E soprattutto che non era una checca, un frocio. Non Liam Armstrong.

Liam era sicuro di avere educato Kellan ad alcuni valori. Fra questi c'era il rispetto per le persone, soprattutto quelle che la società offende, deride e nasconde. Gli aveva insegnato che in un mondo decente doveva esserci posto per tutti, anche per gli omosessuali, gli stranieri, i fragili, i deboli, i poveri. E che chi rischia di affogare va salvato, non bastonato. Che si tratti del compagno di classe che rischia la bocciatura o della ragazzina che ha smesso di mangiare.

Nel silenzio irreale del salotto, Liam si trovò ad abbozzare pensieri che, ne era sicuro, lo avrebbero poi tormentato a lungo. Gli venne in mente che forse sarebbe stato meglio non insegnare nulla a Kellan. Pensò che forse le paternali sull'uguaglianza avevano avuto l'effetto contrario a quello sperato. E che la normale ribellione generazionale per Kellan aveva preso la forma della caccia all'uomo. «Ma sì ragazzi, vengo anche io a dare due mazzate. Chissà che faccia farebbe quel rompicoglioni di mio padre!»

Liam non arrivava a sentirsi in colpa. Si sentiva però sconfitto, tradito, sopraffatto.

Poi c'era la politica.

Liam Armstrong aveva fatto dell'uguaglianza uno dei punti fermi della sua attività diplomatica. Il consolato degli Stati Uniti a Milano, sotto la sua guida, aveva partecipato per due volte al Gay Pride con una delegazione ufficiale, con tanto di bandiera a stelle e strisce. Lo stesso Liam, con la moglie al fianco, era sceso in corteo fra drag queen, striscioni e drappi arcobaleno.

Liam sapeva che prima o poi avrebbe lasciato l'Italia e sarebbe tornato in California. Il consolato di Milano era l'ultima tappa di un percorso. Non gli interessava diventare ambasciatore, né a Roma né altrove. Dopo Milano, c'era il Senato. E nella corsa per diventare senatore nella sua California, col Partito democratico, avere un figlio morto mentre faceva raid notturni contro gli omosessuali poteva essere un ostacolo.

Forse una condanna. Liam si sentì in colpa, questa volta sì, per avere fatto simili pensieri. Kellan, suo figlio, era morto da tre giorni e lui già si poneva il problema di che effetto avrebbe avuto la notizia sulla sua futura carriera. D'altra parte, pensò, se non ragioni così non sei un uomo politico. E lui lo era, lo era sempre stato, anche quando vestiva la divisa. Nel racconto del proprio passato, esercizio a cui ogni politico è inevitabilmente chiamato, Liam nascondeva l'ambizione e metteva in evidenza la generosità. Lo aveva ripetuto così tante volte da esserne infine convinto. Lui si era semplicemente messo a disposizione della collettività e del suo Paese, prima in Vietnam, poi a Praga, quindi a Milano. E presto sarebbe tornato in California, che gli mancava come mai gli era mancata. Ora che Kellan era morto, Milano gli sembrava solo una gigantesca e gelida tomba bianca. Un sepolcro di neve candida, che aveva inghiottito il suo unico figlio. E che probabilmente, se non avesse reagito subito, avrebbe presto inghiottito anche il suo futuro, la sua carriera. Che, insieme a Carlotta, era tutto quello che gli restava.

«La notizia non può uscire così. Non si deve sapere che Kellan è morto in quel modo. Dobbiamo assolutamente fare qualcosa. Dobbiamo farlo per la memoria di Kellan», disse Liam. Han appoggiò i gomiti sulle ginocchia, congiunse la punta delle dita delle mani e abbassò il capo. Con il cucchiaino, cominciò ad ammucchiare i lamponi da un lato della piccola ciotola, in modo meticoloso e metodico, come stesse manovrando una minuscola ruspa che deve liberare un piazzale da cumuli di terra.

«Il fatto che la notizia dell'omicidio dopo tre giorni non

sia ancora nota è quasi miracoloso. Abbiamo l'opportunità di proteggere la memoria di Kellan. Possiamo fare in modo che i giornali raccontino la storia del suo assassinio in un certo modo, senza che il suo ricordo sia fatto a pezzi. Non possiamo perdere l'occasione», disse Han.

Liam non rispose.

«E poi c'è Carlotta. Liam. Te lo dico male. Se esce la notizia che tuo figlio andava in giro a pestare i gay, per te può essere un grosso problema, ma per Carlotta sarà un vero incubo. Almeno, fino a quando vivrete a Milano. Conosci la gente che frequenta, gliela faranno pagare. Sentiranno l'odore del sangue. Capiranno che è già debole, piegata dal dolore, e andranno fino in fondo.»

Liam pensò alla giornata di Carlotta. La palestra, il campo da squash, l'associazione per la lotta contro il cancro, il circolo dei lettori. Un mondo piccolo di donne insoddisfatte, in cui tutte hanno troppo tempo a disposizione e troppo poco da dirsi. Un mondo di ore da riempire, cene da organizzare, appuntamenti inutili da incastrare, spostare e disdire a seconda del capriccio. Ogni tanto, le gite a cavallo nel fine settimana.

Carlotta continuava a considerarsi la ragazza che era stata molti anni prima. La studentessa che si batte per i diritti civili. La ventenne partita dalla provincia e andata in giro per il mondo, fino ad arrivare a Berkeley e a quel matrimonio vistoso, esotico e pericoloso. Aveva fatto una scommessa, sposare un americano di cui sapeva poco più dell'essenziale, e la aveva vinta. La provincia se l'era scrollata di dosso, e quando pensava alla sua infanzia da benestante di campagna provava un senso di vuoto e vertigine. I suoi orizzonti nel tempo si erano prima allargati a dismisura e poi ristretti in modo spaventoso. Il suo mondo era confinato a una decina di portoni nel centro di Milano. Il fitness club, l'associazione, il circolo, i salotti delle case delle amiche.

Da tanto tempo ormai le persone che frequentava vedevano in Carlotta Armstrong – sempre nome e cognome, sempre quello del marito – la moglie del diplomatico americano. Un marito che al borsino delle vanità delle signore di Milano centro era difficile da valutare. Più di un conte, forse. Quasi di sicuro più di un amministratore delegato. Carlotta faceva invidia. La morte di suo figlio, per chi apparentemente la ammirava e segretamente la detestava, sarebbe stata un'occasione. Carlotta da tre giorni aveva spento il telefono, non parlava con nessuno. Ma prima o poi avrebbero saputo. Così Carlotta Armstrong sarebbe anzitutto diventata la «povera Carlotta». Ma poverina, hai sentito? Che cosa terribile. Poteva succedere a chiunque. Certo, a chiunque. Proprio a chiunque. Però. Ma sei sicura? Be' a chiunque, proprio a chiunque, non saprei. Certo, se ai figli non dai regole. Carlotta, povera Carlotta, non sapeva nemmeno dov'era Kellan. Per lei e Liam era normale non sapere dove fosse loro figlio. Per loro educare Kellan significava dargli troppa libertà e un po' di soldi, tutto qui. Kellan diceva a Carlotta che andava a sciare e lei nemmeno gli chiedeva dove. Certo, se a un figlio lasci fare tutto quello che vuole, prima o poi queste cose succedono. Non dico che debba per forza finire così, però diciamo che se educhi un figlio in un certo modo rischi molto. E via così. In palestra, al circolo, in associazione.

Poi avrebbero scavato con pazienza. Avrebbero lavorato

senza fretta e con cura, come ceramiste sedute al tornio, sulla storia di Kellan che la notte va a picchiare i gay. In quel mondo meschino di ferocia sussurrata e bontà ostentata, sarebbe stata l'occasione per far pagare a Carlotta tutte le passate fortune, e le ridicole stravaganze da studentessa di Berkeley. Kellan la notte faceva quel che faceva, e Carlotta non ne sapeva nulla. Proprio lei, che da ragazza faceva la comunista. Proprio lei, che aveva disertato quell'iniziativa di charity all'ippodromo per andare al Gay Pride col marito. Proprio Carlotta Armstrong, che nella mailing list delle amiche si ostinava a condividere noiosissimi appelli per i diritti civili, come si fosse negli anni Settanta. Intanto suo figlio andava in giro di notte a picchiare i froci. Perché, quando non c'erano quei moralisti degli Armstrong, a cena li si chiamava così.

«Hai ragione, dobbiamo fare qualcosa», disse Liam fissando il vassoio intonso dei caffè.

Han non rispose subito. E prima che potesse farlo, fu il suono del cellulare di Liam Armstrong a rompere il silenzio.

Era il questore.

Liam si alzò in piedi, sistemò gli auricolari nelle orecchie e cominciò a parlare camminando per il salone, tenendo il telefono in mano. Ad Han, le parole che Liam pronunciava al telefono parevano tutto un «Grazie, davvero? Spiegami meglio. Grazie. Davvero? Grazie». Dopo qualche minuto, Liam riattaccò e tornò a sedersi sul divano. Rispetto a pochi istanti prima, sembrava più vivo. Come una pianta secca a cui finalmente sia stato dato da bere.

«Il questore mi ha detto che hanno appena interrogato un ragazzo. È un milanese che studia a Warwick, in Inghilterra.

Era lì, dove hanno ucciso Kellan. Ha visto tutto. Era alla buca del parco Sempione, come dicevi tu. Ha raccontato che Kellan non ha fatto niente. Voglio dire, era lì con i suoi amici, aveva anche lui il passamontagna in testa e il bastone in mano. Ma non lo ha usato. Kellan non ha picchiato nessuno. A un certo punto, mentre gli amici di Kellan si davano da fare a menare, dal bosco è saltato fuori un tizio che li ha presi a pugni. Poi ha colpito anche Kellan, che è caduto e ha picchiato la testa.»

Raccontando la scena della morte del proprio figlio, Liam Armstrong era calmo. Chi non lo avesse conosciuto fino in fondo avrebbe detto addirittura sereno. Di certo, l'idea che Kellan non fosse un violento, o quantomeno che non lo fosse stato nell'ultima notte della sua vita, in qualche modo lo risarciva come padre, come uomo. E forse metteva Carlotta e se stesso al riparo dal peggio. Ebbe la tentazione di chiamare subito la moglie, che si era chiusa in cucina, ma non lo fece.

«Se Kellan non ha picchiato nessuno, abbiamo molto più margine per raccontare la storia come si deve», concluse Han.

IV

Liam scomparve per qualche secondo nello studio, tre gradini sopra il salone. Ne uscì con in mano carta bianca, penne, matite, una gomma per cancellare. Sgombrò il tavolino dal vassoio dei caffè, posò i fogli e il necessario per scrivere e disse: «Mettiamo un po' di ordine. Ripetiamo tutto dall'inizio».

Fu in quel momento che dalla cucina uscì Carlotta, con indosso un grembiule color lavanda, e piccoli cuori di stoffa bianca cuciti sul davanti. Liam si voltò a guardarla. Pensò che, accostato alla faccia segnata di sua moglie, quel grembiule aveva un aspetto patetico e grottesco. All'inizio Carlotta rimase immobile di fronte alla cucina, come fosse di guardia alla porta. Poi timidamente si incamminò, avvicinandosi al divano. Han se ne accorse subito. Liam, che le dava le spalle, un attimo dopo.

«Cosa fate?» domandò Carlotta con un filo di voce.

Liam la fissò con pena. Poi allungò un braccio sullo schienale del divano, in modo da sfiorarle le dita. «Stiamo ricostruendo la storia della morte di Kellan. Mettiamo un po' di ordine nei fatti», rispose Liam.

«Posso restare?» chiese Carlotta, come una bimbetta a una riunione di grandi.

«Certo», disse Han, dopo essersi scambiato un'occhiata veloce con Liam.

Carlotta sfilò la bretella che le cingeva il collo, sciolse il nodo in vita e lasciò cadere l'assurdo grembiule color lavanda, con i cuori cuciti sul davanti. Si sedette sul divano di fianco al marito e rimase in ascolto.

Han e Liam, dandosi il cambio, raccontarono la storia dall'inizio, per come la potevano conoscere: l'esistenza del gruppo degli Spazzini, le ricerche in Internet fatte da Kellan sui luoghi di ritrovo dei gay, il progetto del blitz alla buca, la versione dei fatti raccontata da Marco e Willy. Quindi, Kellan moribondo lasciato di fronte all'ospedale Fatebenefratelli lunedì notte. E infine la telefonata del questore, ricevuta poco prima.

Quando era Han a parlare, Liam prendeva appunti, scrivendo su uno dei fogli che aveva portato dallo studio. Han si limitava a scarabocchiare una parola ogni tanto, sul retro di un biglietto da visita. Con stupore di entrambi, quando il racconto fu finito, Carlotta prese la parola.

«Quindi, stando a quanto mi dite, Kellan alla buca non ha picchiato nessuno, giusto?» chiese la donna.

«Giusto», rispose Han.

«Non c'è prova che abbia picchiato», confermò Liam.

Carlotta cominciò a picchiettare con le dita sul bracciolo del divano.

«Allora. Kellan era lì alla buca con Marco e Willy. Aveva in testa il passamontagna e il manganello in mano, ma non ha picchiato nessuno, quindi non si può dire che fosse lì per picchiare i gay», disse, con voce ferma.

Liam rimase in attesa di capire dove volesse andare a parare la moglie.

«Era armato, ok. Quindi se avesse voluto picchiarli, li

avrebbe picchiati senza difficoltà. Invece non lo ha fatto. E sapete perché?» domandò Carlotta.

Liam scosse leggermente la testa. Non lo sapeva, ovviamente. Ed era semplicemente sconvolto dal piglio della donna, che fino un attimo prima era nascosta in cucina, circondata da oggetti graziosi e dal proprio dolore. Ora era lì, in salotto. Parlava, voleva capire.

«Kellan era andato nella buca con l'intenzione di fermare i suoi amici. Non solo non voleva picchiare i gay, ma voleva dissuadere Marco e Willy dal fare quello che avevano in mente. Voleva impedire che dei giovani omosessuali venissero picchiati. E l'unico modo per fermare i suoi amici era essere presente sul luogo dell'aggressione», disse Carlotta.

«Suona bene. Ma come spieghi il fatto che avesse passamontagna e manganello?» rispose Han.

«Perché altrimenti Marco e Willy non lo avrebbero portato con loro. Perché se fosse andato disarmato e a volto scoperto avrebbe destato i sospetti dei suoi amici. Per questo doveva attrezzarsi in quel modo. Inoltre, se avesse mostrato il proprio volto, qualcuno dei gay aggrediti, senza sapere che lui era lì per proteggerli, lo avrebbe potuto riconoscere e denunciare», disse Carlotta.

«Funziona», disse Han. Vide in lei la leonessa che difende il cucciolo. La donna antica, che attinge a ogni sua energia per salvare la propria famiglia. Vale a dire, per come ragionano le madri, l'intero universo.

«Esistono prove, nel telefono di Kellan, che lui avesse partecipato ad altre aggressioni prima di lunedì notte?» chiese Carlotta, sotto lo sguardo sempre più allibito di Liam.

«Non direi. Non ci sono prove. C'è la parola dei suoi

amici. Marco, in particolare, cerca di addossare a Kellan tutte le responsabilità», disse Han.

«È assurdo», sbottò Liam, di nuovo in sé.

«Marco e Willy li sputtaniamo come meritano», disse Han.

Carlotta lo guardò con fierezza, come a spronarlo. Han continuò a parlare.

«Quando mi ha raccontato la sua versione di come sono andate le cose giù alla buca, Marco ha cercato di dare tutta la colpa a Kellan. Lui sostiene di non avere picchiato nessuno, di essersi tenuto in disparte. Ma non sta in piedi. A un certo punto gli ho sfiorato le costole con un piede e si è contorto dal dolore, segno che qualcuno lo aveva picchiato. Ed è difficile essere picchiati, se si sta fuori da una rissa. Poi a contraddire Marco c'è il racconto del giovane gay che studia in Inghilterra, di cui ha parlato il questore. È stato chiaro. Ha parlato di quello tarchiato e di quello alto, vale a dire Marco e Willy. Loro picchiavano. Kellan no, restava fermo. Questo significa che la versione che Marco ha dato a me non ha peso, lo possiamo fare a pezzi», disse Han.

«Marco e Willy cosa hanno raccontato alla polizia sul pestaggio di lunedì sera?» chiese Carlotta.

«Niente. Hanno fatto scena muta. Hanno sostenuto di avere giocato insieme a Risiko, poi ciascuno è andato per la sua strada», rispose Han.

«Bene. Denunciamoli noi», disse Carlotta. «Anzi Liam, devi farlo direttamente tu. Sei amico del questore. Vai da lui con il telefono di Kellan, gli dici che abbiamo cercato meglio in camera e lo abbiamo finalmente trovato. Posso accompagnarti in Questura, se pensi possa servire.»

«Ha ragione Carlotta. Liam, vai dal questore e gli racconti che il telefono non aveva blocco, quindi hai potuto scorrere il registro delle chiamate e le varie chat. Digli che grazie alle chat, hai scoperto del gruppo degli Spazzini e via dicendo. Te l'ho già detto, Marco e Willy sono i cattivi di questa storia, ricordatelo sempre. Marco e Willy sono i cattivi, Kellan era buono e voleva fermarli. Non devi avere nessun dubbio, mai, nemmeno quando sei solo. Nemmeno nei momenti di sconforto. Questa è la verità e questo è quello che racconteranno Tv, giornali e siti web», disse Han, arrivando al punto. Vale a dire, alla storia che avrebbero raccontato i giornali e le Tv. Carlotta Armstrong, per la prima volta dalla morte del figlio, lasciò affiorare un pallido sorriso.

«È una bella storia. Ma come facciamo a dimostrare che Kellan fosse davvero lì per fermare Marco e Willy?»

Han guardò Liam negli occhi e scandì bene le parole.

«Perché tua moglie, lavando un paio di jeans di Kellan, in un disperato gesto di amore materno, ha trovato un biglietto. Un piccolo pezzo di carta, stampato con la stampante di Kellan. E sul biglietto si legge: "William Braghieri e Marco Del Cantone, con il nome di Spazzini, si sono resi responsabili di numerose aggressioni a gay negli ultimi mesi. Bisogna fermarli". Forse una denuncia anonima mai presentata, perché Kellan non ha avuto tempo di presentarla, essendo morto troppo presto. O comunque un appello che Kellan avrebbe voluto rivolgere a qualcuno, perché fermasse i suoi amici. Tu, Liam Armstrong, parlerai alla stampa del biglietto. Dirai ai giornalisti che da qualche tempo vedevi Kellan turbato. Dirai che quando vedeva i suoi amici era nervoso. Racconterai che

Kellan era un ragazzo dolce, fragile. Che non aveva mai, mai parlato con odio e livore dei froci. E aggiungerai che con ogni evidenza quel biglietto era destinato a essere consegnato all'autorità giudiziaria. Una denuncia anonima, che Kellan avrebbe voluto presto depositare», disse Han.

Carlotta annuì. Guardò negli occhi Han, che ricambiò. Quello sguardo fu il sigillo di un patto, destinato a durare per sempre.

«Perché il biglietto deve essere scritto a computer, e non a mano?» domandò Liam.

«Se volessimo falsificare la grafia di Kellan, dovremmo rivolgerci a qualcuno che lo faccia per noi. E meno persone conoscono questa storia, meglio è», disse Han.

«Poi è realistico che chi voglia fare una denuncia anonima scriva un biglietto al computer. Se inviasse una mail, il mittente sarebbe comunque rintracciabile, anche se l'indirizzo fosse fasullo», aggiunse Carlotta.

Liam la fissò spaesato, chiedendosi se davvero la donna con cui stava parlando fosse la stessa che poco prima era entrata in sala con indosso il grembiule color lavanda. E soprattutto, se fosse la stessa che aveva sposato e che pensava di conoscere meglio di come conoscesse chiunque altro.

«Direi che non stiamo facendo niente di male. Sbaglio? A parte il biglietto, quello che dovrò dire pubblicamente è tutto vero», disse Liam.

«Anche il biglietto è vero. Solo che Carlotta non lo ha ancora trovato», rispose Han.

«Esatto», confermò pronta Carlotta.

«L'importante è che la storia del biglietto la vengano a sapere i giornalisti. E deve succedere subito», disse Han.

«Ma secondo voi ci crederanno?» domandò Liam. Carlotta gli rivolse uno sguardo severo, esasperata dal suo dubitare.

«Liam», disse Han, «tu lo sai cos'è un Tonypandy?»

Armstrong lo guardò più stupito che seccato. Scosse la testa.

«Un Tonypandy è un tipo particolare di storia vera», spiegò Han.

Liam sorrise. Carlotta non ebbe reazioni. Han diede la spiegazione che il console attendeva.

«Nel 1911, nella cittadina gallese di Tonypandy, i minatori scioperarono per settimane. Uno sciopero duro, totale. I pochissimi lavoratori che cercavano di accedere alle miniere venivano insultati e umiliati, nel migliore dei casi. Le strade della cittadina erano costantemente agitate da picchetti, presidi e cortei in cui i minatori lanciavano pietre all'inerme polizia gallese. Dopo settimane, temendo che i disordini potessero dilagare in altre regioni, il primo ministro diede ordine al ministro degli Interni, che allora era Winston Churchill, di sedare la rivolta di Tonypandy. Churchill sapeva che se avesse represso troppo duramente quella rivolta, nuovi focolai di protesta si sarebbero diffusi in tutto il Paese. Decise allora di mandare in Galles un gran numero di agenti disarmati, equipaggiati con ridicoli bastoni di legno lunghi come zucchine, giusto per fare cordone attorno al municipio ed evitare che fosse preso d'assalto. Bene, nel primo giorno di intervento dei gendarmi inglesi, uno dei portavoce dei minatori in rivolta disse a un cronista del "Wales Observer" che i poliziotti di Churchill avevano sparato sulla folla dei lavoratori. Così il giorno dopo il giornale uscì con la notizia della sparatoria di Tonypandy. Il cronista aveva visto con i suoi occhi che i poliziotti nemmeno erano armati. Anzi, stavano immobili di fronte al municipio, riparandosi in qualche modo dal lancio delle pietre. Ma decise comunque di riportare la versione dei minatori. Anche i cronisti di altre testate avevano visto che nessuno dei poliziotti aveva armi, e correttamente lo avevano scritto. Ma la storia che a Tonypandy tutti volevano leggere era quella riportata dal "Wales Observer", cioè la polizia di Churchill che spara sulla folla. Così il secondo giorno tutti i giornali cambiarono versione e cominciarono a parlare della Carneficina di Tonypandy. Presto la notizia, con particolari via via diversi sul numero e la dinamica delle morti fra i minatori, uscì dal Galles e riempì le prime pagine di tutti i giornali britannici. Il Massacro di Tonypandy tenne banco per settimane. Churchill, il boia di Tonypandy, in Galles fu il nemico pubblico numero uno per quasi trent'anni, fino ai bombardamenti aerei di Hitler dell'estate del 1940. In qualche modo, quella storia sopravvive ancora oggi. Provate a cercare su Wikipedia la pagina dedicata alla cittadina gallese. Ai tumulti di Tonypandy è dedicato un intero capitolo. Nelle fotografie si vedono chiaramente i poliziotti di Churchill, disarmati, schierati a difesa del municipio.»

Armstrong sbuffò, poi giunse le mani.

«Quello che a noi serve è esattamente un po' di Tonypandy», proseguì Han. «Tu Liam mi chiedi se i giornalisti crederanno alla storia del biglietto trovato nei jeans di Kellan? Certo che sì. I giornalisti credono a tutto, soprattutto a quello che leggono su altri giornali. E soprattutto nei primi giorni dopo un omicidio. Mostriamo loro il biglietto, consentiamo loro di fotografarlo, e la partita è chiusa. La verità su una vicenda, quella che rimane impressa, si crea nell'immediatezza dei fatti.

E lo sai bene, non ti sto dicendo nulla di nuovo. È la prima regola della propaganda, valeva per noi come per voi durante la guerra in Vietnam. La storia di Kellan che cerca di impedire il pestaggio di due giovani gay e viene ucciso è bellissima, con rispetto parlando. È magnetica. È quello che vuole trovare su Internet chi accende il computer appena arrivato in ufficio, prima di cominciare a lavorare. Sarà la prima notizia dei tg della sera, per molte sere di fila», disse Han, e si fermò un attimo per consentire al console di digerire quanto aveva appena finito di ascoltare. Ora veniva la parte più delicata. «Liam», riprese Han, «ora bisogna solo che Carlotta trovi il biglietto.» Sottinteso: a fabbricare materialmente il biglietto ci penserò io.

Carlotta guardò Han con stima e riconoscenza. Poi guardò Liam con dolcezza, in modo da rassicurarlo.

«Amore, dobbiamo farlo per Kellan», disse Carlotta. Solida, definitiva.

Costruita la storia, bisognava individuare il canale giusto per raccontarla.

«Sapete se qualche giornalista sta già lavorando al caso della morte di Kellan?» domandò Carlotta.

«Per ora non è uscito nulla, né sui giornali, né in Tv. E che io sappia, nemmeno nel web. Almeno, fino a mezz'ora fa non c'era nulla online», disse Han.

«Questo me lo avete già detto. Mi chiedevo se ci fosse però qualche giornalista che sta lavorando al caso», insistette Carlotta.

«Noi non siamo stati contattati da nessuno, e il questore non mi ha parlato di giornalisti», disse Liam.

«Tu glielo hai chiesto?» domandò Han.

Liam realizzò che no, non glielo aveva chiesto. Prese il telefono e chiamò il questore. Si alzò in piedi e uscì dal salone. Dopo pochi minuti tornò a sedere sul divano.

«Il questore dice che si informa e mi fa sapere», disse Liam.

Carlotta prese il vassoio dei caffè. Le tazze erano ancora piene. «Non avete bevuto niente», disse alzandosi. La ciotolina con i lamponi tutti ammassati su un lato, invece, la lasciò sul tavolo. Poi, con il vassoio in mano, sparì in cucina.

«Liam, va tutto bene», disse Han.

Armstrong non rispose. Si alzò, raccolse da terra il grembiule color lavanda di Carlotta e lo posò sul divano. Stava per tornare a sedersi, quando il suo telefono iniziò a suonare. Era il questore. Armstrong rispose, si allontanò, tornò dopo un paio di minuti.

«Il questore dice che l'unico giornalista che potrebbe sapere qualcosa è un ragazzo che scrive per "La Notte", un settimanale di cronaca nera che uscirà in edicola domani. Lo sento nominare per la prima volta. Pare che il giornalista sia molto giovane. Il questore dice che i suoi uomini in Procura lo hanno visto uscire dalla stanza della pm Tajani, e che è molto amico di tale Raffaele Cinà, uno degli uomini della Mobile che stanno lavorando all'indagine sull'omicidio di Kellan. Se può servire, ci mettono in contatto. Non saprei. Forse però è meglio contattare qualche testata più seria, qualcuno che abbia esperienza», disse Liam.

«"La Notte" va benissimo, sarà il nostro "Wales Observer". A dire il vero non l'ho mai letto, ma se non sbaglio ne ho vista una copia dal mio barbiere. Penso che per noi sia meglio parlare con una piccola testata. Il fatto che esca in edicola domani impedirà al cronista di fare troppe ricerche, visto che non ne avrà il tempo. Ed è perfetto che si tratti di un giovane. Con l'omicidio di Kellan, se davvero la notizia ce l'ha solo lui, sta per fare il colpo della sua vita. Non penso si metterà a fare troppe storie. Quindi, Liam, fatti dare dal questore il numero di questo giornalista. Intanto, io e Carlotta risolviamo la questione del biglietto», disse Han.

«Facciamo tutto come dice Han», disse Carlotta tornando in salotto, e mangiò un lampone. Armstrong notò che la moglie ne aveva un mucchietto nel palmo, disposto a conca. Alcuni dei frutti dovevano essersi spappolati, perché la mano di Carlotta era rossa, macchiata dalla polpa viva del frutto. Lei non sembrava farci caso. Di tanto in tanto, si metteva un frutto in bocca. Aveva anche portato la tazza con la bandiera americana recuperata dal cesto della spazzatura, che ora faceva bella mostra di sé sopra una consolle.

V

Sabine finalmente aveva raggiunto l'obiettivo che si era prefissata la prima volta che si era svegliata nella 301, due giorni prima. Vale a dire, farsi portare da mangiare in camera. Quando il signor Barzini in persona bussò alla porta, Sabine provò un momento di vera gioia. Il signor Barzini aveva colto nella voce della ragazza, al momento dell'ordine, una felicità speciale. Per questo, aveva deciso di far da cameriere. Voleva godere esattamente di quell'espressione di beatitudine di fronte al vassoio. Aveva ordinato spremuta di pompelmo, uno yogurt e insalata con pancetta e uova, che cominciò subito a mangiare seduta sul letto. Steno, che aveva puntato sul solito club sandwich, appoggiò il piattino di fianco al computer, in attesa di avere fame abbastanza.

Chiuso anche l'articolo su chi fosse Kellan Armstrong, stava per affrontare il servizio principale, quello sulla dinamica dell'omicidio. Con una serie di messaggi, Scimmia gli aveva riassunto il contenuto della deposizione dello studente di Warwick: i tre aggressori incappucciati, due di loro che picchiano, Kellan che sta fermo. E ancora: il tizio con la mantella scura che arriva, mette ko i due violenti con rapidi pugni al corpo, poi colpisce al volto Kellan, che cade per terra e si ferisce alla testa sbattendo contro un sasso.

Il fatto che lo studente di Warwick confermasse che l'assassino di Kellan aveva indosso una mantella scura, non fece che avvalorare in Steno il dubbio che lo assaliva da due giorni. Che fine aveva fatto Ottobre, l'uomo con la cerata? Chi era davvero quel piccolo e tozzo signore che aveva conosciuto alla buca martedì, l'indomani dell'omicidio, e che aveva assicurato di non essere stato lì la notte precedente?

Steno pensò che difficilmente chi ha ucciso un uomo voglia tornare sul luogo del delitto la sera successiva. È un rischio inutile, che nessuno vorrebbe compiere. Ma la deposizione dello studente di Warwick aveva cambiato non di poco l'assetto delle sue meditazioni. Lo studente parlava di una mantella. E di notte, nel mezzo di una rissa, una mantella e una cerata si somigliano parecchio. Anzi, la cerata altro non è che un tipo particolare di mantella. O forse no, non era un esperto di moda. Comunque, al buio si potevano confondere.

Steno pensò che se davvero l'uomo con la cerata lunedì notte aveva ucciso Kellan Armstrong, forse martedì sera era tornato alla buca per nascondere qualcosa, per far sparire qualche oggetto che avrebbe potuto aiutare la polizia a risalire a lui. Ma perché allora, quando aveva visto Steno nella buca, gli era andato incontro anziché nascondersi? E soprattutto, perché mercoledì mattina lo aveva cercato prima in redazione e poi fin sotto l'hotel? Steno pensò che, come molti autori di crimini, inconsciamente faceva di tutto per essere scoperto. Quei pensieri risvegliarono in Steno una certa fame. Prese dal piatto il club sandwich, lo addentò, masticò lentamente. In quattro morsi aveva fatto fuori la prima metà del panino. Ma il sapore dolce e salato della maionese e del bacon non fu sufficiente a scacciare i pensieri.

Avrebbe voluto parlare con Ottobre, anche solo per avere qualche informazione in più da mettere nell'articolo, ma non aveva suoi contatti. Se era lui l'assassino di Kellan, e nelle sere successive aveva trovato nella buca quel che cercava, probabilmente non si sarebbe fatto più vedere a Milano per un po'. Ma non c'erano prove che lo fosse. Lo studente di Warwick aveva parlato di un uomo in mantella, è vero. Ma dopotutto, da quando era cominciato a nevicare, le mantelle di plastica di ogni colore le vendevano agli angoli delle strade e nelle stazioni della metropolitana. Non era un grande indizio.

Steno stava per addentare la seconda metà del club sandwich, quando sentì il telefono suonare. Un numero mai visto prima. Rispose.

«Buongiorno, sono Liam Armstrong, vorrei parlarle. Ha tempo?»

«Tutto il tempo che vuole», rispose Steno.

Ringraziando Alberto, che come sempre aveva fatto da guardia alla Maserati parcheggiata, fu felice di constatare che non aveva dormito per strada al gelo, ma nell'androne coperto di uno sportello bancomat.

«Perché dormi al chiuso come le mezze seghe?» sparò, giovialmente brutale, Steno.

«Da qui dentro la vedo bene, la vedo meglio di una telecamera», fece Alberto, «non ho bisogno di rinfrescarmi il cervello.»

Steno sperò che quell'androne riparato, almeno per qualche notte, potesse diventare effettivamente la residenza notturna del suo amico. Ma lo conosceva e sapeva che, dopo un paio di giorni, sarebbe tornato a dormire all'addiaccio, per mettere alla prova la propria tempra e il costosissimo sacco a pelo di piuma naturale che chissà chi gli aveva regalato. Dopo cinque minuti da quando si era messo alla guida, Steno parcheggiò la Maserati in via dei Giardini, di fronte a casa degli Armstrong.

Carlotta lo accolse alla porta e lo scortò fino in salotto, dove lo invitò a sedersi sul lungo divano color crema. Liam, il console, era già seduto. Quando vide Steno, si alzò per salutarlo. Carlotta prese posto vicino al marito. Al fianco di Liam, in abiti civili, c'era il questore. Steno lo aveva incrociato qualche volta in occasioni ufficiali; la presentazione dei dati sulla criminalità in città, la festa della polizia, cose così. A vederli seduti, uno accanto all'altro, Steno pensò che il questore e Liam Armstrong avrebbero potuto tranquillamente essere fratelli. Alti, atletici, i capelli ormai quasi del tutto grigi, i lineamenti duri. Pur essendo nati a quasi diecimila chilometri di distanza, da un punto di vista genetico dovevano essere molto vicini. Dopotutto, Armstrong doveva avere origini europee. Pur essendo nato in Nordamerica, non somigliava a un indiano Cherokee o un Navajo.

«Sappiamo che sta lavorando all'omicidio di Kellan Armstrong», esordì il questore, senza giri di parole. Steno dava per scontato che lo avessero convocato per quello. Eppure, quando il questore disse la prima frase, istintivamente deglutì e sentì salire una vampata di calore. Per un attimo gli mancò il fiato. Era come essere stato scoperto a fare qualcosa di proibito.

«L'abbiamo invitata qui per permetterle di scrivere tutta la storia, per come l'abbiamo potuta ricostruire. Il questore non ha avuto tempo di organizzare una conferenza stampa, ma sappiamo che il suo giornale sarà in edicola domani, giusto?» domandò Armstrong.

«Giusto, sto finendo di scrivere proprio ora», confermò Steno.

«Mi auguro che darete alla vicenda uno spazio adeguato, senza tralasciare alcuni particolari che ci sembrano molto importanti», disse il questore.

Quello che il questore non disse, invece, è che era stato Armstrong a insistere perché la notizia fosse comunicata a un giornalista soltanto. E ciò che nemmeno il questore poteva sapere è che ad Armstrong lo aveva consigliato Han, un cuoco vietnamita convinto che ingannare un solo giornalista, per di più giovane e con poca esperienza, fosse più facile che ingannarli tutti allo stesso momento. Il giorno successivo, tutte le edizioni online dei quotidiani, le agenzie e i telegiornali, presi dalla fretta, non avrebbero potuto fare altro che rilanciare quell'unica verità disponibile, cioè quella riportata dal settimanale «La Notte».

Il questore disse a Steno tante cose che lui già sapeva; dal corpo di Kellan lasciato sul marciapiedi vicino al Fatebenefratelli lunedì notte, all'interrogatorio del torinese proprietario del fuoristrada, fino alla deposizione dello studente di Warwick. A quel punto, dopo che il questore ebbe riassunto quello che aveva raccontato lo studente, toccava a Liam Armstrong.

«Mia moglie, lavando un paio di jeans di Kellan, ha trovato questo», disse. E lasciò cadere sul tavolino una busta di plastica trasparente. Dentro c'era un pezzetto di carta. Un biglietto, ricavato tagliando un normale foglio bianco da stampante. C'era scritta una frase soltanto, battuta a computer: «William Braghieri e Marco Del Cantone, con il nome di Spazzini, si sono resi responsabili di numerose aggressioni a gay negli ultimi mesi. Bisogna fermarli». Steno per diversi secondi fissò il biglietto. Poi chiese se poteva fare una foto con il cellulare. Armstrong disse che per lui non c'era problema, il questore annuì, Carlotta rimase impassibile. Steno scattò diverse fotografie col telefono.

Armstrong, pacato, spiegò a Steno come quel biglietto fosse la prova, a suo vedere, che Kellan era andato alla buca solo per fermare i suoi amici. E che con ogni probabilità li avrebbe voluti denunciare. Quel biglietto poteva essere stato scritto per essere consegnato alla polizia o ai carabinieri in forma anonima. Certo, non c'erano prove che fosse così. Ma di sicuro se Kellan lo aveva scritto era perché voleva in qualche modo denunciare i gesti violenti dei suoi amici. Il questore annuì di nuovo. Poi guardò negli occhi Steno con durezza, per la prima volta dall'inizio dell'incontro.

«E non dimentichiamoci che in questa vicenda Kellan è la vittima. È morto, senza avere commesso alcuna violenza, come dice lo studente di Warwick. Troppo spesso sui giornali si finisce per fare il processo alla vittima. L'obiettivo dei giornalisti non è tanto capire se la vittima meritava di morire, ma direttamente stabilire perché meritava di morire», aggiunse il questore. Solo a quel punto Carlotta Armstrong, che era rimasta zitta e immobile, cominciò a piangere, stringendo nei piccoli pugni i lembi del cuscino che teneva in grembo.

«Chi è l'uomo in mantella?» domandò Steno.

«Ci stiamo lavorando», rispose il questore.

«C'è un indagato?» domandò Steno.

«Lo chieda alla sua amica Tajani», gli disse il questore.

Per la seconda volta, Steno ebbe la sensazione di essere stato scoperto a rubare al supermercato. Ma non perse la flemma.

«La Tajani è più muta di un muto», disse Steno.

«Comunque no, non abbiamo indagati. Abbiamo un sospettato, ma non ha un nome. Fra ieri e oggi abbiamo sentito diversi frequentatori abituali della buca. Ci hanno parlato di un tizio che si aggira la notte. Da un punto di vista sessuale, diciamo, sembra che non combini molto, è più che altro un chiacchierone. Porta occhiali da vista con la montatura tonda, e indossa una cerata. Molto altro non sappiamo. Su questo però la pregherei di non scrivere ancora nulla», disse il questore.

«Di sicuro l'assassino di Kellan è uno che con i pugni ci sapeva fare», disse Steno.

«Direi di sì. Colpi mirati al fegato, per mandare a terra i due aggressori. Poi un solo colpo per abbattere Kellan. Viste le ferite sul lato destro del volto del ragazzo, non escludo abbia usato un tirapugni o qualcosa del genere», disse il questore.

Steno notò che per il questore i contorni della vicenda erano definiti e lineari. Parlava di «due aggressori» e della «vittima Kellan» come di entità distinte, se non addirittura contrapposte. Evidentemente dava già per buona la versione dei genitori. Una circostanza notevole, in un'inchiesta per omicidio senza ancora un indagato. Steno pensò che non c'era da stupirsi. Il questore e Liam Armstrong erano compagni di doppio a tennis, forse addirittura amici. E Armstrong dopotutto era il console degli Stati Uniti d'America.

Quanto all'identità dell'omicida, l'indagine sembrava concentrarsi sull'uomo con la mantella. Una mantella che poteva tranquillamente essere una cerata. Steno, mangiando uno dei biscotti che Carlotta Armstrong aveva messo su un piatto di porcellana, tornò a pensare all'uomo con la cerata. Lo aveva visto, ascoltato e studiato. Era stato al suo fianco, nel senso proprio del termine, per un tempo sufficiente a farsi un'idea della persona che doveva essere. Sfuggente, un po' paranoico, sognatore, con un'idea strutturata di cosa fosse giusto e cosa sbagliato. E un po' codardo. Proprio non se lo immaginava a prendere a cazzotti tre uomini armati. Sicuramente, non con la tecnica e la forza necessaria a mandarli al tappeto. Però, almeno in teoria, poteva essere. Mai sottovalutare un fan del film *Il ponte sul fiume Kway*. Sempre che lo fosse veramente.

«Dell'altro uomo, quello che ha aiutato l'uomo in mantella a trascinare il corpo, sapete nulla?» domandò Steno.

«Al momento no. Poteva essere chiunque. Lì sotto, nella buca, lunedì notte c'era parecchia gente. Lo studente di Warwick ha raccontato che a parlare era sempre e solo l'uomo con la mantella. L'altro stava zitto e in disparte. Abbastanza alto, berretto in testa, sciarpa a coprire la faccia. Aspettiamo l'analisi delle cellule dei telefoni nella notte dell'omicidio. Ma diciamo che contiamo di arrivare prima all'uomo con la mantella. I ragazzi della Mobile stanno vagliando le immagini di alcune vecchie telecamere, che pensavamo fossero spente. Vediamo cosa salta fuori.»

Steno guardò ancora un attimo il biglietto sul tavolino, nella busta di plastica. Poi si voltò, fino a incrociare lo sguardo di Carlotta Armstrong.

«Scusi signora, questo lo ha trovato lei giusto?» domandò Steno, indicando con il dito la busta di plastica trasparente.

«Sì, io», rispose sicura la donna, cercando gli occhi del marito.

«Con tutto il rispetto, ma non l'abbiamo chiamata qui per interrogare la madre di un ragazzo che è stato ucciso», disse brusco il questore, rivolto a Steno. Poi passò con lo sguardo a Liam Armstrong. E fu proprio Armstrong, a quel punto, a intervenire.

«Il giornalista, qui, sta facendo solo il suo lavoro. Lo abbiamo invitato sapendo che mestiere fa. Anzi, lo abbiamo convocato proprio per questo. Quello che vogliamo è che pubblichi tutta la storia per come la conosciamo, senza inesattezze né omissioni. Quindi non solo è legittimo che faccia tutte le domande che ritiene necessarie, a me come a mia moglie, ma è utile e necessario che le faccia. Leggere domani sul giornale una storia inesatta o incompleta non ci aiuterà certo a soffrire meno per la morte di Kellan», disse il diplomatico di carriera Liam Armstrong, guardando il questore con sguardo di bonario rimprovero, come quello che il padrone rivolge al proprio cane che abbaia quando non dovrebbe.

«Il biglietto, come le dicevamo, lo ha trovato mia moglie Carlotta nella tasca di un paio di jeans che Kellan aveva messo qualche giorno fa, nel momento in cui ha deciso di lavarli. È successo solo oggi, perché proprio questa mattina mia moglie ha deciso di donare tutti gli abiti di nostro figlio alla parrocchia di San Marco, qui vicino. Prima, voleva che fossero puliti. Ora che la polizia ha fatto tutto quello che doveva nella camera di nostro figlio, non vogliamo che diventi un mausoleo», aggiunse Liam Armstrong, evitando così che fosse Carlotta a rispondere alla domanda che Steno le aveva rivolto.

La sicurezza che la moglie aveva ostentato poche ore prima nell'incontro con Han era svanita. Carlotta, fatto il suo dovere, era tornata a essere la donna che era. Sempre un passo dietro al marito, ciecamente fiduciosa nelle sue capacità. Armstrong pensò che era meglio così.

Steno ovviamente si era accorto del fatto che il console aveva risposto al posto della moglie. Sorrise a Liam Armstrong, poi fissò Carlotta. Lei ricambiò lo sguardo per un attimo appena, e subito nascose di nuovo gli occhi, prima sistemandosi la frangia con una mano, infine guardando verso terra. Radunò tutta la forza che le restava e parlò. «È proprio così, è come dice mio marito», disse con fatica. Tutto qui.

«Anche il cellulare di Kellan lo avete trovato solo oggi?» domandò Steno, rivolgendo lo sguardo al questore. Ma a rispondere fu di nuovo Armstrong.

«Lo abbiamo trovato ieri sera, piuttosto tardi. Non so come, si era infilato nell'intercapedine che separa il letto di Kellan dal muro. Lì dentro finisce sempre di tutto. Lenti a contatto usate, monetine, polvere. Era spento. Evidentemente Kellan quando è uscito di casa lunedì sera non lo aveva trovato. Forse era scarico, così non aveva nemmeno potuto chiamarlo. Impossibile dirlo ora. Di certo, il telefono per due giorni interi è rimasto lì, spento, nascosto fra il letto e la parete. Ovviamente, appena trovato, lo abbiamo consegnato alla polizia», disse il console.

«Ovviamente», rispose Steno.

«Questa mattina abbiamo caricato la batteria e lo abbiamo acceso. Dall'analisi dei messaggi e delle chat, abbiamo potuto constatare come non ci siano prove che Kellan Armstrong abbia avuto un ruolo attivo nelle spedizioni punitive degli Spazzini. Il biglietto è molto chiaro. È evidente che Kellan lunedì sera è andato alla buca per fermare i suoi amici, se possiamo chiamarli così», disse il questore.

«Evidente», concesse Steno. E non era ironico. Che fosse evidente, non c'era dubbio. Restava da capire se fosse anche vero. Mangiò un altro biscotto, questa volta nella pastafrolla era incastonata una ciliegia candita.

«E cosa mi dice, questore, degli amici di Kellan?»

«Dico che non ci hanno raccontato la verità. Dico che negano ogni evidenza. E a questo punto dell'indagine, sappiamo anche cosa volevano nascondere. Marco Del Cantone e William Braghieri, noti come Spazzini, per mesi hanno seminato il terrore nella comunità del cruising», disse il questore.

«Sono indagati per qualcosa?»

«Lo chieda alla dottoressa Tajani. Qui abbiamo un omicidio, e di quello ci occupiamo. Se poi verrà aperto un fascicolo per lesioni contro Braghieri e Del Cantone, al momento non so dirglielo. È probabile.»

«Posso almeno sapere se li avete sentiti di nuovo, alla luce di quello che è emerso?»

«Penso li stia sentendo in questo momento la dottoressa Tajani, assieme al sovrintendente capo Minniti e al suo amico Cinà.»

Il questore lanciò a Steno un'occhiata che significava che

la conversazione era finita. Poi lo ribadì anche a parole. «Direi che ci siamo detti tutto.»

«Se c'è altro che vuole sapere, chieda pure», intervenne sbrigativo Liam Armstrong. Ma a parlare fu Carlotta, o quantomeno ci provò, in tono confuso ed eccitato.

«Grazie mille signor... Grazie mille davvero per essere qui. Kellan... anche Kellan... Kellan la ringrazia. Anzi la ringrazierebbe perché...» Carlotta non riuscì a continuare la frase. Eppure non smise di muovere le labbra, ma silenziosamente, senza più dire una parola. Il marito le prese la mano e la strinse, come per rassicurarla e fermarla insieme. Carlotta ritrasse la mano, e a occhi bassi proseguì nel suo discorso muto di madre disperata.

Per un attimo tacquero tutti. Il questore si alzò in piedi. Steno decise di attendere seduto sul divano, nella speranza che Carlotta Armstrong finisse di dire ciò che aveva iniziato. Ma non successe. Steno a quel punto disse: «Vado, che devo scrivere». E cominciarono così i saluti e i convenevoli, che in pochi secondi portarono gli Armstrong a chiudere la porta alle spalle degli ospiti, restando soli, loro due, come sarebbero stati per sempre.

Una volta sul pianerottolo, il questore scandì a Steno le cifre del proprio numero di cellulare. Steno prese nota e ricambiò. Si strinsero la mano. Per tutta la discesa in ascensore non si dissero una parola, né si guardarono. Sotto casa degli Armstrong, Steno chiamò il Capo per aggiornarlo sulle ultime novità. Vale a dire, la testimonianza dello studente di Warwick, il bigliettino trovato nei jeans di Kellan dalla madre e il nuovo interrogatorio agli amici di Kellan in corso in Procura, nella stanza della Tajani.

Il Capo gli rispose di sbrigarsi a chiudere i pezzi e di mandarli in redazione. E aggiunse: «Fra otto ore partono le rotative, il giornale va in stampa». Quando il Capo iniziava a contare le ore, non era un buon segno. Significava che era tardi sul serio.

VI

Sabine aveva preso gusto a stare nella camera 301 dell'Albergo Villa Garibaldi. Le piaceva la sensazione della moquette sotto i piedi nudi. Le piaceva la luce morbida e calda delle abat-jour sui comodini. E le piaceva vedere Steno all'opera, silenzioso e pacato alla tastiera, così diverso dai giornalisti di moda con cui le capitava di lavorare. Lei si sentiva parte della faccenda. E lo era davvero, avendo scattato le fotografie che sarebbero state stampate l'indomani sulla «Notte».

Sabine, mentre Steno era dagli Armstrong, aveva fatto un salto a casa sua per recuperare la piastra per i capelli. Aveva camminato per quasi tre chilometri fra cumuli di neve candida e distese di gelida poltiglia sporca. Così ora, mentre Steno finiva di scrivere i suoi articoli, lei portava silenziosamente a termine il lavoro che aveva cominciato la sera prima, e che aveva dovuto interrompere per andare a scattare foto alla buca. Guardandola, mente lisciava ciocca per ciocca davanti allo specchio, Steno pensò due cose. Anzitutto, che Sabine con le mani ci sapeva fare. E poi che era una ragazza sicura di sé. A nessuna donna piace mostrare agli uomini la fatica che fa per essere bella. È come per un mago svelare i propri trucchi.

Il sole, come sempre a Milano in inverno, era sceso

molto presto. Fuori dalla finestra della stanza, la neve aveva ricominciato a scendere fitta, dopo qualche ora di relativa tregua. Cadeva in grossi fiocchi. Anzi, sembravano, e forse lo erano veramente, grappoli radunati durante la caduta da chissà quale effetto fisico. Steno di tanto in tanto guardava il cellulare aspettandosi una chiamata del Capo, visto che era davvero molto tardi e ancora non era riuscito a consegnare. Ma la chiamata non arrivò. Il Capo, come tutti i bravi giornalisti, si innervosiva quando poteva permetterselo, ma nelle situazioni di vera emergenza trovava la calma.

Steno chiuse il pezzo principale, con la ricostruzione della dinamica dell'omicidio, e lo inviò per mail. Alla pagina sugli orari dell'omicidio stava già lavorando da più di mezz'ora Adele, la collega fidanzata con il redattore di «Cani e Caccia», a cui Steno aveva inviato in forma di appunti tutte le informazioni necessarie. Restava ancora un'ultima verifica da fare. Andare dalla Tajani e chiederle del nuovo interrogatorio agli amici di Kellan, di cui gli aveva parlato il questore. Baciò Sabine su una guancia, raccolse il cappotto dalla poltrona, e uscì.

«Scimmia?»

«Steno, devi darmi il numero del tizio con la cerata.»

«Ti giuro che non ce l'ho», e frenò a un semaforo rosso.

Una squadra di uomini in pettorina rossa spalava la neve sui Bastioni di Porta Venezia. Il capo era probabilmente italiano e dava ordini tenendo le mani in tasca. Tutti gli altri erano neri, e ci davano dentro con la pala. Una squadra americana di pallacanestro, più o meno, con l'allenatore che spiega gli schemi di gioco.

«Una telecamera di sicurezza in viale Alemagna, vicino

alla Triennale, ha ripreso un uomo con una mantella scura addosso. Attraversa la strada, a un orario compatibile con quello dell'omicidio di Kellan. Parte dal parcheggio dell'Old Fashion, taglia per il largo le due carreggiate, poi scompare fra gli alberi che portano alla buca. Subito dopo attraversano altre persone, con passo tranquillo. Prima un uomo. Poi due ragazze, quindi un altro uomo. Non sembrano insieme. E non si capisce dove stiano andando. Non so dire se anche loro si infilino fra gli alberi giù nella buca o se abbiano solo parcheggiato da quelle parti», disse Scimmia.

«Dici che è lui?» disse Steno.

«Esatto. Io dico che il tuo amico Ottobre lunedì sera ha ammazzato Kellan Armstrong. Poi martedì è tornato alla buca per recuperare qualcosa che aveva perso, per cancellare le prove. E lì tu lo hai incontrato.»

«Ci ho pensato anch'io, Scimmia. Può essere. Ma davvero non mi sembra il tipo. A parte l'altezza e la mantella, come fai a dire che è lui? Si vede in faccia? Ha gli occhiali?» domandò Steno.

«A parte che, a differenza tua, io non lo ho mai visto in faccia il tuo amico con la cerata. Quindi non lo riconoscerei. Comunque no, nel filmato non si vede. E la qualità dell'immagine è quella che è. Però ti ripeto, abbiamo un uomo in mantella che si avvicina alla buca appena prima dell'omicidio di Kellan. Non dico che sia per forza il tizio che hai conosciuto. Ma dico che vorrei farci due chiacchiere, questo è sicuro. E in ogni caso sì, penso sia lui. Lunedì ammazza Kellan. Martedì torna sul luogo del delitto per sistemare le cose. Mercoledì ti chiede di parlare, per capire cosa sai dell'indagine e se ci sono sospettati. Per questo, quando vi siete visti, non voleva parlare per strada o in un bar. Temeva che tu ti fossi portato dietro la polizia e aveva paura di essere arrestato. Ha accettato di parlarti in macchina, perché lì tutto sommato ti poteva controllare. Magari era armato, e nel caso noi fossimo arrivati ti avrebbe minacciato. Ok, sono tutte congetture, lo ammetto. Ma il filmato della telecamera in viale Alemagna cambia le cose. Finalmente abbiamo qualcosa di concreto su cui lavorare. E magari anche da portare al processo. Ma per arrivare al processo, dobbiamo prenderlo. E per prenderlo, dobbiamo sapere chi è e dove si trova.»

Bravo Scimmia, tuo padre sarebbe fiero di te, pensò Steno.

«Ma di che telecamera si tratta? Perché non l'avete guardata prima?» chiese Steno.

«È una vecchia telecamera fissa del Comune, montata su un palo della luce. Pensavamo non fosse nemmeno più attiva. O che non fosse più in grado di conservare le immagini, visto che da anni non rimanda più a nessun monitor. Invece era tutto registrato. Ci abbiamo messo un bel po' a tirare fuori il filmato. Da quando all'incrocio c'è la nuova telecamera mobile, quella vecchia non la controlla più nessuno e nemmeno avevamo più i codici di accesso. Ho insistito io perché fosse controllata e sono contento di averlo fatto», spiegò Scimmia.

Steno desiderò davvero poter aiutare l'amico, ma non gli venne in mente nessun modo per raggiungere l'uomo in cerata.

«Scimmia, se il tizio mi cerca ancora, giuro che trovo il modo di mettervi in contatto. Te lo prometto. È tutto quello che posso fare.»

Scimmia era convinto che Steno in realtà potesse fare molto di più. Ad esempio, trovargli al volo il numero di telefono del principale indiziato per l'omicidio di Kellan Armstrong. O forse non ne era convinto, semplicemente ci sperava e aveva troppa fiducia nelle capacità di Steno.

«Mi raccomando, nessun accenno al filmato negli articoli di domani. Se c'è anche solo la minima possibilità che l'uomo in mantella non sia ancora scappato, non voglio bruciarla», disse Scimmia.

«Tranquillo, ho già mandato tutti i pezzi in redazione», lo rassicurò Steno.

I due amici si salutarono. Nel momento di riattaccare, Steno notò che anche in piazza Cinque Giornate la squadra al lavoro era composta da un bianco che parla e dei neri che spalano.

Steno si fermò proprio di fronte al passo carrabile del Palazzo di Giustizia. Guardò attraverso il parabrezza verso il cancello d'ingresso. Da giorni, praticamente dall'inizio della grande nevicata, il posteggio interno era pressoché deserto. Anche i più pigri fra i giudici e i cancellieri avevano rinunciato all'auto, per paura di incidenti o temendo di restare impantanati. Fra i pubblici ministeri, l'unica che si ostinava a spostarsi ogni mattina con mezzi propri era la Tajani, nonostante abitasse molto vicino. E infatti la sua Panda rossa era in cortile, solitaria, con le catene montate, in mezzo a una spianata di neve. Era posteggiata di fianco a un furgone blindato della polizia penitenziaria, fermo lì da chissà quanto, quasi invisibile sotto la neve. Con ogni probabilità la pm era ancora nella sua stanza. Steno parcheggiò la Maserati di fronte a una libreria di testi giuridici, e a gesti, chiese al libraio se poteva dare un occhio alla macchina.

Uscendo dall'ascensore centrale, al quinto piano, Steno riconobbe, per quanto dessero le spalle, Marco e Willy. A capo chino, ciondolavano lungo il corridoio vuoto, come lo sono spesso i corridoi della Procura al pomeriggio. Alcuni passi più indietro, li seguivano due uomini in abito grigio. Avevano tutta l'aria di essere avvocati. Aspettò che i quattro si fossero allontanati e bussò alla porta della Tajani, che rispose da dentro con una sorta di ringhio.

«Cosa c'è ancora?»

Steno abbassò la maniglia ed entrò. La pm si aspettava di trovarsi di nuovo di fronte i due amici di Kellan e i loro avvocati, tornati indietro per chissà quale ragione.

«Posso entrare?»

«Lo hai già fatto», abbaiò la Tajani. Aveva addosso una giacca a scacchi bianca e nera, *optical* fuori tempo.

«Come se la sono cavata?» domandò Steno, senza giri di parole.

«Male.»

«Sostengono di essersi trovati lì per caso, mentre quel violento di Kellan menava i gay?»

«Più o meno.»

«E del bigliettino, lei cosa pensa?»

La pm ruotò la testa di lato, come se si aspettasse che la stampante laser potesse suggerirle una buona risposta. Poi sbuffò e tornò a fissare la parete di fronte.

«Penso che sia un biglietto che non ho ancora visto. Me ne hanno parlato, so cosa c'è scritto. Sarà acquisito e valutato, come tutto quello che può aiutarci a trovare l'assassino di Kellan Armstrong. O a ricostruire le cose per come sono andate.»

«Lei ci crede?» domandò Steno.

«Credo a cosa?»

«Alla storia che raccontano la famiglia Armstrong e la Questura. Kellan che perde il portatile e il telefono in camera sua. La polizia che non li trova. Il pc che salta fuori dopo un giorno intero dalla morte, trovato dai genitori. Poi il miracolo del cellulare. E ora la ricomparsa del biglietto. Un po' troppo, non crede?»

La Tajani scosse leggermente la testa e fece un grugnito. Si stava schiarendo la voce o voleva intimidirlo?

«Quindi, cosa vuoi dire?» domandò la Tajani.

«Che non è vero.»

«Che non è vero cosa?»

Domanda retorica. Steno la riconobbe. C'era qualcosa della maestra nella Tajani. Dunque Steno non replicò e si dispose ad ascoltare come un bravo studente.

«Vedi Steno Molteni, perché tu ti chiami Steno Molteni, giusto?»

«Giusto.»

«Quanti anni hai? Pochi. Ventisei hai detto?»

Steno annuì.

«Bene. Tu hai ventisei anni, io più di trenta», disse la Tajani, e sorrise. La pelle del collo, cascante, la faceva somigliare a un qualche tipo sconosciuto di dinosauro o di grossa lucertola.

«Dall'alto dei miei trent'anni passati, ti dico che probabilmente mi sono occupata di qualche omicidio in più rispetto a te. In questa vicenda Kellan Armstrong è la vittima. E tutte le vittime nei procedimenti per omicidio hanno una cosa in comune. Sono morti. Kellan Armstrong non fa eccezione.»

La Tajani si alzò, incrociò le braccia sul petto, si mosse verso la finestra e si appoggiò, pesante, alla parete.

«Come racconta lo studente di Warwick, che per ora è l'unico vero testimone che abbiamo, lunedì notte Kellan non ha picchiato nessuno. Su questo direi che non ci sono dubbi. Se per di più, come fa pensare il biglietto, salta fuori che davvero Kellan era nella buca per frenare i suoi amici, sarà più difficile per chi lo ha ucciso sostenere nel processo la legittima difesa. Perché è questo che sosterrà l'assassino, quando lo prenderemo. Che Kellan era un violento e andava fermato. Che Kellan faceva paura, con in testa il passamontagna e in mano il manganello. E che per questo lo ha dovuto colpire.»

La Tajani si allontanò dal muro, e appoggiò il sedere al mobiletto della stampante.

«Quando poi porteremo a processo i due amici di Kellan per le aggressioni ai gay degli scorsi mesi, loro cercheranno di sostenere che era tutta colpa di Kellan. Diranno che era lui il capo degli Spazzini. Che era solo lui a picchiare. In pratica, ripeteranno tutte le scemenze che mi sono venuti a raccontare poco fa.»

La pm cercò di aprire una bottiglietta d'acqua, ma il tappo era tenace. Steno allungò una mano, offrendo il proprio aiuto, ma lei preferì mettere la bottiglietta chiusa in un cassetto.

«Kellan Armstrong era un santo?» domandò la Tajani. «Non lo so, e nemmeno mi interessa. A me interessano i reati. Qui ne vedo almeno due. Un omicidio e una serie di aggressioni. Io mi occupo dell'omicidio. I responsabili dei reati si individuano nelle indagini, ma si condannano nei processi. E a processo ci vanno i vivi. Kellan, come ti dicevo, è morto.

Io faccio il pubblico ministero, non l'acchiappafantasmi, quindi Kellan mi interessa come vittima. Aggiungi che ai morti, nei procedimenti penali, i vivi tendono ad addossare parecchie responsabilità. È il contrario del detto "se ne vanno sempre i migliori". Nei processi penali, se muori di colpo diventi un assassino, un violento, un estorsore, l'ideatore di ogni tipo di piano criminale. Quel biglietto, per quel che può valere, è l'unico modo che ha Kellan Armstrong di rispondere alle accuse che gli saranno rivolte da persone vive, che cercano di nascondere le proprie responsabilità. Dai suoi amici, chiamiamoli così, come anche dal suo assassino, se e quando lo troveremo. Tutta gente che merita di essere punita per quello che ha fatto. Mi chiedi se il biglietto è autentico? La madre di Kellan dice di averlo trovato nei jeans, e lo ritiene autentico. Suo padre anche. E pure il questore. Il questore ne ha parlato con il procuratore, a quanto so. E puoi scommettere che quel biglietto è autentico anche per il procuratore, se lo conosco bene. Tu mi chiedi se io ci credo? Certo che ci credo, fino a prova contraria. E sai in cosa credo ancora di più? Nel fatto che voglio sapere il nome e il cognome dell'uomo con la mantella scura e il volto coperto che ha ucciso Kellan Armstrong lunedì notte. Voglio portarlo di fronte a un giudice e voglio che il giudice lo condanni per omicidio.»

La Tajani riaprì il cassetto, riafferrò con determinazione la bottiglietta d'acqua, e fece forza sul tappo fino a quando finalmente si aprì. Bevve soddisfatta.

«Ora però basta», disse la pm. «È tardi, usciamo da questa stanza, ho fame. Vado da mia figlia e dalla mia nipotina di quattro anni. Ieri sera al telefono la piccola mi ha chiamato sederona e ho dovuto fare finta di offendermi, perché così mi ha detto di fare mia figlia. Oggi però le porto un regalo. Mi piace quella bambina, ha carattere. Tu, invece, porta fuori a cena quella bella ragazza che ieri hai lasciato tutta la sera al freddo sul ponte, a farci fotografie mentre noi spalavamo nella buca.»

Steno abbozzò un sorriso e ritenne che la pm Tajani gli aveva appena dato un ottimo consiglio.

Appena fuori prese il cellulare e digitò sintetico: «Cena fuori?»

La Tajani raggiunse l'ascensore centrale, diretta al parcheggio. Non ebbe nemmeno bisogno di schiacciare il tasto, visto che la cabina stava già salendo. La Tajani se ne stupì, vista l'ora e il deserto a Palazzo in un giovedì sera d'inverno. Quando le porte dell'ascensore si aprirono, la pm si trovò di fronte a una ragazzina mora, snella, con pantaloni neri attillati e una giacca di pelle verde, ancora più stretta. Maria Cristina Tajani ebbe un pensiero tutt'altro che protettivo, e che poco si addiceva a un'anziana signora come lei. La prima impressione che ebbe della ragazza fu di trovarsi di fronte a una creatura sexy e pericolosa. Ne fu attratta e spaventata. Ma fu un attimo soltanto.

«Buonasera, sa dove posso trovare la dottoressa Tajani?» domandò la ragazza.

«Ce l'hai davanti», rispose la Tajani.

«Sono Giada, la ragazza di Kellan Armstrong. Scusi per l'ora. Ho dovuto insistere, giù con gli uomini della sicurezza. Non volevano farmi entrare.»

La Tajani la squadrò di nuovo da capo a piedi, senza simpatia.

«Da lunedì ho già parlato due volte con la polizia. Ma c'è una cosa che finora non ho detto a nessuno. E sono qui per parlarne direttamente con lei. È un dettaglio, ma non voglio tenerlo per me», disse la ragazza.

«Sono un po' di fretta. Vuoi tornare domani mattina? Dalle otto in poi mi trovi nella mia stanza.»

La ragazza sorrise di nuovo, dolce e leggera. Ma alla Tajani quel sorriso non piacque. Vi colse la nota di marcio che si nasconde sotto certi profumi dolciastri.

«Non serve che io torni domani, devo dirle solo una piccola cosa.»

«Vai», la incitò la Tajani.

La ragazza abbassò lo sguardo a terra.

«Qualche giorno fa, penso fosse venerdì, Kellan mi disse che aveva paura dei suoi amici. Mi disse che temeva il loro giudizio. Pensava che lo considerassero un debole. Mi disse anche che Marco e Willy erano violenti. Io gli chiesi cosa intendesse per violenti. Gli chiesi se avessero fatto qualcosa di male a qualcuno. Lui non mi rispose. Mi disse che era un argomento di cui non voleva parlare.»

La Tajani esplorò il volto della ragazza, cercando di cogliere ogni minima variazione, ogni alterazione significativa.

«Vede, i poliziotti con cui ho parlato questa mattina mi hanno detto che Kellan nei mesi scorsi sarebbe stato presente ad almeno altre due di queste spedizioni punitive contro i gay. Io penso che anche in quelle occasioni fosse lì per fermare Marco e Willy. E penso anche che, se non è riuscito a farlo, è soltanto perché aveva paura di loro. Se solo Kellan si fosse fatto valere! Se solo li avesse fermati prima.» La ragazza scoppiò a piangere. La Tajani per la prima volta dall'inizio dell'incontro, vide Giada per quello che era. Una sedicenne a cui hanno ucciso il ragazzo. Provò pena. Pensò al vestito da Principessa dei Ghiacci che aveva nella borsa, e che poco dopo avrebbe consegnato alla nipotina. Pensò a sua figlia, quando piangeva per amore nella cameretta della loro vecchia casa a Bari, negli anni in cui essere figlia della pm Tajani significava vivere sotto scorta. Di fronte a quella ragazza in lacrime, immobile di fronte a un freddo ascensore del Palazzo di Giustizia deserto, la pm cercò di tornare ai suoi sedici anni. Ma non funzionò, era passato davvero troppo tempo.

«Dai, vieni da me domani mattina e facciamo due chiacchiere con calma», disse la Tajani a Giada e, con il dorso della mano, osò una sorta di carezza. Giada annuì e con voce debole ringraziò. Scesero insieme in ascensore. In silenzio, l'una al fianco dell'altra, camminarono per i lunghi corridoi che portavano all'unica uscita aperta a quell'ora. Arrivati alla porta si strinsero la mano, poi la Tajani virò brusca verso il cortile, dove aveva lasciato la Panda rossa con le catene montate.

Una volta in strada, Giada digitò sul cellulare: «Fatto».

E Han le rispose: «Bene».

VII

Steno era seduto su uno sgabello e appoggiava i gomiti sul bancone. Questa volta era dal lato giusto, quello del cliente. Dalla parte scomoda, quella del barista, stava il signor Barzini.

«Non ti ho mai visto così preso dal lavoro»: non era un commento da signor Barzini.

«Davvero?» chiese Steno stupito. Quella considerazione fatta da un altro sarebbe stata normale. Ma uscita da sotto i baffi del riservatissimo signor Barzini suonava impertinente. Steno non capì dove il signor Barzini volesse andare a parare. Ma presto fu tutto più chiaro.

«E se è per questo, non ti ho neanche mai visto così preso da una ragazza», aggiunse il signor Barzini.

Steno si schermì, quasi intimidito. E riconobbe in quell'uomo in gilet e papillon il migliore amico di suo padre. L'uomo che aveva visto quasi ogni settimana durante l'infanzia. E che da bambino aveva adorato, imitato e per certi versi temuto, austero e imperturbabile dietro ai baffi, un tempo voluminosi e garibaldini, negli ultimi anni più sottili e curati.

«Dice davvero?» replicò ancora Steno.

«Sul lavoro o sulla ragazza?» domandò di rimando il signor Barzini.

«Sulla ragazza.»

«Certo. Non è come le altre.»

«L'ho già sentita questa storia», replicò Steno.

«Di sicuro non da me», disse il signor Barzini.

Fu in quel momento che Sabine entrò nel bar, alle spalle di Steno. A giudicare dall'espressione del signor Barzini, si sarebbe potuto pensare che nella stanza fosse entrato un unicorno. Sabine aveva lunghi e morbidi capelli lisci, segno che la piastra aveva fatto il suo mestiere. Le labbra, morbide come caramelle gommose, erano accese dal rossetto. Era fasciata in un abitino argentato, poco meno luminoso di una palla a specchi da discoteca. Ai piedi Sabine aveva scarpe col tacco, forse poco adatte a camminare sulla neve, ma elegantissime. Si sedette sullo sgabello di fianco a Steno e accavallò le gambe.

«Cosa beviamo?» chiese.

«Io un Martini», le rispose Steno.

«Io anche», replicò Sabine.

«Subito», disse serio il signor Barzini. Poi si voltò per prendere il mixing-glass e, sicuro di non essere visto, sorrise.

Per qualche secondo, nessuno disse nulla.

«Allora? Tutti zitti?» disse Sabine.

«Prima che lei arrivasse, signorina, stavamo parlando del fatto che non avevo mai visto Steno così preso... dal suo lavoro», disse il signor Barzini, impassibile nell'espressione e nello sguardo.

«È una storia molto interessante», disse Sabine, «non so se Steno gliene ha parlato. Si tratta di un omicidio. Il giornale esce in edicola domani.»

«Sabine mi ha aiutato, ha fatto le foto.»

«Spero non al cadavere», disse il signor Barzini.

«Magari», lo contraddisse Steno.

«No no, niente foto al cadavere. Solo foto di poliziotti che spalano neve.»

«Bene. È proprio quello dovrebbero fare i poliziotti. Spalare la neve e lasciare in pace chi lavora», disse il signor Barzini.

A Steno venne in mente che il padre del signor Barzini, era stato uno dei più noti spalloni del lago di Como. Si arrampicava a piedi fino al confine con la Svizzera per contrabbandare sigarette e alcolici. Era normale che non gli piacessero le divise.

«Signor Barzini, si ricordi che parla con un ex carabiniere», disse Steno.

«Lo hai fatto per un anno, poi sei scappato. Quanto ti è bastato per conoscere il nemico», replicò il signor Barzini. Sabine lo guardò rapita. Era difficile immaginare due esseri umani più diversi fra loro. Questo forse spiegava come mai la ragazza e il vecchio portiere d'albergo si piacessero tanto. Steno notò anche che, parlando con il signor Barzini, Sabine si conteneva sul fronte turpiloquio.

La conversazione proseguì piacevole, sempre condotta dal signor Barzini. Anni alla reception e ai bar dei grandi hotel gli avevano insegnato ad accompagnare l'interlocutore nelle chiacchiere come un bravo ballerino guida la propria dama. Prima di lasciare il bar, il signor Barzini invitò Steno ad avvicinarsi al banco. Steno obbedì e Sabine si diresse rapidamente verso l'uscita, per non essere di troppo.

«È speciale», gli bisbigliò il signor Barzini. «Non fare cazzate.»

La parola «cazzate» pronunciata dal signor Barzini suonò come una bestemmia in chiesa. Era senz'altro la prima volta che gli sentiva dire una parolaccia in ventisei anni. Sempre che cazzate si potesse considerare una parolaccia.

«Va bene», rispose Steno, un po' scosso. Poi raggiunse velocemente Sabine e insieme uscirono dall'Albergo Villa Garibaldi.

Sabine, che nel frattempo si era messa addosso un giacchino di pelliccia bianca, faceva fatica a camminare sulla neve. Ma era un disagio governabile, come camminare sulla ghiaia alle feste di matrimonio, niente di davvero drammatico.

«Quando l'hai recuperata tutta questa roba?» le chiese Steno.

«Dici le scarpe e il vestito? Quando sono andata a casa a prendere la piastra per i capelli.» Era così sicura nel passo, che aveva addirittura smesso di guardare per terra. Teneva il mento alto e avanzava spigliata. Fu solo su una grata bagnata che rischiò di perdere l'equilibrio: vomitò una scarica di sconcezze e ricominciò a badare a dove metteva i piedi.

«Già che sono passata da casa, ho preso anche lo spazzolino da denti e una delle mie tute preferite, per quando siamo in stanza», disse Sabine. Steno realizzò con terrore che la ragazza stava trasferendo nella camera 301 dell'Albergo Villa Garibaldi la sua cabina armadio. O almeno, stava portando in hotel una piccola parte del guardaroba, quanto bastava comunque per metterlo in allarme. Ai suoi occhi poteva essere un primo passo verso una sorta di convivenza, parola che Steno faticava anche solo a pronunciare.

«Non c'è tanto posto negli armadi», disse.

«Si vede che sei un uomo. Il posto negli armadi si trova sempre», replicò Sabine.

so davvero poco. Non gli ho mai chiesto del suo passato e lui non me ne ha mai parlato. Ho sempre temuto che per lui non fosse un buon argomento. Avevo paura che si sarebbe sentito costretto a raccontarmi come è finito per strada, e non volevo che succedesse», disse Steno. Notò che Sabine guardava oltre il finestrino, con un atteggiamento riflessivo che non era da lei.

«Alberto mi ha detto che lavorava alla Maserati, nella fabbrica di Modena. Faceva il pilota collaudatore. Da giovane ha anche corso nei rally. Di più non so. Non ho idea di come sia finito per strada. E non so nemmeno il motivo per cui un ex pilota collaudatore debba rifare la patente. Forse non guida da così tanti anni che è scaduta. Oppure in un momento difficile della sua vita ha fatto qualche cazzata e gliel'hanno tolta», disse Sabine.

Steno cominciò a respirare profondamente. Sabine lo guardò e capì che stava pensando a cose non belle, forse legate alla condizione di Alberto. Immaginò che in qualche modo si sentisse in colpa. Decise di intervenire.

«Dove mi porti a cena?» gli domandò con voce squillante.

«Andiamo da Gattò. È un ristorante napoletano in via Castelmorrone. Il cibo è ottimo, le persone che ci lavorano sono anche meglio.»

In quel momento, il telefono di Steno iniziò a suonare. Osservò rapidamente lo schermo, mise gli auricolari, e rispose senza smettere di guidare.

«Scimmia», disse.

«Steno, l'assassino non può essere il tizio con la cerata. Non è lui l'uomo che si vede nel filmato della telecamera in viale Alemagna.» Era evidentemente scosso, come un bambino a cui il cono gelato appena preso sia caduto sul marciapiedi.

«Come fai a esserne sicuro?»

«L'assassino di Kellan non è l'uomo a cui hai parlato tu.»

«Perché lo dici?»

«Perché è impossibile. Si è presentato in Questura qualche ora fa, di propria iniziativa. Dice la verità, non era alla buca lunedì notte. Abbiamo fatto tutte le verifiche. Mentre Kellan Armstrong veniva ucciso, lui era a ballare in un locale in via Donatello. Lo confermano le immagini delle telecamere del locale e diversi clienti. È entrato alle ventitré e non si è mosso fino alla chiusura, alle sei. Non può essere stato lui.»

«Ma sei sicuro che sia lo stesso uomo che ho incontrato io?»

«È quasi pelato, porta occhialetti con la montatura tonda, aveva addosso una cerata. È decisamente paranoico, non voleva nemmeno bere il caffè che gli ho offerto, forse pensava che potesse essere avvelenato. Ed è un fan del film *Il ponte sul fiume Kwai*, cita le battute a memoria. Ti conosce e ha descritto per filo e per segno i vostri incontri, quello alla buca e quello a bordo della Maserati. Ha anche detto che tu sembravi seccato perché lui ti bagnava i sedili con la cerata fradicia.»

«E ha detto bene. Toglimi una curiosità, come si chiama?»

«Prova a indovinare.»

«A me ha detto di chiamarsi Ottobre.»

«Lo so. In realtà si chiama Alfredo Novembre.»

Entrambi risero.

«Che fantasia», disse Scimmia.

Steno si accorse che, anche nella chiamata precedente, l'amico poliziotto aveva cominciato a parlargli di lavoro per telefono.

«Grande Scimmia, hai abbandonato la tua solita paranoia! Finalmente parli al telefono», gli disse.

«In Questura, come anche in Procura e al consolato statunitense, tutti sanno che siamo amici e che ci parliamo. Il questore sembrava anzi esserne contento. Mi ha fatto i complimenti per l'indagine. Mi ha detto che vi siete incontrati a casa del console, e ha aggiunto di salutarti quando ti avrei visto. Aveva un tono che non ho capito; una via di mezzo fra un buffetto paterno e una minaccia. Minniti mi ha addirittura consigliato, a questo punto, di scrivere nel verbale della trasferta a Torino che tu mi hai accompagnato in macchina fino alla casa del tizio a cui hanno fregato la Lada Niva. A me sembra un'esagerazione. Di sicuro, eviterò di riportare che eri presente anche all'interrogatorio.»

Steno ascoltava Scimmia e continuava a guidare lentamente, senza prestare troppa attenzione alla direzione in cui stava andando. Sabine si accorse che non stava affatto avvicinandosi al ristorante, ma decise di non dire nulla. Quando chiuse la chiamata con Scimmia, Steno realizzò di essere arrivato non si sa come in via Meravigli.

«Non è stato Ottobre, il tizio con la cerata. Non ha ammazzato Kellan. E non può essere lui l'uomo con addosso una mantella che si vede nel filmato, quello che attraversa la strada di corsa», disse Steno.

«Ho sentito quello che vi dicevate con Scimmia», disse Sabine. E tirò fuori dalla borsa il telefono, per cercare su Internet le foto di Gattò, il ristorante napoletano dove Steno la stava portando. O meglio, dove l'avrebbe portata se avesse fatto la strada giusta. Steno nel frattempo dovette fermarsi al semaforo rosso, all'incrocio fra via Meravigli e via San Giovanni sul Muro. Proprio di fronte alle vetrine della Libreria Milanese.

«Secondo te da Gattò li fanno gli spaghetti alla chitarra?» chiese Sabine.

«Cosa sono gli spaghetti alla chitarra?» domandò Steno di rimando.

«Quelli quadrati, diciamo. Cioè, sono dritti come tutti gli altri spaghetti, ma hanno la sezione quadrata.»

A Steno venne in mente di averli mangiati per la prima volta nella sua vita la sera precedente, a casa di Emiliano e Allen, i gay che aveva conosciuto al Milk in via Sammartini e che lo avevano invitato a cena. Poi gli venne in mente di avere anche fotografato quel bellissimo piatto. Tirò fuori dalla tasca il telefono, cercò tra le foto recenti e trovò l'immagine di quel sontuoso piatto fumante in tavola, con sullo sfondo la gigantografia del Mahatma Gandhi e sotto una scritta in tedesco. Steno passò il telefono a Sabine.

«Sono questi gli spaghetti alla chitarra?» le chiese. Poi guardò fuori dal finestrino, e cominciò a fissare la vetrina della libreria.

Sabine prese in mano il telefono di Steno per vedere la foto degli spaghetti.

«Certo che sono loro! Mamma mia che delizia. Non vedo l'ora di arrivare al ristorante.»

Guardò meglio lo schermo del cellulare.

«Steno, ma lo sai cosa c'è scritto sotto il poster di Gandhi?» domandò divertita.

Steno non le rispose. Stava fissando la vetrina della libreria.

«C'è una frase in tedesco. C'è scritto: "Gandhi è morto perché non ha reagito. Sostieni i Black Bloc della tua città"», disse Sabine.

Steno non la ascoltava. Guardava fisso verso la vetrina

della libreria. In bella vista, c'era un grosso libro cartonato. In copertina, una serie di fotografie di personaggi famosi: il tennista Rafael Nadal, Leonardo da Vinci, Paul Verlaine, Julia Roberts.

«Io quel libro l'ho già visto», disse Steno a Sabine.

«Quale libro?» domandò lei.

«Quello quadrato, in mezzo alla vetrina.»

«Quello con le facce in copertina?» osservò Sabine.

Steno annuì.

«Nadal, Julia Roberts, Leonardo da Vinci. Sono tutti mancini», disse Sabine.

«Esatto. Tutti mancini», confermò Steno, fissando dritto di fronte a sé e stringendo forte le mani sul volante. Quando scattò il semaforo verde, accelerò fino a fare slittare le ruote posteriori sul pavé bagnato.

«Sabine, al ristorante ci andiamo domani. So chi ha ucciso Kellan Armstrong.»

VIII

Il telefono di Emiliano suonava a vuoto. Dopo una decina di squilli, Steno riattaccò. Provò allora a chiamare Allen, che invece rispose subito.

«Ciao Allen.»

«Ciao Steno. È domani il grande giorno?»

«Sì il giornale esce domani.»

«Non vedo l'ora di leggere.»

«Grazie ancora. Tu ed Emiliano siete stati preziosi.»

Steno aveva entrambi gli auricolari nelle orecchie e teneva le mani salde sul volante. Mentre parlava, guidava verso casa di Emiliano e Allen in via Gluck, dietro la Stazione Centrale.

«Sei a casa?»

«No, sono al Milk, il bar dove ci siamo visti ieri sera.»

«Ti chiamo perché ho ancora qualche dubbio e mi piacerebbe fare due chiacchiere. Se facciamo in fretta, magari faccio in tempo ad aggiungere alcune cose prima che si vada in stampa. Posso venire da te?» In realtà il giornale era chiuso da un pezzo.

«Certo, ti aspetto qui al bar. Non vorrei fare troppo tardi», rispose Allen.

Quando terminò la telefonata, Steno era appena entrato

nel tunnel sotto piazza Gae Aulenti. La cosa che più gli piaceva dei grattacieli, che in breve erano diventati simbolo della città che cambia, era passarci sotto. Nel tunnel poteva gustarsi il rombo della Maserati, amplificato e al tempo stesso attutito dalla cassa acustica di cemento che collega la stazione Garibaldi a via Melchiorre Gioia. Sabine, rigida sul sedile del passeggero, non apriva bocca da un po'.

«Tutto bene?» le chiese.

«Volevo gli spaghetti alla chitarra», disse lei sorridendo. Steno notò che era tesa.

«Vuoi che ti lasci a una fermata della metropolitana o a una stazione di taxi?»

«Vengo con te.»

Non capita spesso di trovare via Melchiorre Gioia non trafficata. Ma quella sera, fra la neve per terra e un'amichevole dell'Italia in Tv, Milano aveva congiurato perché la strada fosse deserta. Steno vide di fronte a sé l'infilata dei semafori verdi e schiacciò sull'acceleratore. Superò velocemente la sede della Regione, all'incrocio con via Galvani. Fece il sottopasso della ferrovia, che chissà come mai si chiamava Mortirolo, come la leggendaria salita del Giro d'Italia. Via Sammartini era ormai vicinissima. Il furgone blu di Emiliano e Allen era posteggiato proprio di fronte all'ingresso del Milk, sul marciapiedi dal lato opposto della strada. Lasciò la Maserati appena più indietro, fra due cumuli di neve.

«Se vuoi aspetto in macchina», disse Sabine.

«Come preferisci.»

«Almeno potete parlare con calma. E se succede qualche casino posso chiamare la polizia», disse lei.

«Non succederà nessun casino e non dovrai chiamare la polizia», le rispose Steno. Le diede un bacio e uscì dalla macchina, lasciando le chiavi nel quadro e il motore acceso, di modo che il riscaldamento continuasse a funzionare.

«Nel caso, sai spegnere la macchina e chiudere le porte?» domandò Steno. Sabine lo guardò come si guardano gli scemi, per non essere presi da scemi.

Il Milk era vuoto. C'era solo il barista, un tizio magro e tatuato. I capelli, scolpiti dalla gelatina, sembravano il guscio di un grosso scarafaggio. Sopra alle labbra aveva due baffi a riccio, da arciduca asburgico. E c'era Allen, seduto al tavolo nell'angolo in fondo alla sala, di fronte a una birra quasi piena. Quando vide Steno avvicinarsi, Allen gli fece cenno. Steno ricambiò e si sedette dando le spalle al locale e al barista baffuto.

«Ciao bello», disse Allen. L'accento tedesco era più marcato rispetto a come Steno lo ricordava.

«Come è andata lunedì sera alla buca?» domandò Steno, fissandolo negli occhi azzurri.

Allen si ritrasse, come una biscia infastidita da un bastone. I lunghi e magrissimi avambracci, fasciati in una vecchia maglia nera ormai stinta, scivolarono via dal tavolo e si legarono al petto.

«Cosa vuoi sapere?» chiese Allen. Il tono era duro, come lo sguardo.

«Come avete ucciso Kellan Armstrong», rispose Steno.

Allen si guardò intorno. Sembrava uno studente impreparato a un'interrogazione. Il suo sguardo si perse per la stanza, per poi fissarsi sui volti incorniciati degli attivisti gay appesi alle pareti, come se potessero suggerirgli una buona risposta.

«Non ho ucciso nessuno», disse.

«È stato Emiliano», rispose Steno.

Allen accarezzò con due dita il bicchiere della birra gelata. Fece un movimento dal basso verso l'alto, di modo che le gocce d'acqua condensata gli bagnassero i polpastrelli.

«Il giornale è chiuso, ormai non ho tempo di aggiungere una riga», disse Steno per rassicurarlo.

Allen scosse lentamente la testa, guardando da qualche parte fra il pavimento e lo zoccoletto che correva a terra lungo la parete.

«Già questa mattina ho pensato di cercarti e raccontarti tutto. Ma è stato solo il pensiero di un attimo. Non ero sicuro che fosse una buona idea, e a dire il vero non lo sono nemmeno adesso. Non mi fido dei giornalisti. Anzi, ti dico la verità, non mi piacete.»

Allen si stravaccò sullo schienale e alzò finalmente lo sguardo. Appoggiò le mani al tavolino, facendo ondeggiare la birra nel bicchiere.

«Ma se sei qui, Steno, forse è destino che tu sappia tutto. Io non credo al destino, in generale. O forse un po' sì. Però non è questo il punto. Se la storia di come sono andate le cose lunedì alla buca sarà resa pubblica, al momento giusto, per me ed Emiliano potrebbe essere utile. O comunque aiuterebbe a ricostruire la verità dei fatti, senza cazzate.»

Steno si impegnò a cancellare dal proprio volto ogni segno di impazienza. Si fissò per un attimo le mani. «Ti ascolto», disse con voce calma e controllata.

«Da dove comincio?» domandò Allen.
«Da dove vuoi.»
Decise di cominciare dall'inizio.

«*Alles beginnt im Juli*, tutto accade a Genova il 20 luglio 2001. Era il secondo giorno del G8 e la situazione come forse saprai non era tranquilla. Ero a due passi dalla stazione di Brignole. Avevamo appena assalito una banca. Eravamo tutti tedeschi, più due ragazzi olandesi che avevamo conosciuto mesi prima durante gli scontri di Davos. In tutto il centro di Genova, c'era fumo ovunque. Faticavamo a respirare anche con le maschere antigas. Mentre stavo correndo fra le auto ribaltate, ho visto un ragazzino per terra. Era tanto piccolo che da lontano sembrava un bambino. Aveva una maglia bianca imbrattata di sangue. Era sdraiato a pancia in giù sul marciapiedi, con due poliziotti addosso. Uno dei due lo teneva a terra, gli schiacciava il petto con uno stivale. L'altro lo prendeva a manganellate. Sapevo qual era la cosa giusta da fare. A Berlino avevamo studiato il piano d'azione. Avrei dovuto fregarmene di quel coglione pacifista, che si era fatto prendere. Cazzi suoi. Aveva sbagliato qualcosa. Ragionavo così. Credevo nell'azione pianificata. Nella guerra organizzata ai simboli del capitalismo. Quindi, sapevo che avrei dovuto correre e raggiungere gli altri, per il bene mio e della mia squadra. Il nostro compito era arrivare fino a corso Gastaldi, fare una barricata con i cassonetti dell'immondizia e incendiarla. Ma c'era quel ragazzino. La gente li chiama casi della vita. Vedo un palo d'acciaio. Forse era l'asta di un cartello mobile di divieto di sosta. Oppure poteva essere un tubo da cantiere, di quelli che si usano per fare le impalcature. Io l'ho raccolto e ho colpito al fianco uno dei due poliziotti. Proprio sotto l'ascella, dove vanno colpiti gli sbirri in assetto antisommossa. *Dinge ich habe in deutschland gelernt.* Vanno colpiti lì, o al collo.»

Steno pensò che faccia avrebbe fatto Scimmia a sentire quel racconto. Lui che, prima di entrare alla Mobile, ogni fine settimana per un anno aveva sopportato gli sputi e gli insulti dei tifosi allo stadio. E qualche volta anche dei manifestanti in corteo.

«Il primo sbirro è subito caduto a terra e ha iniziato a frignare. L'altro ha cominciato ad agitare in aria il manganello. Poi ha visto avanzare altri dietro di me. Allora ho finalmente visto in faccia il ragazzino, che come avrai capito era Emiliano. Aveva un occhio pesto e lividi ovunque. Piangeva. *Scheise!* A ogni singhiozzo il sangue che aveva in bocca lo faceva tossire, sembrava stesse soffocando. Quando ho capito che sarebbe riuscito a scappare con le sue gambe, l'ho lasciato lì e sono andato a fare il mio dovere con i cassonetti in corso Gastaldi. Dovevamo aprire una via di fuga per i ragazzi di Marsiglia, e lo abbiamo fatto come si deve.»

«Tedeschi», disse Steno.

«Esatto. Non sappiamo fare solo ascensori.»

A Steno vennero in mente un paio di battute, ma non ne fece nessuna. Si limitò ad annuire. Allen riprese la parola.

«La sera, dopo la giornata di scontri, sono andato alla sede del Social Forum allo stadio Carlini. Emiliano era lì, seduto in disparte sui gradini. Leggeva una qualche rivista italiana, ancora ammaccato dal pestaggio della polizia. Ovviamente sono stato io a riconoscerlo, dal momento che quando ci eravamo visti io ero completamente nero, compresi maschera antigas e cappuccio. Abbiamo parlato tanto quella notte. Ed è stata forse la notte più bella della mia vita. Il mio italiano non era ancora buono come adesso, anche se me la cavavo. Prima di laurearmi in Design ho studiato per tre anni Arte rinascimentale. Comunque, per farmi capire, dovevo infilare qualche parola inglese qui e là. Quella notte Emiliano mi ha raccontato che era andato in corteo con la rete Lilliput, un gruppo pacifista cattolico. Erano stati caricati prima dai carabinieri. Poi, quando il gruppo si era sciolto, era arrivato il turno della polizia che li aveva rincorsi e massacrati a uno a uno. La situazione allo stadio Carlini era paradossale. Alcuni di questi pacifisti, che io consideravo delle amebe, accusavano noi del blocco. Ci davano tutte le colpe di quello che era successo. Dicevano che era colpa nostra se la polizia li aveva caricati. Sembravano quei ragazzini picchiati dai bulli che anziché reagire se la prendono con la mamma, colpevole di avergli comprato lo zaino sbagliato per andare a scuola. Parlando con Emiliano, ho realizzato che invece almeno lui l'aveva capita. Aveva imparato la lezione. Prima di andare a dormire, ognuno nella sua tenda, mi ha chiesto di insegnargli a difendersi. Io ho sorriso, ed è in quel momento che di fatto abbiamo cominciato a stare insieme. Avevamo tutti e due diciotto anni.»

Steno capì che il racconto sarebbe durato ancora un po'. Quindi ordinò una vodka e chiamò Sabine dicendole di entrare nel bar.

«Dopo i giorni di Genova, Emiliano e io ci siamo sentiti spesso. Lui è venuto a trovarmi a Düsseldorf, io sono sceso a Milano, dove si era trasferito per studiare Filosofia prima di decidere che nella vita voleva cucinare. Ci siamo messi insieme durante l'inverno e per Natale io l'ho raggiunto qui. Piano piano, abbiamo cominciato a vivere da coppia. Negli anni abbiamo trovato la nostra routine. Lui cucina e io arredo. Lui portava fuori il cane, quando lo avevamo, e io carico il furgone quando bisogna andare in vacanza. A me del periodo del blocco nero restano un po' di libri, una scatola piena di volantini, una placca di metallo che mi tiene insieme un'anca, qualche amico vero e tanti ricordi. Negli anni ovviamente le cose sono cambiate. Abbiamo anche smesso di andare in manifestazione. Perché va bene tutto, ma io non ci vado in corteo con i simboli della pace e le mani pitturate di bianco, a prendere manganellate senza reagire. Sarò anche cambiato, ma ho conservato la dignità. Gli unici giorni in cui scendo in piazza in Italia sono il 25 aprile e il Primo maggio. Al Gay Pride, per dire, non ho mai messo piede. Fosse per me li prenderei tutti a calci, loro e le loro bandierine.»

«Strano per uno che va in giro con Arcigay a regalare profilattici di notte», disse Steno.

«Aspetta, ci arriviamo. Nei mesi dopo Genova, io ho mantenuto il patto che avevamo fatto quella notte allo stadio Carlini di Genova. Ho insegnato a Emiliano il poco che sapevo di autodifesa e lui ci ha preso gusto. Io negli anni ho smesso di fare sport, eccetto il calcetto il mercoledì sera con alcuni colleghi. Lui invece ha continuato seriamente con la boxe. Da anni si allena tutte le mattine, ha fatto tanti incontri, è arrivato a essere una specie di aiutante per l'istruttore in palestra.»

Steno guardò l'orologio. Erano quasi le dieci, il giornale sarebbe andato in stampa quattro ore dopo. Pensò che prima o poi gli sarebbe piaciuto assistere allo spettacolo delle rotative in funzione, dei nastri trasportatori volanti, dell'impacchettamento delle copie e dei furgoni che partono verso le edicole.

«Ora, veniamo a Kellan Armstrong. O meglio, veniamo agli Spazzini. Un bel giorno, saranno stati tre mesi fa, io ed Emiliano ci siamo fermati in questo bar, dove siamo ora. Ci veniamo spesso, visto che è dietro casa. Un ragazzo sudamericano ci ha raccontato di essere stato picchiato durante la notte vicino alla stazione della metropolitana di Romolo. Poteva essere fine settembre o a inizio ottobre direi. Il ragazzo ha descritto l'aggressione e abbiamo capito subito che si trattava di un raid omofobo in piena regola. Un'azione studiata, non l'improvvisata di un gruppo di ragazzini ubriachi. Una spedizione punitiva in piena regola, come le fanno da sempre a Roma o a Istanbul. Appena siamo usciti dal bar, ho notato che Emiliano era nervoso. Siamo tornati a casa e ha cominciato a dirmi che bisognava fare qualcosa, che non si poteva restare a guardare eccetera. Io gli ho detto che bisognava semplicemente consigliare al ragazzo aggredito di chiamare la polizia, di modo che potessero studiare le immagini delle telecamere e tutto il resto. Emiliano mi ha risposto che ero diventato un vecchio, che mi ero seduto, che non ero più io, e tutte le altre cazzate che puoi immaginare. Effettivamente, se penso a me stesso quando ho conosciuto Emiliano, non mi ci vedo a chiamare la polizia. Ma la gente cambia. O quantomeno, io sono cambiato di sicuro.»

Steno scolò la vodka. Si accorse che alle sue spalle Sabine e il barista con i baffi stavano ridendo di gusto. Steno non era un tipo geloso, ma la cosa lo infastidiva, e si vedeva. Allen intervenne. «Non ti preoccupare, il barista è più gay di me», disse. Poi continuò a raccontare. «Va a finire che parliamo tutta la notte del ragazzo picchiato a Romolo. Emiliano cerca di convincermi che dobbiamo organizzare un gruppo di *Racheengel*, di vendicatori. *Ich muss lachen*, mi viene da ridere. Gli faccio presente che abbiamo ormai trentacinque anni passati. E soprattutto che non è facile indovinare dove sarà picchiato il prossimo gay, in una città di un milione di abitanti. Ma almeno su questo devo ammettere che mi sbagliavo. Dopo un paio di settimane, infatti, qui al Milk arriva un altro ragazzo che è stato picchiato. Questa volta a Pagano, sempre in una serata di cruising. E viene fuori che un altro pestaggio c'è stato proprio in via Sammartini la settimana prima. Per la prima volta, sentiamo parlare degli Spazzini. E dai racconti delle vittime capiamo che gli aggressori usano le chat di incontri per sapere dove e quando ci sono le serate. Emiliano insiste. Mi dice che secondo lui ci basta frequentare alcune chat, una soprattutto, per capire dove colpiranno gli Spazzini.»

«Allora, vi inventate la cosa del banchetto arcobaleno per dare i profilattici di notte», suggerisce Steno.

«Esatto. L'idea è quella del blocco nero. Mimetismo e organizzazione. Ci dobbiamo confondere con chi frequenta le serate ed essere pronti ad agire. Raduniamo alcuni ragazzi della palestra dove si allena Emiliano, che non sono per niente gay, e spieghiamo come funziona il servizio d'ordine. Acconsentono in due. L'idea è semplice: se saltano fuori questi Spazzini con i loro manganelli, noi gli facciamo passare la voglia. Non è un piano particolarmente raffinato. Decidiamo di inventarci una copertura, che ci consenta di essere presenti a tutte le serate di cruising senza risultare sospetti. A me viene in mente l'idea dell'Unità mobile. Contattiamo Arcigay e ci facciamo dare tutto il materiale, dalle bandiere arcobaleno ai volantini sull'Hiv. Allestiamo il nostro banchetto, e cominciamo a frequentare le serate. Da un lato, distribuiamo davvero profilattici e buoni consigli. Dall'altro, siamo in zona casomai dovessero arrivare gli Spazzini. I due ragazzi della palestra di Emiliano si tengono a distanza di telefonata, in modo da poter arrivare in caso di emergenza. Comunque. Ci diamo questa organizzazione. Al banchetto stiamo solo io ed Emiliano. I ragazzi della palestra fanno da riserva. Da seconda linea, diciamo. Andiamo con il nostro furgone a diverse serate, quelle in cui c'è più gente, ma gli Spazzini non si fanno vedere. Tanto che dopo qualche settimana congediamo i ragazzi della palestra di Emiliano, stanchi di passare le serate in macchina aspettando la nostra telefonata che non arriva. Poi, la nevicata. E con la neve, le serate di cruising sembrano sparire. Fino a quando qualcuno nelle chat online convoca per lunedì scorso alla buca la Christmas cruising night. Una cosa esotica e in grande stile. In pratica si tratta di trombare sotto la neve, per farla breve.»

«E gli Spazzini questa volta si fanno vedere», disse Steno.

«*Warte mal*, aspetta, ci siamo quasi. Noi andiamo lì con il nostro banchetto e ci sistemiamo sopra alla buca, di fianco al furgoncino abbandonato delle angurie. Siamo solo io ed Emiliano, senza i pugili. Iniziano ad arrivare tanti uomini, soprattutto sopra i cinquant'anni, qualche giovane, la solita gente che c'è a quel tipo di serata. Visto che tutto procede tranquillamente, verso l'una e mezza sbaracchiamo il banchetto e sistemiamo la roba nel furgone. Ci spostiamo nel parcheggio della Triennale e ci mettiamo a mangiare al baracchino vicino all'Old Fashion. Siamo lì con i nostri panini, quando a un certo punto vediamo alcuni ragazzi correre verso di noi dalla direzione della buca. Sono spaventati. Non ci vuole un genio per capire che lì sotto sta succedendo qualcosa. *Scheise*. Ci avviciniamo tranquillamente, come se stessimo facendo due passi. Camminando, ci copriamo il volto con sciarpe e cappucci. Emiliano si mette un paio di guanti da moto, di quelli con le nocche riparate da placche di carbonio. Glieli ho regalati io qualche Natale fa.»

Steno capì che stava per cominciare l'azione e volle arrivare preparato. Cercò di bere un ultimo piccolissimo sorso di vodka, ma non c'era quasi più nulla.

«Ci incamminiamo fra gli alberi e guardiamo verso il fondo della buca. Notiamo del movimento ed Emiliano scatta. Corre giù come un cane da caccia dietro una volpe. Io gli vado dietro, stando attento a non sprofondare nella neve. Quando arrivo al fondo della buca Emiliano ha già fatto il suo dovere. Gli Spazzini hanno avuto quello che meritavano. Vedo due ragazzi che si contorcono, doloranti e lamentosi. Uno invece è per terra e non si muove. Proviamo a rianimarlo. Perde molto sangue. Emiliano gli toglie il passamontagna e vediamo che ha una ferita sulla nuca. Io vorrei chiamare un'ambulanza, ma Emiliano mi dice che non c'è tempo. Dice che con ogni probabilità il ragazzo sta per morire. Allora decidiamo di portarlo noi in ospedale. Ovviamente escludiamo di usare il nostro furgone. Decidiamo di farci prestare il fuoristrada da un elegantone, che per sua sfortuna arriva proprio in quel momento alla buca. Lo vediamo da giù. È lì imbambolato sopra al ponte della ferrovia, pronto a scendere sotto e a succhiare qualche uccello. Ma si sbaglia, non ci sono uccelli da succhiare, ci siamo solo io ed Emiliano, con le sciarpe tirate su in faccia, che trasciniamo il corpo di un ragazzo moribondo. Quando lo vediamo da vicino, lo riconosciamo. Lo abbiamo già visto. Lo chiamano il torinese, non si perde una serata che sia una. Io mi nascondo dietro un albero. Emiliano mi dice di stare zitto e di aspettare lì. Con il mio *Deutschen Akzent*, sarei troppo riconoscibile. Lui sale dal torinese e gli spiega che ci serve il suo fuoristrada. All'inizio fa un po' di storie, ma poi lo convince. Prendiamo la macchina, sistemiamo il ragazzo ferito sul sedile dietro, e lo lasciamo vicino all'ospedale Fatebenefratelli. Non volevamo che morisse. Semplice, no?»

Allen si esprimeva con il tono che avrebbe usato presentando in azienda i risultati di vendita dell'ultimo semestre. Steno notò che dall'inizio del racconto non aveva detto parolacce, o quasi. Solo *Scheise.* Ordinarono un altro giro. Steno capì che ora sarebbe toccato ad Allen fare domande.

«Come hai capito che siamo stati noi?» chiese a Steno.

«Tante cose. Quello che mi ha aiutato a mettere insieme i pezzi è stato il libro che hai regalato a Emiliano. Quello con Nadal e Julia Roberts in copertina. L'ho visto ieri sera a casa vostra sul tavolino in sala quando sono venuto a cena. Non ero riuscito a leggere il titolo, visto che era coperto dal tuo Post-it di dedica. Poi ho visto lo stesso libro in una libreria, il titolo era *Il lato forte. Storie di cento grandi mancini.* Ho realizzato che se lo avevi regalato a Emiliano è perché lui deve essere mancino. Un particolare che a tavola non avevo notato. E tutto nella mia testa è andato in ordine.»

Allen con un gesto della mano fece segno a Steno di stare zitto un attimo. Alle sue spalle, il barista baffuto stava infatti portando il vassoio con sopra la birra media e la vodka.

«Kellan Armstrong è stato colpito alla parte destra del volto, come dice il referto medico. I suoi due amici sono cascati a terra con un pugno al fianco. E c'è da giurare che fosse il fianco destro, visto che da quella parte c'è il fegato. Ho pensato che con ogni probabilità, quindi, chi ha colpito doveva essere mancino.»

«I mancini sono tanti», rispose Allen.

«Sì, ma poi c'era il furgone. L'uomo con la cerata, quello che mi ha consigliato di parlare con te ed Emiliano credendovi attivisti di Arcigay, mi ha detto che da qualche mese nelle serate di cruising si vedeva un furgone blu. Quando ho saputo che da due o tre mesi erano cominciati i pestaggi degli Spazzini, ho pensato che le due cose dovessero essere collegate. All'inizio mi ero fatto l'idea che fossero gli spazzini a muoversi con il furgone blu. Poi, dopo la rivelazione del libro dei mancini, ho capito che invece quel furgone dava loro la caccia.»

Allen bevve un lungo sorso di birra. Steno scolò la vodka tutta d'un fiato, poi continuò a parlare concitato.

«Un altro elemento che mi ha convinto è la descrizione fisica dell'assassino. Sembrava corrispondere a quella dell'uomo in cerata, ma calzava perfettamente anche per Emiliano. Certo, se visti in maglietta i due non si somigliano per niente. Tondo e flaccido uno, magro e atletico l'altro. Ma l'altezza è la stessa, e con un giaccone addosso è facile confonderli. Poi c'è un particolare del racconto dello studente di Warwick che mi ha colpito, e che tu ora mi hai appena confermato. Cioè il fatto che l'uomo che aveva picchiato gli spazzini avesse chiesto al secondo uomo arrivato sulla scena di non parlare per non essere riconosciuto. Doveva trattarsi di qualcuno con una voce molto riconoscibile. Ad esempio, di uno straniero con un accento marcato. Cioè tu.»

Allen accennò un applauso. Steno reagì con un'espressione soddisfatta, come un bambino degli anni Ottanta che ha appena finito un videogame in sala giochi usando un solo gettone.

«Infine c'era il poster di Gandhi con la scritta in tedesco. Ma quello l'ho capito solo all'ultimo, perché io non conosco la lingua. Me lo ha tradotto la mia amica là dietro, quella che parla con il barista al bancone. C'era scritto tipo che Gandhi non si era difeso, giusto?»

Allen sorrise e iniziò a giocherellare con il bicchiere della birra.

«La frase stampata sul poster viene da una vecchia campagna di propaganda Black Bloc. L'hanno inventata in Oregon, negli Stati Uniti, negli anni Novanta. Usa l'immagine di Gandhi per criticare la non-violenza e trasmettere il concetto che devi difenderti. L'originale penso sia *Gandhi is dead. Support your local Black Bloc*. Se vuoi, quel poster te lo regalo. Non credo mi servirà più. Questa mattina Emiliano è partito. Diciamo che per un po' non si farà vedere a Milano. Diciamo pure per un po' tanto. Io dovrei raggiungerlo domani mattina, sempre che tu non voglia denunciarmi prima. Oppure, scrivere di me ed Emiliano nel tuo articolo», disse Allen.

Steno si fermò un attimo a pensare.

«Ormai le pagine del giornale sono chiuse. E io la mattina mi sveglio abbastanza tardi. Sul sito web del giornale sarà pubblicata solo una sintesi dell'articolo stampato sulla carta. Per il resto, vale la promessa che vi ho fatto quando ci siamo conosciuti: non scriverò il tuo nome sul giornale, almeno che non sia tu a chiedermelo. Certo, le cose nel frattempo sono un po' cambiate, ma un accordo resta un accordo. E ovviamente vale anche per Emiliano», disse Steno. Alle sue spalle, Sabine si stava davvero sbellicando dalle risate. Steno tornò a essere geloso del barista con i baffi. «Ma perché scappate? E perché proprio adesso?» chiese Steno.

«Come tu sei arrivato a noi, presto ci arriverà anche la polizia. Anzi, mi stupisce che non si siano ancora fatti vivi. Fra analisi del dna, telefoni e testimoni, non penso che ci metteranno tanto a trovarci. Mettici anche i due pugili della palestra di Emiliano, quelli che avevamo ingaggiato per darci una mano. Non sono particolarmente svegli, ma quando la notizia della morte di Kellan sarà pubblica non faranno fatica a ricollegare l'omicidio a noi. Ci conviene cambiare aria. Poi magari ci prenderanno lo stesso e amen. Oppure, trattandosi del figlio del console americano, ci farà fuori la Cia. Dico sul serio, ci ho pensato. Diciamo che non siamo stati fortunati. Fra tutti gli stronzi omofobi che potevamo ammazzare, abbiamo scelto quello sbagliato.»

«Quando siete arrivati alla buca, Kellan cosa stava facendo?» domandò Steno.

«Era lì con il passamontagna e il manganello.»

«Questo lo so. Ma dico, stava picchiando qualcuno oppure era semplicemente lì fermo?»

«Non ne ho idea. Sono arrivato dopo, te l'ho detto. Per primo è sceso Emiliano. Quando l'ho raggiunto, Kellan era già per terra. Comunque se uno va in giro con un manganello in tasca e il passamontagna in testa, a casa mia se la sta andando a cercare.»

Steno pensò che non faceva una piega.

«Cosa mi stavi dicendo della Cia?» domandò.

«Dico che magari, oltre alla polizia italiana, può essere che ci cercheranno anche gli americani. Magari quello che dico è stupido e irrazionale. Magari è una paranoia da vecchio anarchico. Come quando toglievamo le batterie ai cellulari per non farci localizzare. O come quando non facevamo mai due volte la stessa strada durante i sopralluoghi nelle città in cui progettavamo azioni, sicuri di essere pedinati. Ma non si sa mai. Io se fossi il console americano farei di tutto perché fossero trovati e puniti gli assassini di mio figlio. Non mi è facile pensare a me ed Emiliano come a due assassini, ma in questo momento è quello che siamo.»

Steno avrebbe voluto rassicurare Allen sul fatto che, secondo lui, Liam Armstrong non era il tipo da fare ammazzare nessuno. Poi ci pensò meglio e decise di tacere. La verità è che non aveva idea di cosa avrebbe fatto Armstrong.

«È per questo che ho deciso di raccontarti tutta la storia. Come ti dicevo, già questa mattina mi è venuta una mezza idea di chiamarti e chiederti di vederci. Non so se possa davvero servire a qualcosa, ma almeno se ci faranno ammazzare potrai raccontare come sono andate le cose. Anzi, non c'è bisogno che ci ammazzino. Se nei prossimi giorni la polizia farà i nostri nomi, pubblica pure questa chiacchierata come intervista. Sarà la nostra assicurazione sulla vita. O quantomeno, sarà un modo per mettere i puntini sulle i, come dite in Italia. Voglio che sia chiaro come sono andate le cose. Kellan Armstrong era armato e aveva preso parte a una spedizione punitiva. Questa è la storia.»

Steno guardò bicchierino di vodka vuoto, concentrato come se sul fondo stessero proiettando una partita di tennis. «L'ultima cosa. Che fine ha fatto la Lada Niva? Il fuoristrada del torinese, dico.»

«Dopo avere lasciato Kellan al Fatebenefratelli, siamo andati fra i prati in via San Dionigi, dopo Corvetto, verso Chiaravalle. Abbiamo lasciato la macchina aperta con le chiavi dentro di fronte a un campo rom. Forse a quest'ora sarà in Romania.»

Steno pensò che lui, al loro posto, l'avrebbe bruciata. Poi si corresse da solo. Bruciarla era il modo migliore per farla trovare alla polizia.

«È un vero peccato che una macchina così finisca in Romania», disse Steno.

«Ho detto in Romania, ma non ho idea di dove sia finita.»

«È un peccato comunque», concluse Steno sconsolato, pensando al fuoristrada nero.

Allen lasciò sul tavolo abbastanza soldi per pagare le birre e le vodke. Restava anche qualche euro di mancia.

«Per l'intervista preferirei che tu non pubblicassi foto. Se proprio devi metterne una, e solo se la polizia avrà già diffuso le nostre immagini, prendila dai social network. Fallo subito però, perché da domani conto di chiudere tutti i miei profili e sparire dalla Rete.»

«Ok», disse Steno. E provò a immaginare come avrebbero reagito la Tajani, il questore e soprattutto Scimmia se avessero saputo che lui era conoscenza della fuga degli assassini di Kellan. E che aveva addirittura intervistato uno dei due omicidi in fuga. Ma non era il momento per pensarci. Quello era il momento per dare l'addio ad Allen, recuperare Sabine al bancone del bar e andare a mangiare qualcosa. Ovviamente la parte più complicata del piano fu convincere Sabine a lasciare il suo nuovo amico. La ragazza e il barista si abbracciarono, e fissandosi negli occhi si promisero che si sarebbero rivisti presto. Steno e Allen attesero sulla porta la fine di quel lungo arrivederci, poi i tre uscirono insieme. Una volta per strada, Allen finalmente si presentò a Sabine. Poi attraversò la strada e salì sul furgone blu. Steno accese una sigaretta e in silenzio guardò il vecchio camioncino allontanarsi lentamente sull'asfalto innevato, fino a sparire in fondo a via Sammartini.

«Secondo me facciamo ancora in tempo ad andare al ristorante», disse Sabine.

«Secondo me invece facciamo in tempo a mangiarci un club sandwich in albergo», rispose Steno.

«Che palle», disse Sabine. Poi ci ripensò e corresse il tiro. «Se ce lo portano in stanza, anche il club sandwich per me è ok», concluse.

Abbracciati, Steno e Sabine camminarono fino alla *Maserati* che li aspettava fra i due cumuli di neve, paziente e scura, come la notte.

GIORNO QUATTRO

I

Il pubblico ministero Maria Cristina Tajani, come ogni mattina, si levò dal letto prima del suono della sveglia. Non tanto, appena cinque minuti. Quanto bastava per alzarsi di soprassalto, nel timore di essere in ritardo. Come tutto nella casa della Tajani, anche la sveglia era vecchia, grossa e appariscente. Un orologio di latta laccata di rosso, con il quadrante grande come un piatto, caricato a molla e sormontato da due campanelli cromati.

La Tajani guardò la posizione delle lancette, realizzò che erano le sette meno cinque, mugugnò qualcosa e andò a preparare la solita colazione. Una tazza di caffè nero senza zucchero, due fette biscottate, una meringa, che mangiò al volo prima di entrare in bagno, dove fra doccia, creme, profumi e trucco passò quasi un'ora, come sempre. Suo marito intanto, come ogni mattina da vent'anni, dormiva sul divano letto in studio, e non si sarebbe alzato prima di mezzogiorno. Un pettegolo, o uno stupido, avrebbe detto che la Tajani e suo marito erano separati in casa. Non era affatto così. Semplicemente, lui lavorava di notte. Titolare e amministratore della tipografia Graphidea di via Fara, che aveva uno stabilimento a Paderno Dugnano. La stessa che stampava «La Notte». Se solo la Tajani e suo marito avessero parlato di lavoro il giorno prima, lei gli avrebbe potuto chiedere di tenerle da parte una copia del giornale, evitandole la passeggiata fino all'edicola. Ma la Tajani e suo marito non parlavano quasi mai di lavoro. Anzi, a dire il vero parlavano poco in generale. Il solito stupido pettegolo avrebbe detto che non avevano più nulla da dirsi, dopo quasi quarant'anni di matrimonio. Ma nemmeno questo era vero. Semplicemente, da ormai tanto tempo, avevano cominciato a parlarsi con dei bigliettini, che la Tajani lasciava al marito prima di uscire di casa. E che lui, appena sveglio, cercava impaziente, frugando nelle tasche dell'abito appeso in anticamera. Non che non si parlassero del tutto. Qualcosa si dicevano, a tavola la sera o nei rari momenti in cui potevano stare insieme per una giornata intera. Ma il filo del loro discorso, ininterrotto da quando si erano conosciuti diciassettenni in spiaggia a Sanremo, erano i biglietti.

Dopo essersi profumata a dovere, la Tajani uscì finalmente dal suo grande e luminosissimo bagno. Guardò l'orologio, erano le otto e mezza. Prese il blocco di foglietti che teneva sul tavolino di fianco al telefono e scrisse: «Ieri sera la piccola Camilla ha detto che hai pochissimi capelli. Le ho risposto che ne hai solo ventiquattro. A quel punto, ci siamo messe insieme a contare. In pratica, grazie alla tua crapa pelata, la bambina sta imparando i numeri! Un bacio, buona giornata». Staccò il pezzo di carta, lo piegò in quattro e lo lasciò scivolare nella tasca dell'abito grigio del marito, appeso vicino all'ingresso, stirato e impeccabile come sempre, pronto per essere indossato.

La Tajani uscì dall'appartamento, prese l'ascensore, si osservò nello specchio per tutto il tragitto e una volta arrivata al pianoterra recitò il suo mantra. «Buon Dio, fai che oggi io non mi incazzi più del necessario.» Uscì dal portoncino, camminò lentamente lungo via Donizetti, superò l'incrocio con via Corridoni e svoltò a sinistra in via Pompeo Leoni. Non era la strada più breve, ma le permetteva di passare di fronte al Coin, dove dalla porta automatica usciva a sbuffi l'effluvio dolce e confuso della profumeria. Quell'aroma alla Tajani piaceva più di ogni cosa. Attraversò piazza Cinque Giornate, passò di fronte alla statua di Giuseppe Grandi e arrivò all'edicola.

«"Vogue" e "La Notte»", disse, senza saluti, preamboli.

«Buongiorno», le rispose l'edicolante.

La Tajani non replicò. Non le piaceva l'edicolante, né le piacevano le edicole in generale. Detestava l'odore della carta stampata e della plastica da imballaggio almeno quanto amava i profumi. Lasciò i soldi contati sul piattino, prese i due giornali, si guardò intorno per trovare una panchina su cui sedersi e leggere. Ma le panchine negli anni erano state fatte sparire, per paura che ci dormissero i barboni. La Tajani ripiegò allora sui gradini di pietra fredda di uno dei due caselli daziari che sorvegliano la piazza. Si sedette, mise la copia di «Vogue» in borsa e prese in mano «La Notte».

La testata del giornale era scritta in giallo, su fondo nero. «La Notte.» Più sotto: «Storie, delitti, misteri. A Milano e non solo». Di fianco, un bollino bianco con scritto in rosso: «Solo 90 centesimi». In copertina campeggiava una foto di Kellan Armstrong. Era l'immagine del suo profilo Facebook. Una faccia bella, giovane, sorridente. Il grafico del giornale aveva scontornato il ritratto del ragazzo sullo sfondo nero.

La Tajani, che quella foto di Kellan la teneva sulla scrivania da giorni, per una volta di più si sforzò di guardarla, come per cercare negli occhi del ragazzo qualcosa che potesse aiutarla a risolvere il caso. Un bagliore, un difetto, un rumore. Ancora una volta, però, in quegli occhi non trovò altro che gioia e giovinezza. Di fianco al volto del ragazzo, il titolo era: «Il giallo della morte di Kellan Armstrong». Sotto, su due righe: «Il diciannovenne figlio del console americano ucciso in un luogo di incontri gay».

Sulla sinistra, sotto la testata del giornale, c'era un'infilata di fotografie. Un ritratto a mezzobusto del console, un'immagine notturna della polizia al lavoro nella buca scattata da Sabine, una foto generica di un giovane con in testa un passamontagna nero, infine un ritratto della pm Tajani. Ogni foto aveva una sua didascalia. Sotto quella della Tajani, vecchia di qualche anno, c'era scritto «Indaga sul caso la pm Tajani, mastino dell'antidroga». La Tajani, seduta sul gradino del casello daziario, fissò a lungo la propria foto. Poi si concentrò sulla didascalia. Mastino. Bah. Sopra al colonnino delle fotografie, un bollino rosso portava l'indicazione «Dieci pagine di approfondimento sul delitto dell'anno!»

La Tajani cominciò a sfogliare il giornale. C'erano speciali sugli incontri gay, un ritratto di Kellan, uno di suo padre, due pagine illustrate con gli orari e i luoghi dei fatti. La pm constatò che era tutto più o meno corretto. I toni, le immagini e soprattutto i titoli non erano esattamente da libro *Cuore*. Era tutto un «atroce», «sconvolgente», «misterioso». La Tajani diede una scorsa a tutto, poi si concentrò sul servizio principale, firmato da Steno Molteni.

Aveva 19 anni, la passione della tavola da sci e in tasca il tesserino della Bocconi. Ora il suo cadavere è congelato in uno dei cassetti di conservazione dell'obitorio. Kellan Armstrong, figlio del console americano a Milano, è stato ucciso nella notte fra lunedì e martedì. L'omicidio è avvenuto alla «buca» di fronte alla Triennale, sotto la massicciata dei binari delle ferrovie Nord, luogo di incontri libertini per la comunità omosessuale milanese. Secondo la dinamica ricostruita dagli uomini della Squadra Mobile, coordinati dalla pm Maria Cristina Tajani, Kellan sarebbe stato colpito da un pugno al volto, sarebbe caduto per terra e avrebbe picchiato la testa contro una grossa pietra. Ancora ignoto l'autore dell'omicidio. E resta da chiarire anche il motivo per cui Kellan, in piena notte, si trovasse alla buca. Sull'omicidio si stende in ogni caso l'ombra dell'omofobia, vale a dire dell'odio per i gay.

Secondo quanto accertato dagli investigatori, al momento della morte Kellan era in compagnia di due suoi amici. Ragazzi della cosiddetta Milano bene, che con il nome di «Spazzini» passavano le notti ad aggredire giovani gay nei più frequentati luoghi di incontro. Kellan, così come i suoi amici, indossava un passamontagna e brandiva un micidiale manganello telescopico. La famiglia Armstrong però sostiene che il giovane non fosse lì per picchiare i gay, ma anzi per impedire che i suoi amici potessero compiere gesti violenti. A dimostrare questa teoria, che Questura e Procura ritengono attendibile, sarebbe un biglietto trovato dalla madre nella tasca dei jeans di Kellan dopo la morte, in cui il ragazzo scrive: «William Braghieri e Marco Del Cantone, con il nome di Spazzini, si sono resi responsabili di numerose aggressioni a gay negli ultimi mesi. Bisogna fermarli». Apparentemente, una denuncia mai presentata. O comunque un messaggio che Kellan voleva che arrivasse a qualcuno. I genitori del ragazzo ucciso, Liam e Carlotta Armstrong, parlano del figlio come di «un ragazzo buono e gentile», ritratto confermato dalla ragazza del morto e da chi gli voleva bene. Il console, in particolare, si dice «disperato, ma orgoglioso di quello che voleva fare mio figlio».

Tornando alla dinamica dei fatti, per come è stata accertata, la testimonianza principale è quella di un giovane italiano, studente universitario in Inghilterra. Il ragazzo riferisce agli inquirenti che lunedì si trovava alla buca, assieme al suo ragazzo. Si stavano baciando fra gli alberi quando di colpo due giovani, poi identificati negli amici di Kellan, sono usciti dall'ombra e hanno iniziato a picchiare. «Avevano in testa i passamontagna e ci colpivano con i manganelli», riferisce lo studente. Kellan sarebbe stato invece fermo, come impietrito. A un certo punto, dagli alberi sarebbe saltato fuori un misterioso uomo in mantella, con il volto coperto. L'uomo avrebbe steso a pugni gli amici di Kellan e poi lo stesso Kellan che, picchiando la testa contro il sasso, avrebbe cominciato a sanguinare. Sempre secondo il racconto dello studente, sarebbe stato l'uomo in mantella, con l'aiuto di un complice, a portare via Kellan ferito. Il corpo del ragazzo, moribondo, è stato lasciato da un'auto vicino all'ospedale Fatebenefratelli. Ma invano. Kellan Armstrong si è spento poco dopo le cinque di martedì.

Le indagini mirano ora a capire chi sia l'uomo che ha ucciso Kellan. Intanto, gli amici del figlio del console potrebbero essere indagati con l'accusa di lesioni aggravate. Secondo quanto ricostruito dalla Procura, i due ragazzi sarebbero infatti responsabili di una serie di altre aggressioni a danno di gay avvenute nelle scorse settimane in luoghi di incontro per omosessuali, come il parcheggio di Pagano e quello della stazione Romolo della metropolitana.

La pm Tajani notò che, anzitutto, Steno aveva fatto sparire dal racconto il torinese a cui era stata rubata l'auto. Evidentemente, non voleva rovinargli il rapporto con la moglie e il figlio almeno fino al processo, dove inevitabilmente la storia sarebbe venuta fuori. Notò anche che Steno, che pure non credeva alla storia del bigliettino trovato in tasca a Kellan, alla fine aveva correttamente scritto che la famiglia e gli investigatori lo ritenevano veritiero. Era il suo mestiere. Faceva il cronista, non l'opinionista.

La Tajani, seduta sul gradino di granito gelido, si accorse che la neve per strada iniziava a sporcarsi, in alcuni punti addirittura a sciogliersi. Realizzò che erano diverse ore che non nevicava, e rispetto all'ultima settimana era davvero un record. Pensando questo, alzò gli occhi al cielo. Proprio in quel momento, come un sipario, due grosse nuvole si spostarono e finalmente dopo tanti giorni Milano tornò a vedere il sole. I raggi illuminarono i marciapiedi bagnati, i cumuli di neve ingrigita, le rotaie del tram bagnate e i parabrezza delle auto. Alla fermata del 9 un pazzo, o forse semplicemente un anziano, urlò: «Il sole!» Alcuni ragazzi cominciarono ad applaudire quel fascio di luce inatteso, che di colpo aveva acceso i colori delle auto, delle sciarpe, dei cartelloni pubblicitari. Tutti alzarono gli occhi al cielo, come se stessero assistendo alle acrobazie di un aeroplano. Ma l'estasi durò appena un attimo. Una nuvola scura inghiottì di nuovo il sole, assorbendo i raggi e la loro fragile promessa di tepore.

Dalla direzione di Porta Venezia, quindi da est, soffiò una folata di vento glaciale. La Tajani incassò la testa fra le spalle, nel tentativo di ripararsi. Infilò il giornale in borsa, si alzò e si incamminò lentamente verso il Palazzo di Giustizia. Affondò le mani nella tasca della pelliccia bianca che aveva addosso. Nella destra c'era un bigliettino. La grafia, ovviamente, era quella di suo marito. C'era scritto: «Ciao, vecchio mastino». Il vantaggio dello stampatore, anche nell'era del web, è poter leggere i giornali qualche ora prima degli altri.

TRE MESI DOPO

I

In stazione si erano stretti la mano, come si trattasse di un incontro di lavoro. Avevano fatto il biglietto, superato i tornelli e bevuto un caffè al bar in banchina, senza dirsi una parola. Erano saliti sul treno per Canzo-Asso e avevano sistemato le due biciclette nell'ultimo vagone, appoggiate alla balaustra di fronte allo scompartimento del controllore. Ora, vestiti da ciclisti in gita, sedevano uno di fronte all'altro, mentre il Regionale lasciava la stazione Cadorna. Vedendo gli alberi sfilare oltre il finestrino, Steno pensò che proprio lì era stato ucciso Kellan Armstrong. Scimmia non guardava fuori. Teneva gli occhi fissi sullo schermo del cellulare, controllando chissà cosa.

Le stazioni scorsero una dopo l'altra, tutte con due parole nel nome. Milano Domodossola, Milano Bovisa, Milano Affori, Milano Bruzzano, Cormano Brusuglio, Cusano Milanino, Paderno Dugnano, Palazzolo Milanese. Poi, finalmente, Varedo, una parola soltanto.

«Fra mezz'ora siamo a Erba», disse Steno, rompendo il silenzio.

Scimmia alzò le sopracciglia.

Erano più di due mesi che i due amici non si rivolgevano

la parola. Da quando, cioè, Steno aveva pubblicato sulla «Notte» l'intervista ad Allen, fidanzato e complice di Emiliano, l'assassino di Kellan. La sera prima della pubblicazione, Steno aveva mandato un messaggio a Scimmia, con scritto «Domani pubblico intervista su caso Kellan. Non ti incazzare, poi ti spiego». Ovviamente Scimmia l'indomani si era incazzato eccome e non aveva voluto sentire spiegazioni. Gli assassini di Kellan erano in fuga in Sudamerica. Erano stati rintracciati presso una comune anarchica a Fuerte Apache, favela di Ciudadela, vicino a Buenos Aires. Poi erano di nuovo scomparsi. Dell'omicidio si occupava la stampa di tutto il mondo. Nei titoli dei giornali, italiani e non, la vicenda era da subito stata nominata «caso Kellan». Forse perché di «casi Armstrong» ce n'erano già stati almeno due. E ogni giorno di latitanza in più portava nuovi fan per la coppia di gay fuggiaschi. Alcune associazioni religiose, soprattutto negli Stati Uniti, avevano messo una taglia sulla testa di Emiliano e Allen, ma era l'eccezione. Per l'opinione pubblica di tutto il mondo, Emiliano e Allen erano ormai come Sacco e Vanzetti, Bonny e Clide, Thelma e Louise. Erano bastate poche settimane per creare il mito della coppia. Il cuoco e il designer. Il pacifista e il black bloc.

Scimmia, come d'altronde tutta la Questura di Milano, non se lo toglieva dalla testa: se quella sera di tre mesi prima al bar Milk Steno avesse chiamato la polizia anziché intervistare Allen e lasciarlo scappare, arrestare anche Emiliano sarebbe stato facile. Ma non era andata così. Se Scimmia glielo avesse permesso, Steno gli avrebbe raccontato che aveva fatto una promessa ad Allen. E che Allen era la sua fonte. E che un giornalista che non rispetta la parola data alla sua fonte è meglio se cambia mestiere. Valeva per il torinese, valeva per l'uomo in cerata, valeva anche per Allen. Ma Scimmia non ne aveva voluto sapere di sentire spiegazioni. Così, dopo che la polizia era arrivata a identificare in Emiliano e Allen i responsabili dell'omicidio, e ne aveva diffuso nomi e fotografie, Steno aveva pubblicato l'intervista, come aveva promesso al tedesco mentre Sabine rideva con il barista del Milk.

Dopo settimane in cui Scimmia si negava al telefono, Steno era andato a trovarlo in Questura. Sulle prime, l'amico l'aveva semplicemente invitato a uscire dalla stanza. Ma Steno, prima di andarsene, era riuscito a dire una parola, che poi era una domanda: «Ghisallo?» Dopo qualche giorno, Scimmia gli aveva mandato un messaggio: «Ok Ghisallo».

Da quando erano ragazzini, per Scimmia e Steno sfidarsi in bicicletta sulla salita che da Bellagio porta al Ghisallo era il modo per risolvere ogni tensione e litigio. La prima gara l'avevano fatta a dodici anni, quando Scimmia aveva baciato una compagna di classe che piaceva a Steno. Da lì, non avevano più smesso. Ed è per questo che ora Scimmia e Steno si trovavano seduti uno di fronte all'altro in uno scompartimento vuoto del Regionale per Canzo-Asso, con ai piedi le scarpette con i ganci, indosso i calzoncini da ciclista, le biciclette appoggiate alla balaustra e i caschetti appesi al manubrio.

Ora anche Scimmia guardava le stazioni sfilare fuori dal finestrino. Dopo Varedo, Mombello, Maderno, Seveso, Meda, Cabiate. All'altezza di Mariano Comense, Steno tentò di nuovo di rompere il silenzio. «Non ti scoccia vero salire da Erba?»

Scimmia provò a stare zitto. Lanciò a Steno un'occhiata di sbieco.

«Se sei una sega non è colpa mia», disse infine. Entrambi sorrisero. Per Steno fu come avere posato in terra uno zaino pieno di sassi, che portava sulle spalle da mesi.

Al Santuario della Madonna del Ghisallo, protettrice di tutti i ciclisti, si può salire da Bellagio, ed è dura. Oppure da Erba, sul versante sud, dove le pendenze sono meno severe.

«Il fatto è che in questo periodo sto fumando parecchio e non so se arrivo vivo salendo da Bellagio», disse Steno. La verità è che era oltre un mese che non toccava una sigaretta, preparandosi alla sfida con Scimmia. Ma comunque era fuori allenamento e sapeva che sui tornanti di Bellagio non avrebbe avuto speranza contro l'amico. Per questo aveva proposto la passeggiata da Erba.

«Come te la passi Scimmia?» chiese Steno.

«A parte il caso Kellan?»

«A parte quello.»

«A parte il caso Kellan, non me la passo in nessun modo. Penso solo al caso Kellan. Come saprai, sulle indagini internazionali gli americani ci stanno facendo il culo. A guidare le ricerche in Sudamerica è un vietnamita che lavora per la Cia. Si chiama Han. Pare che facesse il cuoco, o qualcosa del genere. Il questore ha ottenuto che Minniti partisse con lui e la sua squadra. Ora è là. Mi chiama ogni giorno, per dirmi che questo Han è il migliore investigatore che abbia mai conosciuto. È lui che ha scoperto il rifugio a Fuerte Apache, in Argentina. Era una specie di covo per pirati informatici. Solo che, quando sono arrivati, Emiliano e Allen erano appena scappati. Quei due sono davvero in gamba.»

Steno annuì. Poi cominciò a giocherellare con il sistema di chiusura delle scarpette da ciclismo.

«Magari settimana prossima vado in Sudamerica a dare il cambio a Minniti, nella squadra degli americani. Ora loro sono in Cile. Sto ripassando l'inglese e anche studiando un po' di spagnolo, che non si sa mai.»

«Grande Scimmia», disse Steno, sinceramente ammirato.

«Grande ma non grandissimo, diciamo. Più che altro, un idiota. Ce li siamo lasciati scappare», disse Scimmia in tono grave. Steno capì che non era un rimprovero a lui. Evidentemente, Scimmia sotto sotto era giunto alla conclusione che un giornalista deve fare il giornalista, non il portatore d'acqua per la polizia. Anche se ovviamente gli rodeva. La scalata in bici fino al Ghisallo avrebbe messo a posto ogni cosa.

Fuori dal finestrino del treno passarono Carugo-Giussano, Arosio, Inverigo. Le case si facevano via via più rade, iniziava un accenno di collina e a prevalere su tutto era il verde. La Brianza iniziava finalmente a sembrare una campagna. Dopo un inverno freddo, marzo era cominciato nel migliore dei modi. La neve si era sciolta, aveva piovuto quanto bastava per gonfiare le chiome degli alberi e il sole regalava un anticipo di primavera. Nei prati spuntavano fiori di ogni tipo, non tirava troppo vento, e la temperatura era ideale per la bicicletta. A patto che ci si mettesse la mantellina in discesa.

«Tu come te la passi?» chiese Scimmia.

«A parte il caso Kellan?»

«Sì.»

«A parte il caso Kellan, non male dai. In albergo, tutto bene. Esco sempre con Sabine, anche se non la vedo molto spesso a dire il vero. A un certo punto ha portato i suoi vestiti da me. Non mi andava che vivesse con me in hotel. Il signor Barzini insiste nel dire che sono scemo, ma non me la sento di convivere.»

Steno notò che Scimmia avrebbe voluto dirgli qualcosa, ma si trattenne.

«Alberto, il barbone come lo chiami tu, ha superato l'esame della patente. Solo la teoria, per ora. Lo ho accompagnato io alla Motorizzazione civile il giorno del test. Era teso come un bambino il primo giorno di scuola. Ha fatto zero errori. Ora gli sto dando una mano con le guide, anche se non ne ha molto bisogno.»

«Con la Maserati?»

«Per forza, ho solo quella. È impressionante come guida Alberto. Impressionante, davvero. Andiamo piano, visto che ha solo il foglio rosa, ma si capisce che ha qualcosa nel piede. La sensazione che mi dà stare in macchina con lui è quella del film *Rush*, quando Niki Lauda dà un passaggio alla tipa e ai due autostoppisti. Hai presente?»

«No.»

«Be', Alberto è praticamente un pilota. Sabine dice che faceva il collaudatore, proprio alla Maserati.»

A Scimmia venne in mente la corsa in Maserati sulla neve fino a Torino, per parlare con il tizio della Lada Niva.

«Tu sai che fine ha fatto il torinese, quello del fuoristrada?» domandò Scimmia.

«Mi ha chiamato, per ringraziarmi di non avere parlato di lui negli articoli. Anzi, a dire il vero mi chiama di frequente. È terrorizzato all'idea che tutta la storia venga fuori al processo. Mi ha detto che ha parlato con la moglie e le ha raccontato di essere andato con degli uomini. Non so se le abbia detto proprio tutto. Comunque, lei lo ha cacciato di casa. Poi dopo un paio di settimane se lo è ripreso», disse Steno.

«Lo avrà fatto per il bene del bambino», disse Scimmia.

«Boh.»

«E gli Armstrong? Hai visto che hanno aperto una fondazione per i diritti dei gay in tutto il mondo?» disse Scimmia.

«Sì. Gli ho anche donato cinquanta euro. E per me non sono pochi soldi», disse Steno.

Scimmia cominciò ad armeggiare con il Gps della bicicletta. Evidentemente era nuovo. Forse il regalo di una ragazza o della mamma. Steno decise di non indagare.

La stazione di Erba si avvicinava. Appena capirono che il momento della verità stava per arrivare, Steno e Scimmia si chiusero ciascuno nel proprio silenzio. Pieno di pensieri, quello di Steno, com'era nel suo carattere. Vuoto e compatto quello di Scimmia, che fin da bambino aveva imparato ad allontanare dalla mente il rumore di fondo. Il treno rallentò, senza fischi e stridori. Steno e Scimmia si portarono all'uscita, impazienti come paracadutisti pronti al lancio. Quando le porte pneumatiche si aprirono, entrambi scesero in fretta, sollevando le biciclette per la canna. A passo veloce, scesero le scale del sottopasso e in pochi secondi si trovarono in strada. In sincrono, si sistemarono casco, guantini, occhiali. Controllarono che nelle tasche sul dorso delle maglie fossero al loro posto le barrette energetiche e le mantelline piegate. Poi una scossa alla borraccia, giusto per verificare che fosse piena.

«Caffè?» chiese Scimmia.

«Niente caffè. Son pronto.»

«Bravo», disse Scimmia. Fece due giri di pedali, verso la rotonda per Canzo, e agganciò le scarpette. Steno lo seguì. Inutile dirselo: usciti dalla rotonda, sarebbe iniziata la gara.

Nemmeno i corridori professionisti nei Grandi Giri vanno sempre a tutta velocità. Il ciclismo è fatto di osservazione, ritmo, studio, attese, gestione della fatica. Lo sapeva bene Scimmia, che con la bici non aveva mai smesso. E lo sapeva ancora meglio Steno, che per fare meno fatica si era incollato alla ruota dell'amico. Così poteva sfruttare la sua scia, al riparo dal vento. Per battere Scimmia, più allenato e più forte, avrebbe dovuto anzitutto servirsi di lui, stargli a ruota, tenere il passo. Scimmia lasciava fare, non pretendeva il cambio, sorrideva e continuava a tirare. Prima il lungolago di Pusiano, poi a sinistra su per la Provinciale 42. Primo tornante, secondo tornante. Ancora su, quasi fino allo specchio blu del Segrino. Appena prima della rotonda, da cui inizia a vedersi l'acqua immobile del piccolo lago, Scimmia ingranò un rapporto più duro e diede un'accelerata. Non un vero e proprio attacco, né una fuga. Semplicemente aumentò il ritmo, per fare capire a Steno che quella a cui lo aveva trascinato non era la sua velocità. Era meno, molto meno. Era il passo di riscaldamento. Steno si abituò alla nuova cadenza. Passarono Canzo, con le piazzette e la ferrovia sempre sinistra. Quindi Asso, con le strade strette e la vecchia stazione del 1922, con gli archetti in pietra bianca e rosa sopra alle porte. Lì cominciava la salita, dolce e continua fino al Ghisallo.

A vederli in sella, Steno e Scimmia apparivano l'opposto

di com'erano nella vita di tutti i giorni, senza ruote e manubri. Steno sulla bicicletta diventava impacciato, goffo. Gobbo, con i gomiti in fuori, faceva mulinare le gambe magre con la foga sgraziata di un qualche grosso uccello intento a beccare in terra. Scimmia invece in bici era sciolto, elegante, sinuoso nel movimento. Appena la pendenza lo consigliava, si alzava in piedi sui pedali e dava inizio a una danza ritmata. Nonostante la differenza di stile, da ragazzino era Steno quello veloce, come sempre. Quello che, se solo si fosse allenato come si deve, chissà dove sarebbe arrivato. Ma se Steno aveva talento, e da ragazzino i numeri erano dalla sua, Scimmia aveva una determinazione indomita, da fratello più piccolo in una famiglia numerosa. Un'ostinazione che lo aveva portato a migliorarsi negli anni, con costanza, mentre l'amico si perdeva. E allora eccoli lì, Scimmia e Steno, sulla salita dolce per Lasnigo a mettersi alla prova. A sfidarsi, per ricucire l'ennesimo strappo in un'amicizia che ne aveva visti tanti, e che ogni volta, di rammendo in rammendo, era uscita più resistente di prima.

Passato il paese di Lasnigo, a poco più di cinque chilometri dal passo del Ghisallo, Steno decise di attaccare. Sapeva che se non lo avesse fatto lì, non avrebbe avuto una seconda occasione. Aumentò il ritmo della pedalata. Ascoltò il proprio cuore, che cominciava a rimbombargli nelle orecchie, e diede tutto quello che aveva. Con suo stupore, si accorse che non era poco. Nonostante la temperatura fosse più che mite, sentì il sudore scendere sulla schiena, il collo scottare, le gambe fare male. Bevve un sorso d'acqua dalla borraccia. Si voltò, Scimmia era indietro di parecchio. Steno accelerò, fino alle prime case del paese di Barni. La fatica si fece sentire sul serio. E quando fatichi in bicicletta, il paesaggio non lo guardi, lo subisci. Ti cade addosso. A mano a mano che vai avanti, le forme si creano, compaiono dietro ai dossi e alle curve e ti sbattono in faccia. Precipitano nel campo visivo, come in un quadro futurista. I monti, le case, gli alberi, i campanili. Pedala, pedala, pedala. Più abbassi la testa, più te li vedi arrivare contro. Pareti, triangoli, linee, superfici, aree di colore.

Dopo Barni, Steno, esausto, cominciò a respirare a bocca aperta e a inclinare la testa di lato, come faceva quando si avvicinava al punto di rottura. Ma il ritmo restava buono, la pedalata non ne risentiva, il mulinello delle gambe e dei pedali non si fermava. A Magreglio, Steno si voltò a cercare Scimmia con lo sguardo. Lui era lì, veniva su, sembrava avvicinarsi. Trenta metri, forse meno. Rapporto duro, poche pedalate per coprire tanto spazio. Con la maglia nera e rossa, sembrava un diavolo della Provinciale, una minacciosa creatura della strada. Steno notò che Scimmia respirava composto, immobile di braccia e di schiena. Sorridente, anche. E quando Scimmia decise di alzarsi sui pedali e partire, a un chilometro dalla Madonna del Ghisallo, l'unica cosa che Steno poté fare fu ammirarlo. I polpacci, visti da dietro, parevano mattoni gonfiabili, che si riempivano e si svuotavano a ogni pedalata. Le spalle ballavano al ritmo del cuore e del pedale. Il telaio della bicicletta, fra le ginocchia di Scimmia, guizzava rapido come un pesce. Destra e sinistra, destra e sinistra.

Quando Steno arrivò in cima, al parcheggio delle biciclette, Scimmia aveva già appoggiato la sua alla rastrelliera.

Steno, col fiatone, si sciacquò alla fontanella. Prima la faccia, poi i polsi, quindi tutta la testa. Scimmia si limitò a riempire la borraccia. Poi i due amici camminarono fino alla panchina nella rotonda, a strapiombo sul lago di Lecco, con la quinta spettacolare delle Grigne e del Resegone. Si sedettero e sgranocchiarono barrette energetiche.

«Bravo Scimmia», disse Steno.

Scimmia sorrise.

«Il signor Barzini questa mattina mi ha detto che non ci sarebbe stata storia», disse Steno.

«Avrà scommesso su di me. Magari un bel cento euro», disse Scimmia, divertito.

Steno lo guardò perplesso.

«Il signor Barzini scommette su tutto, tranne che sul calcio. Cavalli, tornei di tennis, pugilato, elezioni in Spagna, località dove si verificherà il prossimo terremoto», spiegò Scimmia.

«Si può scommettere sui terremoti?» domandò Steno.

«Quella l'ho inventata. Le altre sono vere, elezioni spagnole comprese.»

Steno, che pure pensava di sapere molto del signor Barzini, questa cosa delle scommesse non l'aveva mai sentita dire.

«In paese lo sanno tutti che il signor Barzini gioca. E la cosa incredibile è che sembra non perda. Anzi.»

«Si dice di tutti i giocatori, fino a quando non si scopre che hanno perso tutto», disse Steno.

Scimmia si alzò con fare solenne e andò ad appoggiarsi alla transenna. Alle sue spalle, le montagne lecchesi.

«Steno, il signor Barzini di segreti ne ha tanti. E la questione del gioco è davvero poca cosa», disse Scimmia, come per sondare il terreno. Steno aggrottò le sopracciglia.

«Tu non lo sai vero perché a un certo punto il signor Barzini ha deciso di lasciare l'Hotel Villa Serbelloni e di trasferirsi da Bellagio a Milano?» disse Scimmia. Era una domanda, ma suonava più come un'affermazione.

«No. Non penso di saperlo. Forse voleva semplicemente cambiare aria. Anche io e te ce ne siamo andati da Bellagio per vivere a Milano», disse Steno.

Scimmia temporeggiò qualche secondo. Respirò profondamente, come per prendere la rincorsa.

«Premetto che la storia non la so bene. Cioè, conosco l'essenziale, non i particolari. Sono figlio di carabiniere e forse in paese si è pensato che era meglio se mio padre certe cose non le sapeva. Comunque, so che c'entrano l'incendio di un negozio, una tanica di benzina trovata nel bagagliaio della Volvo del signor Barzini, e una donna», disse Scimmia.

Steno, allibito, rimase in attesa di altre informazioni. Arrivò invece una domanda.

«E sai chi è la donna?» incalzò Scimmia.

Steno scosse la testa. Non ne aveva idea.

«Tua madre», tagliò corto Scimmia.

Steno lo guardò allibito.

«C'era un tizio che ci provava con tua madre, in modo insistente. Le mandava biglietti, la aspettava davanti all'ufficio, cose così. Lei lo rifiutava. E tuo padre, distratto com'è, nemmeno se n'era accorto. Ma il signor Barzini non è distratto per niente, e non lo era nemmeno a quel tempo. Così, un giorno è andato da questo tizio e gli ha detto di piantarla di tampinare tua madre, che tuo padre era il suo migliore amico e che se non la smetteva ne avrebbe pagato le conseguenze. E sai cosa ha fatto questo tizio?»

«No», disse Stefano.

«Non ha dato retta al signor Barzini, con tutto quello che questo ha comportato. Il negozio, la tanica e tutto il resto. Ovviamente, il negozio era del tizio. E così il signor Barzini ha deciso che per un po' era meglio se non si faceva vedere a Bellagio. Poi sai come vanno queste cose, uno pensa di stare via un paio di mesi, poi va a finire che da Milano non te ne vai più. In paese la storia del signor Barzini la sanno tutti. Tranne te, mio padre e forse tuo padre. Ma su tuo padre non ci giurerei.»

Steno diede un altro morso alla barretta energetica. Poi abbassò lo sguardo, dalle montagne lontane alla ghiaia che aveva sotto i piedi.

«Eppure nei giorni liberi dal lavoro il signor Barzini tornava a Bellagio. Me lo ricordo, con papà lo vedevamo spesso», disse Steno.

«Non so cosa dire. Forse se conoscessimo i dettagli della vicenda capiremmo perché certi giorni tornava in paese», ragionò Scimmia. Poi bevette un sorso d'acqua dalla borraccia. E aggiunse: «Si dice che tutti hanno i loro segreti. Io non penso sia vero. Penso che ci siano alcune persone che non ne hanno nemmeno uno. O che ne hanno davvero molto pochi. Altre invece ne hanno tutta una montagna, nascosta per bene da qualche parte. Il signor Barzini fa sicuramente parte di questa seconda categoria di persone».

Steno pensò che non era d'accordo. Tutti hanno i loro segreti. E spesso sono proprio quelli che muovono le persone. Ma non aveva nessuna voglia di contraddire Scimmia o di cominciare una discussione. Era lì per fare pace, non polemica.

«Secondo te, Kellan Armstrong era gay?» chiese Steno, mentre ancora pensava al discorso dei segreti.

«Non penso. Anzi, la sua ragazza mi pare parecchio carina. Diciamo che io una così non me la sono mai scopata. O comunque non me la scopo da tempo. Perché me lo chiedi?» rispose Scimmia.

«Boh, così. È un'idea che mi è venuta. Forse Kellan era uno di quei gay repressi. Dopo la notizia del signor Barzini che dà fuoco ai negozi, non sono più sicuro di nulla.»

«Non ho detto che il signor Barzini ha dato fuoco a niente. Ho detto solo che un tizio ci provava con tua madre, che il signor Barzini gli ha detto di piantarla, che questo tizio aveva un negozio e che il negozio ha preso fuoco. E che il signor Barzini aveva una tanica di benzina in macchina. Tutto qui. Non so i dettagli. E la fonte del racconto probabilmente è la fidanzata che il signor Barzini aveva al tempo. Vale a dire Rosa, la pettegola del negozio dei foulard. Un segreto in bocca a quella lì non resta segreto a lungo. Confidarle qualcosa è come dirlo in chiesa a messa la domenica. Ma se la fonte del racconto è Rosa, potrebbe non essere vero niente o anche meno di niente. E anche se fosse tutto vero, sono passati tantissimi anni. È tutto prescritto», disse Scimmia serio, come se stesse parlando di una vecchia indagine.

«Va bene, ma su Kellan non ti sei fatto un'idea? Secondo me, non è escluso che fosse gay. Non so», ritentò Steno.

«Steno, l'unico che è sicuramente gay sei tu. Non esiste per un bellagino salire al Ghisallo da Erba anziché da Bellagio. Comunque, Erba o Bellagio, l'importante è che ti ho fatto il culo. E ti vedo di buonumore, quindi ti è piaciuto.»

Era il tipo di battuta che Scimmia faceva dai tempi delle scuole medie. E Steno, dalle medie in poi, ogni volta rispondeva a tono. Ma in quel momento, per una ragione che non sapeva dire, su certe cose non aveva voglia di scherzare. Sorrise, guardò Scimmia, e alzandosi disse: «Andiamo, bell'uomo. Abbiamo ancora tanta strada da fare».

Ringrazio Filippo Vannuccini, il miglior compagno in questa bella avventura. Alberto Rollo, per avermi restituito uno stupore che non ricordavo. Seguire il filo dei tuoi ragionamenti, Alberto, mi ha riportato a quando da bambino vedevo i più grandi fare cose incredibili. Ringrazio Antonella Fassi, Chiara Moscardelli e tutta la squadra di Baldini&Castoldi, per la passione e la professionalità nell'ideazione e nella nascita del libro. Maria Vittoria Albertini e The Italian Literary Agency, per avere creduto in me sin dall'inizio. La mia gratitudine va ai primi lettori, che mi hanno dato una mano a non perdermi. A chi mi ha dato consigli indispensabili, da Gabriele Dadati, a Maurizio Bono, a Davide Steccanella. A chi mi ha insegnato cose senza cui non sarei stato in grado di inventare questa storia. A chi negli anni mi ha fatto innamorare dei libri, da mio papà fino a Gianni Mura. Ringrazio mia mamma Silvia, che ha insegnato a Valeria, a Mario e a me cosa è giusto e cosa è sbagliato. Un esempio che ci unisce nei momenti belli e ci sostiene in quelli difficili.

INDICE

ROMANZI E RACCONTI

Erica Arosio, Giorgio Maimone, *Vertigine*
Martina Liverani, *Manuale di cucina sentimentale*
Michele Lauria, *Un piccolo Dio*
Petra Hůlová, *Trilocale di plastica*
Maria Tarditi, *Pecore matte*
Alberto Custerlina, *All'ombra dell'Impero*
Åke Edwardson, *Stanza numero 10*
Nicky Persico, *Spaghetti Paradiso*
Hélène Battaglia, *Una promessa di felicità*
Fulvio Abbate, *Intanto anche dicembre è passato*
Caterina Cavina, *Le ciccione lo fanno sempre meglio*
Evgenija Ginzburg, *Viaggio nella vertigine*
Eduardo Rebulla, *Le conseguenze estreme*
Roberto Mandracchia, *Vita, morte e miracoli*
Noémi Szécsi, *La vampira snob*
Barbara Buoso, *L'ordine innaturale degli elementi*
Tommaso Pellizzari, *Movimento per la disperazione*
Jonathan Ames, *Non sei mai stato qui*
Francesco Consiglio, *Le molecole affettuose del lecca lecca*
Claudio Fava, Michele Gambino, *Prima che la notte*
Roberta Torre, *Il colore è una variabile dell'infinito*
Michele Santeramo, *La rivincita*
Luca Ragagnin, *Marmo rosso*
Mauro Berruto, *Independiente Sporting*
Gaia Giordani, *Sei proprio una scema*
e.e. cummings, *La stanza enorme*
Francesca Reggiani, *L'angelo nelle nove*
Monica Zapelli, *Il cielo a metà*
Corrado Fortuna, *Un giorno sarai un posto bellissimo*
Davy Rothbart, *Il cuore è idiota*

Alberto Manzi, *E venne il sabato*
Alberto Schiavone, *Nessuna carezza*
Francesca Ramos, *Diciotto ossa rotte*
Simonetta Sciandivasci, *La domenica lasciami sola*
Antonio Pennacchi, *Camerata Neandertal*
John Dos Passos, *Manhattan Transfer*
Eduardo González Viaña, *La ballata di Dante*
Francesca Romana Capone, *Più di quel che avanza*
Ken Saro-Wiwa, *Sozaboy*
Emma Dante, *Le principesse di Emma*
Francesco Mandelli, *Osnangeles*
Alessandro Valenti, *In grazia di Dio*
Sindiwe Magona, *Da madre a madre*
Giorgio Specioso, *Dinosauri*
Alessandra Selmi, *La terza (e ultima) vita di Aiace Pardon*
Massimiliano Santarossa, *Metropoli*
Fabio Viola, *I dirimpettai*
Edward Abbey, *Desert solitaire. Una stagione nella natura selvaggia*
Francesca Marzia Esposito, *La forma minima della felicità*
Mazarine Pingeot, *Le invasioni quotidiane*
Giorgio Faletti, *La piuma* (2ª ediz.)
Daniela Amenta, *La ladra di piante*
Giacomo Cacciatore, *Se tornasse Natale*
Lucia Del Pasqua, *Quella certa dipendenza dal tasto Invio*
Alberto Custerlina, *La carovana dei prodigi. All'ombra dell'Impero*
Stefania Auci, *Florence*
Marco Pastonesi, Giorgio Terruzzi, *Il bello del gas*
Giorgio Faletti, *Io uccido*
Giorgio Faletti, *Niente di vero tranne gli occhi*
Giorgio Faletti, *Fuori da un evidente destino*
Giorgio Faletti, *Pochi inutili nascondigli*
Giorgio Faletti, *Io sono Dio*
Giorgio Faletti, *Appunti di un venditore di donne*
Camilla Costanzo, *Una bellissima notte senza luna*
Angelo Mellone, *Nessuna croce manca* (2ª ediz.)

Monaldi & Sorti, *Imprimatur* (3ª ediz.)
B.J. Novak, *Una cosa ancora*
Marino Buzzi, *L'ultima volta che ho avuto sedici anni*
Colette, *La donna celata*
Arturo Brachetti, *Tanto per cambiare*
Monaldi & Sorti, *Secretum* (2ª ediz.)
Elena Marinelli, *Il terzo incomodo*
Enrico Dal Buono, *La vita nana*
Gianni Clerici, *Il giovin signore*
Alexandre Dumas, *L'assassinio di rue Saint-Roch*
Elena Ghiretti, *L'intelligenza della specie*
Jesse Ball, *Quando iniziò il silenzio*
Pietro Caliceti, *L'ultimo cliente*
Dario Buzzolan, *Malapianta*
Michèle Gazier, *Le convalescenti*
Francesco Fagioli, *Questi tempi fuori dal tempo*
Jerry Stahl, *Stronzate che ti capitano quando non muori giovane*
Luke McCallin, *L'uomo di Berlino*
Vittorio Russo, *L'India nel cuore* (4ª ediz.)
Mark Twain, *Un americano alla corte di re Artù*
Ana Casaca, *Viaggio al termine del cuore*
Monaldi & Sorti, *Veritas*
PP Wong, *La vita secondo Banana*
Maurizio Crosetti, *Esercizi preparatori alla melodia del mondo*
Carlo Loforti, *Appalermo, Appalermo!* (2ª ediz.)
Daniel Di Schüler, *Un'Odissea minuta*
Gian Paolo Serino, *Quando cadono le stelle* (2ª ediz.)
Franco «Bifo» Berardi, Massimiliano Geraci, *Morte ai vecchi*
Julie Mulhern, *Un salto nel buio*
Monaldi & Sorti, *Morte Come Me*
Paolo Condò, *Duellanti* (2ª ediz.)
Marco Ciriello, *Assassinio sulla Palmiro Togliatti*
Flavia Perina, *Le lupe* (2ª ediz.)
Gino De Crescenzo Pacifico, *Ti ho dato un bacio mentre dormivi*
Giorgio Pirazzini, *Gattoterapia*

Kyle Minor, *Mentre cado, ricordati di me*
Monaldi & Sorti, *Mysterium*
Gianni Miraglia, *Ritornello al futuro*
Sarah Hall, *Le figlie del nord*
Sejal Badani, *La strada di casa*
Maurizio Milani, *Il verro ruffiano*
Davide Enia, *Così in terra*
Lev Golinkin, *Uno zaino, un orso e otto casse di vodka*
Becher Ulrich, *Caccia alla marmotta*
Raul Montanari, *Sempre più vicino* (2ª ediz.)
Fabio Geda, *Nel mare ci sono i coccodrilli* (4ª ediz.)
Angelo Marenzana, *Alle spalle del cielo*
Françoise Bourdin, *La promessa dell'oceano*
Luke McCallin, *La Villa Triste*
Monaldi & Sorti, *Dissimulatio*
Władysław Szpilman, *Il pianista*
Matteo Caccia, *Il silenzio coprì le sue tracce*
Jerry Stahl, *Mezzanotte per sempre*
David Young, *Figli della Stasi*
Paola Cereda, *Confessioni audaci di un ballerino di liscio*
Silviano Santiago, *Stella Manhattan*
Eugenio Raspi, *Inox*
Pietro Caliceti, *BitGlobal*
Richard Cox, *Un'estate da ragazzi* (2ª ediz.)
Angelo Petrella, *Operazione Levante*
Gabriella Margall, *Il segreto di Jane Austen*
Monaldi & Sorti, *I dubbi di Salaì*
Mimmo Borrelli, *'Nzularchia*
Misha Glenny, *Nemesis*
Giorgio Faletti, *L'ultimo giorno di sole* (3ª ediz.)
Elizabeth Harrower, *Gli sguardi addosso*
Emmanuele Bianco, *La pura carne*
François-Henri Désérable, *Évariste*
Carlo Loforti, *Malùra*
Ambra Somaschini, *Simmetrie*

Mattia Torre, *La linea verticale*
Catena Fiorello, *Un amore fra le stelle* (2ª ediz.)
Patrick Fogli, *A chi appartiene la notte*
Dima Wannous, *Quelli che hanno paura*
Franco Vanni, *Il caso Kellan*